安徽散文

2023秋之卷

主编 ◎ 潘小平　许泽夫

执行主编 ◎ 沈天鸿

Anhui Sanwen

时代出版传媒股份有限公司
安徽文艺出版社

图书在版编目（CIP）数据

安徽散文.2023.秋之卷/潘小平,许泽夫主编.—合肥：安徽文艺出版社,2023.11

ISBN 978-7-5396-7885-6

Ⅰ.①安… Ⅱ.①潘… ②许… Ⅲ.①散文集－中国－当代 Ⅳ.①I267

中国国家版本馆CIP数据核字(2023)第216936号

ANHUI SANWEN 2023 QIU ZHI JUAN

出 版 人：姚 巍
责任编辑：宋潇婧　　　装帧设计：许含章　徐 睿

出版发行：安徽文艺出版社　　www.awpub.com
地　　址：合肥市翡翠路1118号　邮政编码：230071
营 销 部：(0551)63533889
印　　制：安徽乡愁文化产业科技发展有限公司 (0551)67689980

开本：787×1092　1/16　印张：13　字数：225千字
版次：2023年11月第1版
印次：2023年11月第1次印刷
定价：68.00元

（如发现印装质量问题，影响阅读，请与出版社联系调换）
版权所有，侵权必究

编 委 会

编委会主任：章玉政

编委会副主任：程　浩　马婵娟

顾　　　问：沈天鸿　赵　昂

主　　　编：潘小平　许泽夫

副 主 编：陈巨飞

执行主编：沈天鸿

编委会成员：赵　凯　徐　迅　钞金萍　苏　北
　　　　　　马丽春　钱红丽　郭翠华　刘政屏
　　　　　　程保平　徐艾平　贾鸿彬　张建春
　　　　　　罗光成　赵　阳　宋同文

写在前面

散文是作家精神上的整体抵达

小说家的散文果然不同。

著名作家徐贵祥的《老舅》,叙事绵密,细节鲜活,以散文的小体量,完整地呈现了家族人物老舅大喜大悲、大起大落的一生,显示了与散文作家截然不同的叙事能力和感知角度。小说人物尤其是长篇小说人物所具有的命运感和悲剧性,罕见地出现在一篇短小的人物散文中。但它又不是小说笔法,文中的一切,显然都经过作家精神的淘洗和情感的浸润。而这,也正是散文与小说的最大不同。

接下来,我们仍然要重点推出安庆作家,推出这一创作群体所展现出的审美自觉和卓然不群。在新时期文学早期成长起来的安庆散文作家,文本中几乎无一例外,都暗示出现代主义的审美指向,都带有一定的先锋性。先锋文学与现实主义文学的最大区别,在于更主观、更自我、更感性,更具有对客观世界的覆盖性。作为河边的叙述者,杨四海的《河流水》以及他此前所有的文字,都与河流有关,但它们并不是传统现实主义的客观描述,而是带有强烈的主观色彩和个体特征。那些河流与河水、航道和航标、日出与日落,都是作家思想、情绪、精神、意念的折射,其写作的起点和终点,都与传统现实主义大相径庭。在杨四海的文本中,河流、大地、村落、庄稼、日落和月升,都生生不息，亘古不变，而人类只在其中。因此市井和世俗、悲欢与离合，几乎不在他的创作视域之内，也因此他的文字才如此平静、安详，一如他的内心，那是对万物的敬畏，对生命的尊重。

散文是作家精神上的整体抵达，读一篇小说，你未必能够准确地把握或感知作家的修养、趣味和精神向度，但这些却一览无余地展露在散文中。

苍耳的《致巨河书》，一如既往地具有思辨意味，一如既往地具有形而上色彩，一如既往地具有智慧和知性。"思想"和"形而上"，是解读苍耳散文的密钥，而诗歌笔法的引入，又让他的散文在拥有直入力量的同时，诗意迷蒙。为什么安庆的散文创作群体的文本中大都带有形而上的意味？为什么他们的散文，整体上更倾向于审美而不是现实本身？为什么这片土地上的作家，大都是"思想的芦苇"，具有思想的品质和思想的能力？每念及此，我都深深感动。

太阳终于落进水里，江面上残存着星星点点的幽红，《河流水》中那"夕阳西下的芦苇"，仿佛一个暗示。如果市场和资本结盟，文学与欲望同构，就会导致青年写作、新人写作在被市场命名和生产的过程中，被吸纳，被诱惑，被同质化，也使越来越多的写作者，向往市场之下的生存语境。比起20世纪80年代成长起来的作家，今天一部分活跃在文坛上的年轻一代不具备"自由之思想，独立之精神"，也因此今天的一些散文书写，都远离文学本身。

所以，需要再次重复文章的标题：散文是作家精神上的整体抵达。散文难就难在"整体抵达"上，它考验的不仅是作家的感知能力、表达能力、情感能力和审美能力，还考验一个作家的思想能力，而今天，散文写作所要警惕的，恰恰是思想的普遍缺乏。王达敏的学术随笔《"辛德勒"的遗产》，延续了他扎实严谨的文风，和他长期以来对人性的追寻，对人道主义的关注，以一种非学术的话语方式，向大众传达了他一贯的学术立场，以及他对人性的洞察。赵昂的《两行集》，更是一种"思想的写作"，可以说，思想是他文字的品质，也是他的作品与欲望文本、消费文本最本质的区别。现实是如此喧嚣，生活是如此琐屑，赵昂却独自享受思想的痛苦和快乐，以文字创造出一个独立于世俗之上的精神世界。

最后,我们要特别推出的,是已故怀远一中语文教师宋文武的《乡间的草》。文章的开头"在乡间,比庄稼和树木更多的是草",就像是一个有关他自己的寓言,暗喻了他的平凡和蓬勃。2023年1月19日,宋文武因突发脑溢血抢救无效离世,天南海北的学生纷纷赶回怀远吊唁,他的感人事迹由此被广泛传播。5月8日,宋文武被安徽省委追授为"安徽省优秀共产党员"称号。从教20多年来,出自宋文武门下的学生,被清华、北大、浙大等名校录取的不下百人。作为一名高中语文老师,宋文武深知,要想学生写好作文,就要自己率先垂范,所以多年来他一直坚持写作。宋文武的散文,行文生动自然,感情朴实朴素,那些乡间的草,就如同他的生命,深深扎根于土地,在四季的轮回中,感受春暖雪寒,还有阳光和雨露。

2023年10月

目　录

写在前面

　　散文是作家精神上的整体抵达 …………… 潘小平 / 001

开卷

　　老舅 ……………………………………… 徐贵祥 / 002

人间世

　　河流水 …………………………………… 杨四海 / 007

　　早春(外二篇) …………………………… 汤　流 / 017

　　云在云端,鸟在青天 …………………… 江南雪儿 / 025

　　乡间的草 ………………………………… 宋文武 / 029

　　声谷鹅鸣(外一篇) ……………………… 何诚斌 / 036

　　都市男女的自白 ………………………… 施佩清 / 041

　　站在铁轨边 ……………………………… 范方启 / 047

001

不染尘

致巨河书 …………………………… 苍　耳 / 054

山丘下(外一篇) …………………… 李万华 / 062

一个女孩在夏天 …………………… 戚佳佳 / 067

淮河滩 ……………………………… 张春生 / 072

学者思

"辛德勒"的遗产 …………………… 王达敏 / 078

最先锋

秋天,停在那里 …………………… 余琳芳 / 083

去杨溪河(外一篇) ………………… 沙　瓷 / 088

皖地风

行走青弋江 ………………………… 唐玉霞 / 094

路迢迢,水长长 …………………… 欧阳冰云 / 101

岁月悠悠是西河(外二篇) ………… 唐　红 / 106

乡居徽州 …………………………… 汪远定 / 112

美在民间 …………………………… 钱续坤 / 115

梦回的路 …………………………… 胡大平 / 120

剔银灯

读诗深恋玉谿生(外一篇) ……………………… 徐春芳 / 125

灯下录系列 …………………………………… 李俊平 / 132

唐朝的树 ……………………………………… 高晋旭 / 138

金蔷薇

两行集 ………………………………………… 赵　昂 / 143

麦香遍野(组章) ……………………………… 王光中 / 153

春雨·春语(外一篇) ………………………… 汪维伦 / 157

盱眙雪中(外六章) …………………………… 张晨越 / 164

八斗岭

外婆与卜镇 …………………………………… 张　霞 / 167

庭院笔记 ……………………………………… 赵成媚 / 171

灶间记忆 ……………………………………… 袁曙霞 / 175

父亲的腰杆 …………………………………… 逸　瑾 / 179

监考记 ………………………………………… 李彩云 / 183

车轮滚过的岁月 ……………………………… 王　俊 / 188

三湖琐忆 ……………………………………… 李　琼 / 193

徐贵祥

作者简介

中国作家协会副主席，中国作家协会军事文学委员会主任。著有中篇小说《弹道无痕》等，长篇小说《历史的天空》《四面八方》等。曾获第七、九、十一届全军文艺奖，第四、九、十一届中宣部"五个一工程"奖，第三届人民文学奖，第六届茅盾文学奖。

开卷

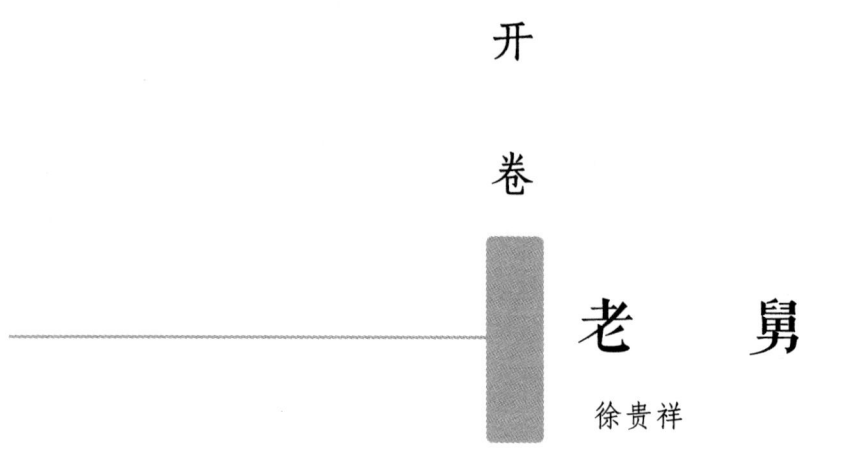

老　舅

徐贵祥

老舅走了,留给我们一堆谜,他到底是个什么样的人,一言难尽。在我老家约定俗成的称谓中,"老"也是"小",老舅是我的小舅。

20世纪六七十年代,姥姥的家在洪集老街的中心位置,坐北朝南,最南边是两间高大的房屋。这两间房屋好像没有派上实际用处,权当门楼和杂物间。估计盖这两间房子,是准备用作店面的,后来"割资本主义尾巴",取缔私人生意,这两间大房子才被当成过道。但这两间房子也暗示我们,姥姥家过去是比较富裕的,因为姥爷做生意。穿过两间大房子再往北,是一个玲珑小院,院子里有一个砖砌的花台,种植月季和芍药等花卉。姥姥家的堂屋是坐东朝西的,堂屋往北,要穿过一间房子,小时候我和老姨家的两个男孩任家杰、任家明,都在这间房子里住过。常常是夏天,我们几个孩子玩疯了,不回自己的家,都挤在姥姥家这间过道似的房子里,躺在一张竹席床上,讲故事。姥姥把这间房屋命名为"狗窝"——老家有句俗话,外孙是姥娘家的狗,前门撵后门走。从"狗窝"再往北,有一个神秘的房间,仅有朝北的一个木格小窗户,窗前有一棵樱桃树,那便是老舅的卧室,里面有几个装书和装衣服的箱子。我印象特别深的是,老舅的房间里还有无线电零件,以及其他一些象征着科技文明的稀罕物件。

后来我听说一件事情,好像是"文革"之初,正在叶集中学读书的老舅在学校背个

"三家村"的名声——成员有许景环(罪状是"地主成分")、朱德林(罪状是"好讲话")、我老舅胡纯声(罪状是"不讲话")。这个"三家村"是什么意思,有什么后果,那时候不清楚,记得听父母议论过,反正不是什么好事。年纪稍微大一点,才知道当时北京有个"三家村",因广播电台节目《三家村夜话》得名,成员是邓拓、吴晗、廖沫沙。老舅有幸成为当地小镇的"三家村"成员,让我们小辈既感到惶恐,又感到神秘。

学校停课"闹革命",老舅等中学生无所事事,在老街经常三五成群喝茶(估计是水)聊天。大约郁郁不得志,有段时间,老舅极其寡言少语,真的到了惜话如金的地步,连吃饭都要姥姥反复催促。上了桌子一言不发,吃完饭放下饭碗就走,回到他的斗室,读书或者拉二胡,以至于我的姥姥和姥爷担忧老舅得了某种精神病。

老舅当然没有精神病,他之所以寡言少语,是因为他感觉无聊,无话可说。年轻时的老舅有远大理想和抱负,也很清高,他关心的都是国家大事,还有招生招工的消息,不屑于议论家长里短。后来他下放了(城镇户口转为农业户口,就地成为农民),在洪集老街西边的金银生产队开碾米机,在震耳欲聋的环境中工作了两年。

老舅很敬业,也很钻研,学到一些电工和机械知识,偶尔会跟我们讲讲。两年后,老舅被招工到龙潭粮站,成了一名恢复城镇户口的工人。凭借他的聪明才智,加上他踏实勤奋的努力,他很快就转干当上分站站长,不久又升任扈胡区站站长。记得那期间他写过一篇文章,题目是《古镇春色》,讲述扈胡小镇的发展历史,文笔优美,故事生动,在六安地区广播电台播出后,让正在读初中的我为之产生很多幻想。那以后,老舅过了几年顺风顺水的日子,还同漂亮的公社副书记、上海知青郝玉兰谈了恋爱,自尊心和信心都得到了满足,话也渐渐多了起来,工作上更是大显身手,没过几年,就调到县里当了粮食局的副局长。

老舅年轻的时候,不仅高大帅气,才华横溢,而且沉稳持重,是我们兄弟姐妹心目中的偶像。我的父亲是我姥姥家第二代人中最早从政的,他曾经预言我老舅在政治上很有前途。但是老舅后来遇到挫折,最后只当上县总工会主席,是我父亲始料不及的。事实上老舅确实有很大的抱负,他的目标至少是县委书记。给他一个支点,他就能把事情做得非常漂亮,对此我并不怀疑。怀才不遇,高远的理想同现实际遇的差距,是老舅性格变化的第一个重要原因。生长在耕读家庭,自幼受过传统教育,他非常重视道德修养,也有兼济天下的情怀,但是现实环境使他不得不经常委曲求全。独善其身的为人准则和向世俗屈服的行为方式之间的冲突,是老舅性格变化的第二个原因。如果说还有第三个原因,那就是家庭生活遭遇了,他曾经有一个小女儿不幸夭折,可能是老舅性格陡变的最重要的原因。

判断老舅的人格,应该全程分析。老舅的前半生,虽然几起几落,但总体是积极向上的。老舅争强好胜,工作能力也强,富有牺牲和奉献精神,乐善好施,热情助人,是胡家(我娘舅的姓氏)的顶梁柱。姥姥和姥爷生命的最后岁月,主要是老舅和郝姨(老舅妈)照顾的。老舅的后半生,上述三个原因,导致精神扭曲,做了一些反常的事情,那已经是病态了。但是他即便病入膏肓,依然关注他人,帮助别人,可见血液里永远流淌着善。

回顾老舅的一生,是出悲剧。他的悲剧固然是个人性格所致,但确实也有时代的因素。我就个人所知谈谈我对老舅的印象。

老舅比我大十一岁,他属鼠,我属猪。小时候我经常趁他外出,潜入他的斗室,翻箱倒柜。老舅的箱子里除了几件衣服,还有一些书,特别是两摞连环画,成为我多次潜入他的斗室的诱因。因为姥爷和大舅都是公职人员,姥姥家的经济条件相对好一些,老舅的书里偶尔还夹着一些小面额钞票,这往往成了我偷书之外的不义之财。说来有趣,不知道是老舅有限的藏书开启了我的文学梦,还是"书中自有人民币"的事实刺激了我的阅读欲望,反正在那个时期,老舅的斗室成了我的天堂。

老舅后来当了县粮食局副局长,成了以我姥姥为中心的全家(我家、姨家、两个舅舅家共同组成的洪集胡家)晚辈的共同楷模,我们均为老舅而自豪,并因为有这样的老舅,腰杆子都硬了许多。但是不久,老舅遭遇他人生的一次重大挫折——局长退休,他摩拳擦掌地准备接任,可是新任局长却不是他,而是他的下级。老舅在我父亲和大舅、姨父面前大发雷霆,认为无论是工作能力、文化程度,还是人品,那个人都不能和他相比。我父亲安慰他说,某某当了局长,自然有他的道理,不能说这个局长就一定要由你来当,别人当未必就是一塌糊涂,不妨平静下来,支持新局长的工作,等待进步。老舅一声冷笑:"让我受他领导,不可能!他凭什么领导我!"

老舅的下坡路,大概就是从这以后开始的。碍于我父亲和他的新局长是故交的关系,老舅面子上过得去,新局长也很尊重他,这才相安无事,一起克制地工作了好几年。但是老舅最后还是调离了粮食局,据说,原因是老舅和另一个副局长在好几个场合公开骂了县领导,说他们一群半大橛子(小伙子)坐在主席台上不架相(撑不起台面)——这句话我也听老舅说过。后来老舅平调到县总工会当了副主席,另一个副局长下场更惨,下调到一个局里当工会副主席。

能够想象得出来,老舅的自尊心受到了极大的伤害,他可能终于明白了胳膊拧不过大腿的道理。那个时候,我已经在文学创作上小有名气,在家乡有一些朋友。不知道老舅内心是怎么想的,反正他是屈尊了,给我打电话,让我找县领导说话,早点把"副"字去掉。不久县里一位主要领导到北京,见面后我先是给他看了老舅过去写的字和文章,再介绍他的人品和工作业绩,再讲群众对他的反映。那位县领导有些困惑地说,这么好的干部,还是个才子,应该重用啊,他是谁啊?我说是我老舅胡纯声。这位领导没有马上表态,脸色凝重地说,这个同志啊,县领导对他看法都不太好,听说很傲慢。我说,老舅个性是强一点,但是工作很扎实,在群众中口碑很好,可以再考察一下。过了一些日子,这位领导给我打电话说,确实就是你讲的那样,胡纯声同志是一条汉子,工作能力很强,群众对他的反映还不错。但是也有毛病,还很致命,恃才傲物,经常骂县领导。要跟他讲,以后夹起尾巴做人,不要这也看不惯,那也看不惯,更不要动不动就指手画脚。

我连连承诺。可是,这些话我怎么跟老舅讲啊,那不是找挨骂吗?就在老舅扶正当了县总工会主席之后,我和表弟任家杰还是经常同老舅发生争执,我们由老舅的跟屁虫变成对老舅敬而远之,还不时遭到他的讥讽。记得有一次我探亲回去,朋友请我一家到水门塘餐厅吃饭,被老舅撞见了,对我父亲哼了一声说,什么样子,前呼后拥,耀武扬威,有多大能耐啊?

有一次回家乡,老舅跟我说起他出差的故事,在南方开放城市,一位县领导在某种商品面前流连忘返,工会一名干事私下给老舅建议,给这位县领导买一件礼物,被老舅断然拒绝。老舅说,工会的钱,是老百姓的血汗,凭什么给县领导买保健药?如果是他的意思,让他直接跟我说。我对老舅说,低头上山,昂头下山,不拿公家钱送礼是对的,但是没有必要把话说得那么冲。老舅听了我的话,勃然大怒道,混账,你们这些人都是一丘之貉,你早晚要栽跟头。

老舅骂我的时候,我已经四十多岁了,师级干部,可是在老舅的眼里,我不仅还是一个半大橛子,而且成了潜在的"罪犯"。我遇到这样的情况忍忍也就过去了,可是我的两个表弟却难受了。他们都和老舅在一个县里工作,在老舅怨天尤人的岁月里,他们先后担任乡镇党委书记和镇长,老舅在当地经常讥讽各级领导,给他们带来很大的负面影响。不仅如此,他们还要经常性地为老舅擦屁股,譬如老舅同某人发生冲突,他们就要及时地去赔不是。甚至,还要为老舅的失误买单。

几年后我才慢慢地悟出来,老舅确实恃才傲物,因为怀才不遇,牢骚满腹,看什么都不顺眼。或许，连老舅自己都没有意识到，他对我们这些晚辈诸多看不惯，其实还隐含着一丝嫉妒。他那么一个才华横溢、刚正不阿的人，过去一直是我们的楷模，突然之间，我们长大了，工作了，从业绩到影响力都不比他差，他甚至还要向我们这些晚辈求助了，这是他内心深处极不愿意接受的，勉强在表面上接受了，内心也是十分排斥的。甚至可以认为，我们每帮老舅一次忙，都会在他心里积累一分怨气。

老舅的晚年是扭曲的，他自己没有意识到，他已经被时代甩出了正常生活的轨道，他的思维还停留在他血气方刚的年代，他因为过于自负而成了一个让人敬而远之的人。

十多年前，老舅退休了，可是他仍然退而不休，自告奋勇地当起亲朋好友维权的顾问。他接过了我大舅胡效坤替天行道的柄杖，帮助人找工作、申请低保、申请救济、报销药费、解决土地纠纷等等，值得一提的是，老舅虽然习惯性地"抗上"，但是对于地位比他低、条件比他差的弱势群体，基本上有求必应，基本上两肋插刀，还基本上不顾后果。而为他的一些盲目仗义行为付出代价的，主要是我的两个表弟和我的母亲、我的姨妈，当然也包括我。记得我有年探亲回去，带母亲到医院看病，老舅知道了，带领一帮穷亲戚，其中有两个长辈病号，找到我母亲住院的病房，我只好自掏腰包，代表老舅散发扶贫资金，当然，数量有限。

2018年深秋，老舅因患脑溢血住进上海同济医院，我姥姥和姥爷麾下的第三代几十人赶到上海为老舅送行，望着插满管子的老舅的脸，望着他千呼万唤却依然紧闭的双眼，不禁悲从中来。老舅，到这年年底他才满七十周岁，他刚刚从西藏回来，刚刚买了一双运动鞋，他病发的当天还跟我的小妹说他要去美国，他有那么多的事情没有做完，他有那么多的困惑没有解开，他怎么说走就走了呢？他还有一本记录我们几家第二代、第三代所有人出生年月、工作状况、性格特征的笔记本，那是他曾经和我约定要写《亲情分析》的第一手素材，他这么撒手走了，这个作品我还写吗？

葬礼办完了，在老舅的家里，我们第三代兄弟姐妹九个人相对而坐，默默无语。后来小妹一声哀号，我的爸爸，他是个什么人啊？我说，你的爸爸是一个好人，是一个虽然有缺点，也做过一些不太好的事情，但仍然可以定性为好人的普通人。

人间世

河流水

杨四海

日落时分的河漫滩

那天的夕阳红如火,当它距离江面还有几米高的时候,西边天空的那些云朵仿佛在燃烧。来江边眺望日落、拍摄日落的人有很多,他们当中肯定有人看见,那个只顾着仰面看云,却被脚下的石头绊了一跤的人,拍了拍裤腿上的沙土,缓缓地走下江堤,在铺满青沙的河漫滩上驻足了很久很久。

那个人是我。

黄昏的光线如此炽烈,将梦幻般的橘红色洒在江面与江滩上,我的鼻梁与嘴唇,还有耳朵边,也感受到它的热量。这是一种能够沁入体肤、渗进骨髓的暖流,犹如那乡村灶膛的火,让我想起自己曾经有过的三年插队知青生活:从稻田收工回来已是傍晚,饥肠辘辘的我,快步走进坐落在稻场东边的知青屋子里,点亮那盏煤油灯,迫不及待地淘米下锅,然后坐在锅台下,向灶膛不断添柴添草。记得塞进灶膛里的稻草没有砍来的松枝、割来的茅草好烧,甚至不及六月脱过粒的麦秸好烧,需要我用火钳时时拨弄,不断地挑起、架空,火苗才会呼呼地舔着那口铁锅。

灶膛中那红红的火焰,在我的眼里,既存在于过去,又存在于现在,它与满天满地的落日火红,是那么相像。但两相比较,一个甚是微小,一个宏大辽阔,而且两者原本并无牵连,它们只是在不同的坐标空间,曾经,或现在——映红过我青春和渐渐苍老的脸,此刻能够让我再次看见那灶膛的火光,看见村庄屋前屋后空地上的稻草垛。唉,那些高高的稻草垛哟,在黄昏的光线里是金红色的,深秋季节常常引来成群的麻雀在那里安家落户,在那里叽叽喳喳地叫到天黑,才肯噤声钻进草窝里。

江边的水鸟不像那些麻雀,好长时间过去了,我没听见它们发出那样的聒噪声。刚才我还看见有十多只白色水鸟在浅水中觅食,这会儿不知跑到哪里去了。这些水鸟不是落日的欣赏者,在夜晚还没到来之前,便已离开水边。我寻思着,鸟类多是夜盲者,不能像我们人类那样,既喜欢看日出,又喜欢看落日。人类眼中的落日之美与这些水鸟没有关系,它们视野中的美,浮游在河流或湖泊中,只与吃进嘴里的食物味道有关。可是又有谁真的知道,能够激起水鸟味蕾异常兴奋的,是鱼,还是虾?为了见到明天的日出,这些夜盲的鸟儿必须在前一个白天里不断地寻找食物,吃饱肚子,才能活到明天,才能生存下去。认真回味,那个傍晚收工回来,坐在锅台下,不断向灶膛添柴添草,等待着米饭的香气扑鼻而来的我,又何尝不是如此?

有两个人从河滩东头朝这边走过来,我听见那个女子小声在喊叫:"你腿上绑了沙袋呀,走得怎么这样慢,太阳快要落山了,走快点好不好,再慢,我就拍不到夕阳西下的芦苇了。"一个男人声音飘了过来:"嘿嘿,你这回可是口误了啊,太阳怎么是落山了?山在哪里?你看见山了吗?明明是落江了嘛。"他俩越走越近,走到离我只有几步之远时停住了脚步。这位身穿白底蓝花旗袍的女子眉清目秀、身材高挑,她显然觉察到有人听见他俩刚才的对话,有点不好意思地笑了下,瞥了我一眼,然后对那个胖墩墩的男子揶揄地说道:"有'落江'这个词吗?还说我,你又在生造词汇了。"男子没有再反唇相讥,只是说了句:"前面的芦苇更茂盛,我们去那边拍吧。"说着,他便拉过旗袍女子的手,去寻找"夕阳西下的芦苇"的最佳拍摄点了。

我有点诧异,原来那"夕阳西下的芦苇"只是旗袍女子所要的一个背景。逆光远远地看去,那架笨重的相机在男子手上,他正忙碌地忽而站立,忽而蹲下,在选取着各种拍摄角度。我虽然看不清旗袍女子的面目表情,却能看清她背向深秋芦苇时,摆出的一个又一个优美姿势。我在想,这个旗袍女子的侧面站姿最好看,即便那是一个逆光的灰黑色剪影。

天色渐渐暗了下来,江边广大的事物在降落。浮在江面上的那半个太阳不再刺眼,瑟瑟抖动着,就要沉入河底。或许是那水下的半个太阳的洇染,一江橙红色的流水,这会儿不仅没有暗淡下去,反而像是更加明亮了。滩边那一丛丛芦苇,高举着茎秆上的羽状花絮,也在看落日,它们在秋风中摇曳着,发出飒飒的声响,将钻进苇丛缝隙间的光线忽隐忽现地送到沙滩上,然后斑斑点点地跳跃在我身上。

太阳终于落进水里。江面上那残存的星星点点的幽红,此刻犹如灶膛中已经没有火焰的那堆稻草灰,点点火星虽然即将熄灭,我却仍然感到了它的灼烫。

眺望日落、拍摄落日的那些人在离去。我看见,那两个完成了"夕阳西下的芦苇"拍摄的人,这会儿正迈着疲惫的脚步走向江堤。我脱下了鞋子,坐在江滩上,倒掉灌进鞋子的沙土,穿上后,起身,也向渐渐安静下来的江堤走过去。

河水从桥下流过

走到那座桥的尽头,我才听到流水声,侧身向桥下望去,有好多片硕大的树叶和一截枯木从桥洞中漂过来。这是10月下旬秋天的某日清晨,今年雨水比往年稀少,即使昨夜下了一场小雨,桥下的流水也不是很急,那些黄灿灿的梧桐树叶晃悠悠地漂走了,可是那截干枯的木棍却不急于随水流去,在河面打了两个转后,才贴着岸边的水草缓缓地向下游移去。

其实,吸引我目光的并非是这几片焦黄的落叶与那截尺把长的枯木,而是枯木之上那只体羽艳丽的翠鸟。在那截干枯的木棍上,翠鸟就像是一个熟练的驾舟者,它扇动着翠蓝发亮的翅膀,呖呖地叫着,红红的脚爪不断地跳起又落下,或许是为了保持浮物之上自己身体的平衡。这只翠鸟距离我仅有几米之远,在我诧异地看见这只翠鸟时,翠鸟像是觉察到有人在窥视它,噌的一声飞走了。

翠鸟跑到桥下涵洞做什么?望着翠鸟飞去的方向,我寻思道,一只小小的翠鸟,它怎么会想起凭借这漂浮之物"驶"进桥洞后,又从洞中的那片水域漂过来?难道这拱形桥洞中躲藏着更多的昆虫,浮游着更多的小鱼、小虾和螺蛳?

面对这样的提问,我总是沉默无语。即使提问者不是别人,是我自己,答案已被我即刻想到,我也懒于回答。更何况这样的提问一旦想说出,实质上也是需要有个倾听者的。可是那只翠鸟刚刚看见我,就选择了迅速地离开,它不想听我说话,飞到前面河滩那一小片芦苇丛中去了,因此它也不愿意做个倾听者。

身后传来的说笑声打断了我的胡思乱想。扭头看去,有几个挑着担子的人从桥那边走来,他们三男两女,跟在那个婆娘后边的还有一只大黄狗。他们的脚步很急,离我越来越近,我愣了下,赶紧走下桥,站到了路边上,想让开这群挑担人。那只大黄狗却不听那个婆娘的小声呵斥,颠颠地跑过来,多事地嗅了嗅我的裤腿,然后还抬头望了我一眼,摇了摇它那条高耸的尾巴,才回到了身穿红衣的婆娘身边。

  这群人走近时,我看清这位婆娘笑靥如花的脸。她离我一步之隔时,有个声音婉转悦耳地飘过来:"是来我们桥西村乡下嬉戏的吧?不用怕哟,我家的狗好懂事的,不会袄(咬)你哩。"说着,她的担子从右肩换到左肩。那担菜看上去并不太重,至多五十来斤,不会让一个做农活的人感到沉重,她这么做,显然怕那担沾满昨夜雨滴的蔬菜碰到了我身上。我望着菜筐中色彩鲜艳的小青菜、白萝卜、红辣椒叹道:"你们这里的菜真新鲜,颜色还真好看。"走在后面的那个女人年龄稍大,她接过我的话头戏谑地说道:"她家菜长得是好看,可也没她人长得好看呀。"好看的婆娘回过头去说了句"你真岑(讨厌)",便放慢了脚步笑盈盈地对我说道:"是哩,今天起了个大早去地里收上来的。"

  这时,她瞧了一眼筐中的蔬菜,随后用幽幽的语调继续说道:"今年旱得好厉害,村里的稻田、家里的菜地,天天被我们起早摸黑地灌水、浇水才没干死。想想也是,我们真得谢谢桥下的这条河,村里老人说它从没断流过。"听见她这番话,我感受到了他们肩上所承负起的重压。但这种感受对于我来说,必须凭借自己的记忆才能获得——因为我也曾有过数年的乡村生活,也曾经历过面对干涸的水田天天盼雨落下的焦急。

  走到前面去的人当中有人在喊,要她俩快点跟上来,那婆娘回应了一声,急切地向前赶了两步,担子从左肩又换到右肩,大声说道:"去镇上有两小里路,赶早的蔬菜价格要高点哩。"我觉得这句话是说给前面那几个人听的,也是说给我听的,从她大声说话时而又将那张笑靥如花的脸扭向我的那一刻,便证明了这一点。但我至今仍不明白,那条跑到河边喝水的大黄狗听到这句话后,怎么会反身跑到我面前,再次嗅了嗅我的裤腿,摇了摇它的尾巴,还抬头认真地望了我一眼,才颠颠地跑回到那婆娘跟前。

  大黄狗这是想记住我吗?可是我们的这支"乡村美好生活"采风小队,今天上午就要离开这里。即使日后有机会经过这里,怕也难再次遇见他们了。

  其实我走去的方向与他们的目的地相同,也是前面的那个桥东镇。只不过他们是去镇上卖菜,而我是天微亮时漫步到桥西边的村路上,天大亮时,返回到歇了两夜的那家民宿。

那段江堤及堤下的事情

那段江堤位于皖西南长江北岸，与几十里之外我所居住的 A 市城区江堤相比，堤坝两边的斜坡只见野草，不见树木，显得寂静空旷，横亘在长江与皖河水冲积平原的望江县版图最南端。或许是地处乡野，这里的大堤路面至今还没有被水泥或柏油覆盖，依然是往日里的那么平坦、结实，终年浸润在河流湿潮的空气中，以最朴素的方式，将褐灰色的泥土袒露在人们面前，即使天气干燥、太阳当头高照，也少有尘土在风中扬起。

冬季枯水期，走在那段高高的江堤上，我常常会生出人在长江大桥上行走的感觉，似乎天空是从那褐灰色泥土的堤面开始的。这不是我走在高处才有的错觉。天空下的大堤和大桥，同样是水工建筑物，对河流而言，其区别一个是临河，一个是过河。那段大堤也是如此：堤外是一江滚滚东去的流水，堤内斜坡下几十米远处的那几间房屋，最高的也只有两层。十分钟前，我在那儿下车，曾步行经过那些房子，并与走出那些房子的人相遇。此刻，我已走到了江堤上，当我回头望去时，那些房子和从那些房子里走出来的人，都像是将镜头推远后，那个取景框中缩小了的物与人，我已辨不出房子的细节和那些男女的眉眼了。

但这种感觉会随着江水的上涨，慢慢地消失。春天过去，到了夏季六月，长江主汛期来到，如果再遭遇连日暴雨，水位就会迅猛地升高，江水漫过滩地、爬上堤坡，将涌浪推到堤岸边沿，浑黄的江水在我们的脚下打着漩涡。走下航道船艇临时搭起的接岸跳板而踏上江堤的我，在这种恐高的感觉消失之后，却又会生出另外一种感觉：为江水是否会继续上涨而忧心忡忡。我知道，面对这条狂暴的河流，这种担忧不是我一个人才有，我的同船水手伙伴，甚或那些走上大堤专事来看江水上涨的人，都会因为有了这种担忧而心存渴望：期盼涨水的日子快点过去，江水回落到河槽中。

堤下的荒草，从不会生出人类才有的那种忡忡忧心，即使这年江水来势凶猛，将要淹没堤下的江滩，这里的青草也无法像人那样表达什么，更无法在洪水来到之前，将自己的根扎到别处去。

现在是 5 月，立夏才几天，还不到长江主汛期，这片江滩只被江水淹没了一小部分。但堤外的荒草视而不见，甚至是气焰嚣张，它们从堤坝斜坡最高处出发，一路大大咧咧地跑过去，似乎不愿意留给其他植物任何一点生长空间，毫无顾忌地蔓延在坡面上、滩地上，最茂盛之处，竟有半人高，硬是把原本应是在湿地生长的那几丛芦苇，挤到了远离江水的堤坡边。

吃草的水牛也没有人的那种心思，它们的样子悠闲自在，不停地甩着尾巴，慢腾腾地翻过堤坝，来到临水一侧的堤坡上，啃吃着那里的青草。我有些疑惑，水牛为什么不去滩地上吃草？那儿的草又高又密，汁液一定比坡面上的草更多。我数了数，这群水牛一共有五只，那只牛犊哪儿也不去，它在那四只水牛的守护下，正学习怎么更好地吃草。

和荒草在一起的，还有那两条相隔数十米远的锚链。这两根粗重的锚链，如果不在意，几乎被我忽略。环环相扣的锚链，潜伏在草丛里，仅在人们踏出的那条窄窄的草间小路上，才露出那么一小截来，使人们知道有两条锚链从这儿经过。我惊讶的并非这一点，我注意到，这两条锚链的每一节链环孔洞中，竟也钻出好多不知名的杂草来，几乎将这两条锚链包裹起来。在我退后几步望去时，这沉重的锚链就像是两条草绳子。

再向江滩尽头望去，这两条锚链始于华阳航道处那条四十米趸船的船首与船尾。船首与船尾抛下的那两条锚链的最后一个环扣，连接的不是铁锚，而是连接在堤坡水泥墩的地垄上。对于常年在长江上工作的我，自然知道这两条锚链与抛向江底的那两条锚链具有相同的作用，都是为了在暴风骤雨来到时，趸船仍然能做到不走锚、不离开码头而采取的安全防范措施之一。

其实，从不走锚不离开这里的，只有江堤，只有这些青草。

大暴雨来临之前之后的江边

那场大暴雨来临前已有先兆。清晨时分，太阳刚一露脸，即被西北方向涌来的乌云遮蔽。天气异常闷热。空气湿度很大，到处充斥着水分：泊位于码头的船舶内部在返潮，舱室的壁墙与地板水汪汪的，像是有人刚刚冲洗过；盥洗间里的那面镜子，也蒙上了一层细密的水珠，如果不擦拭，没有人能看清自己的面孔；穿在身上的衣服是潮唧唧的，总想着要脱下来，重新换上一件才舒服。我向对岸望去，由于能见度欠佳，池州市东至县大渡口镇的堤岸犹如在雾气中，一片模糊。我只能从江水那微弱的反光中分辨出岸线在何处。

下午3点钟的时候，天空变成瓦灰颜色，远处隐约传来轰隆隆的雷鸣声，虽然微弱、沉闷，却有力量，我感到了甲板在颤动，并发出金属被轻轻撞击的那种响声。暴雨来临之前，江面显得异常平静，是那种让人担心的平静。长江海事高频电台信息频道连续播送着三级（黄色）水上交通安全预警通告。在港船艇的水手们，检查本船缆绳是否牢靠地系结在趸船的带缆桩上。长江安庆段所有轮渡船都按照禁航令,泊锚于各自渡口码头。江面上行驶的小吨位船舶,也在焦急地寻找安全水域或港口,将要就近锚泊。

悬挂在舱门上方的电子钟指向下午4点15分。一声炸雷响过后,天色陡然变得漆黑。按照安全操作规程,强对流天气且又电闪雷鸣时,船舶电源暂时关闭,所有的船员也被船长告诫不得使用手机,若不是远处炽烈的蓝色闪电撕裂天空,咫尺之间,我是看不到同船伙伴们的脸的,只能从他们说话的声调中,知道谁在跟谁说话。其时,一个人在问:我的天哟,天怎么这么黑?黑得好瘆人。另一个人在答:别急,等一会儿,雨一落下来,天就会亮起来的。这一问一答的,是水手长老许和船长老沈。

还是那个下午,2013年4月29日的下午。大雨,暴雨,大暴雨,特大暴雨,终于落在4月29日的下午里。具体时间是在16:25—17:00。必须说明,这"大雨,暴雨,大暴雨,特大暴雨",并非是我对那个下午降水程度的夸张,它仅是我对当天气象预报和当地媒体多次跟进报道内容中这些关键词一再变化的复述而已。

几乎所有的雨都落在那个下午。我从未经历过如此凶狠的暴雨,它还裹挟着蚕豆般大小的冰雹,砸在甲板上。西北风也在暴雨降落的那一刻突兀而至,掠过城市天空,刮过防洪墙,刮过堤岸,刮过江滩,刮在江面上。飓风在船的两舷刮出尖厉的呼哨声,船在剧烈地摇晃。缆绳在风雨中吱吱嘎嘎地作响。桅杆上的湿透的旗帜,因为风力巨大,不再垂下,逆风扬起,呼啦啦地扯出布的响声。

几乎所有的风都刮在那个下午里。这样的暴风雨,数十年来,我是第一次遇见。当暴雨从天空落下来的时候,其炽烈程度让人恐惧。在我的视野中,那些密集的雨与飓风集结为一体,不见一丝雨的缝隙,已不是正常我们所看到的雨点或雨线,犹如工业锅炉喷出的蒸汽,但颜色微黄,疯狂地涤荡在天地之间。即使在暴风雨最激烈的那个时间段,我看不见舷窗外五米之外的任何事情,但仍然能判断出那一声声清脆而又沉闷的轰响,是来自码头之上——江边公园中那一棵棵柳树或杨树被风折断,然后又轰然倒地的声音。

雨停住的时候,风势已收敛,但还在轻轻地刮,风向已转向西南,天色也渐渐地明亮起来。防洪墙外街道路面上到处积满了水,到处都是折断的树丫或连根拔起的大树,有一棵大树砸在路边私家车的顶棚上。还有从阳台上刮下来的花盆、高处掉下来的商家广告牌、房顶掀下来的凉棚。也有一些助动车和摩托车被疾风吹倒在路边,它们一律朝着风刮过去的方向倒去,就像是一副多米诺骨牌,第一辆刮倒后,紧跟着,一辆接着一辆，一下子倒下了好多辆。

　　码头之上，堤下江边公园中的那些柳树，也在这场突如其来的暴雨中倒下了好多棵，它们的命运与街道两边的绿化树没有什么两样，有的被拦腰吹断，有的被连根拔起，有的被飓风砍去了树冠，光秃秃的，只剩下了树干和几根枝丫。在自来水厂那高高的水塔下游方向不远处，那一棵我不知道树名的大树，粗壮而且枝叶茂盛，已在 4 月里结出扁豆形状的果实，一挂一挂地吊在树叶间，煞是好看，这棵树却没有在大暴雨中倒下，只有十来根粗粗的枝丫被折断，青青的豆荚撒满了一地，它活在了暴风雨之后人们的视野里……

　　暴雨之后，翌日上午 8 点整，长江安庆水位上涨 10 厘米，也就是吴淞高程 9.08 米。当天晚间新闻报道称，这场暴雨之所以被定义为"特大暴雨"，是因为在那短短的 30 多分钟的时间里，降雨量竟达到 115 毫米。天气预报是动力船舶《航行日志》必须记载的内容之一，因而我也知道 115 毫米的降雨量，对于 30 分钟的时间单位又意味着什么……

　　那场大暴雨对一座城市的袭击就发生在昨天。时间相隔如此之近，也许无须努力去回忆，暴雨来临之前之后的景象也能历历在目。但我这样想，在我写下类似"回忆"文字时，回忆并非只是回忆，那一定是我再次身陷于那场大暴雨中。

动车窗外的景物有时候越来越远

　　列车前行，车窗外的景物急速地向后退去。这是南京开往安庆的 D5603 次动车。车窗是封闭式的，不能像普通客车那样可以打开，我感到车厢中的空气有些燥热。前排座位上的那两位旅客，或许有了倦意，拉下窗帘，将后脑勺仰枕在座位靠背顶端，车厢中的光线旋即暗淡了一些。我却没有丝毫睡意，百无聊赖，我不可能老是看他俩的后脑壳，就一直盯在身体右侧那扇窗户上。

　　但我并非对那块玻璃产生了兴趣。是的，即使所有的车窗玻璃都被乘务员擦拭得非常干净，我也不会对哪一块玻璃有什么兴趣。这会儿，我只是在想，玻璃真是个好东西，它在隔断车内和车外的事情时，又将车窗外的景物带到人们眼前。列车逶迤前行，人虽在列车上，但因为一片片玻璃的存在，人们的目光总是与窗外不断出现的景物相遇。

　　如此相遇只在瞬间。窗外的景物由远而近——即使越来越近，从模糊到清晰，但跑到我眼前时，只是瞬息地一现，便过去了。我因此无法记住路途中不断瞬息一现的山冈、田地、河流、湖泊、池塘、村庄的模样。在我眼里，车窗外的景物，具体到任何一个物象，在动车高速行进的过程中，都像是没有特征，甚至失去了可以辨认的细节，它们几乎是相似的。这一棵树与那一棵树,与众多的树,也是如此,在我努力想看清它是什么树时,那棵树和路途中所有的树一样,一闪而去。我仅仅看清了这棵树的大致轮廓,或者它是一棵花红似锦的树。但我辨别不了它绽放的是樱桃花,还是樱花,抑或是桃花。这让我有些怅然……

与窗外景物相遇的人们当中,自然不包括那些拉下窗帘的人,他们不看窗外的风景,或者说,他们是看不见窗外风景的那部分人。比如,坐在我前面的那对年轻夫妻,已经睡着了,那个男的竟然发出细微的鼾声。列车经过马鞍山、芜湖、弋江三个站,都停了两分钟,登车和下车的人在这两分钟时间里,弄出的一些大大小小的动静,也没有将他俩唤醒。

而坐在他俩身边座位的那个男孩,看上去只有五六岁,则显得异常兴奋,从南京南站上车开始,他一刻也没消停,先是报着薄薄的红嘴唇,向那两个后脑勺的耳朵边细细地吹气,当见到母亲伸出一只手在挠痒,他立刻矮下身去,捂着嘴,开心地窃笑。后来,这个男孩大概觉得老是这样干也没多大意思,便离开座位,在车厢走道中来回奔跑。几分钟后,这位将车厢走道当作跑道的男孩,听到有好几个人在说他,还有个人说他是"熊孩子",他不服气地回了句"你才是熊孩子",这才停止奔跑。此刻,他终于安静下来,目光投向我这边,看看我的脸后,又看看那扇车窗,露出诧异的神色,小声嘟哝道,这个叔叔在看什么啊?我朝车窗努了努嘴巴,告诉他,小伙子,我们一起来看窗外风景吧。

"熊孩子"真可爱,他坐到我后排那个靠近车窗的空位上,看起窗外的风景来。我想,也许进入孩子眼睛里的景物与我迥然不同,我看见的,他不一定去看。事实证明了我的这个猜想,他站起身,一只伸出手指的小手在我头顶上直摇晃,叔叔、叔叔,快看、快看,那里有许多鸽子在飞。此时我却隐隐约约听到了"呱——呱——呱——"的乌鸦叫声。我便回答他,那是一群乌鸦在飞。尽管我看不清正在列车前方天空中飞旋的鸟儿,到底是鸽子,还是乌鸦。

天空澄明,鸽子或乌鸦,并不知道这趟列车上有两个人在讨论它们到底是鸽子还是乌鸦。它们在列车前方天空中盘旋了一会儿,便飞向位于铁轨右侧隐约于树木围绕的那座村庄上空,最后没有了踪影。

列车在已经没有了鸽子或乌鸦盘旋的天空下继续前行。呵呵,"熊孩子"可能生气了,我扭过头来,看见他已转过身去,跪在座位上,背对着我看那窗外的风景。看见我在注意他,"熊孩子"发出啾啾声,如鸟语般地说道:"鸽子、鸽子、鸽子哟,你们飞到了乡下房顶上了噢。"我会心一笑，向他说，那些鸟儿的确不是乌鸦，在你看见那群鸟儿落在房顶上的时候，它们就不是乌鸦，一定是鸽子了。这个孩子不仅可爱，而且有意思，我似乎在他身上看见了自己的童年。

现在，我转过身去，和那个孩子一样，逆着列车前行方向，看着窗外不断出现由近而远的景物。我觉得，这更符合我此时的心境。返回家乡安庆，只能离列车始发地南京越来越远，离安庆越来越近，此时，由于我的眺望有了相反方向的改变，车窗外的景物，虽然仍是瞬息一现，但闯进眼帘后，发生了本质上的视觉变化：它们近在眼前，先是异常清晰，然后越来越远，越来越模糊不清，最后终于消逝在辽阔的天空下。

但我想，这样的消逝绝不是消失，车窗外的景物，除了飞翔在天空中的鸟类，它们哪儿也不去，依然存在于原地。这一点很像历史：沧海桑田，距离我们越来越久远，就会越来越模糊不清，最后几近消逝。我们所读到的历史，其实就是后来人们记得住的历史。因而我不相信任何人能够真正走进历史深处，还原他无法参与或经历过的历史。

开往安庆的 D5603 次动车仍然在宁安高铁轨道上行进，但这辆列车始发地并不是历史深处的那座六朝古都。历史深处的南京和安庆，那个时候，只有牛车与马车，没有火车，更没有高铁，因此与我相信或不相信的那些历史没有什么关系。路途中出现的山冈、树林、田地、河流、湖泊、池塘、村庄，也肯定还都在原地，在我经过它们的同时，它们也与我相互擦身而过。事实上，今天的南京城和那个六朝古都的南京，都已经离我越来越远……

现在是 13：17，列车在铜陵站停留两分钟后，将再次向安庆前行。我有些疑惑，前几天我乘坐 D5602 次列车从安庆去南京时，也曾长时间地望着窗外，但似乎从没想过我现在所想的这些。这是为什么？

或许要谢谢那位小男孩，那场有关是鸽子还是乌鸦的"争论"，让我这样的乘客有机会转过身来，逆着列车行进方向，看到了异于先前的窗外景象，想到了很多以前没思忖的事情……

（杨四海，中国作协会员，曾在《散文》《散文选刊·选刊版》《长江文艺》《文艺报》等刊物上发表作品，出版散文集《河边叙述者》等 3 种。作品被收入《21 世纪中国最佳散文(2000—2011)》《中国随笔年度佳作 2011》《新散文百人百篇》《零距离·名家笔下的灵性文字》等多种选本。散文集《河边叙述者》获湖北省第九届文艺楚天奖文学作品类特等奖，多篇散文曾分别获得湖北省文艺楚天奖文学奖、《安徽文学》年度散文奖、长江文联文学创作成就奖等。）

早春（外二篇）

汤 流

连日阴雨，寒冷盘踞在空气里，愁苦挂在人们脸上。一声声轻叹像檐下雨滴的回响，说的无非是人快上霉了，被子快出水了，用电火桶烘衣服啥时候是个头。

每天晚饭后我都会离开出租屋，沿乡村公路闲走。淡淡暮霭将乡村染成水墨画，朦胧而不甚真切。对于乡村，谈不上远离，也谈不上熟悉。年少时离家读书，学校正是女儿现在就读的学校，这像是一种轮回。后来留城工作，只要愿意，骑上电瓶车，十多分钟就到了郊野。

但乡村终究不再是从前的乡村，房屋悄然集中到了公路两侧，寒天里有了抱团取暖的意思。只是人气寡淡，不能凭空想象一扇紧闭的门会在某个时刻被田野里晚归的人重新打开。

昏黄灯光下，陈年旧迹黑黢黢的，寒意和沉默看一眼深一眼，即便在白天，也难以现出原形。有时，我以为一部分夜晚即便在白天也没有走失，它仍然窝藏在那些紧闭的房子里——空是另一种黑。相比之下，有人进出的房屋倒显得另类，细微走动都会惊扰深长的静默。那种空有极强的感染力，看一眼都会激起一声回响。偶尔一两片落叶掉在地上，像翻墙而入的人摔了个跟头。

也有例外，有一天在一个路口远远听到音乐声。循声而去，一只高音喇叭架在院墙上，乍一看像一面墙扯开了嗓门。如果说沉寂是乡村的壁垒，此刻正被另类的方式打开。音响里轮流播放着《大悲咒》和哀乐，每隔一段时间有鞭炮声响起。原来是老人故去，儿孙们从城里回返，请来道士和乐队超度亡灵。上下两层的楼房灯火通明，却没有人哭泣，几个年轻人在院子里，或倚或坐，手里按着手机。来来去去的风忽地把院门关上,亮堂的灯火溢出来,被风吹到很远的地方。

我经过时没有停顿,一个人在早春离开人世,一切将过去,平静卷土重来。从某种意义上说,离开是不能停止的,经过也是不能停止的。只有夜晚的乡村公路柔软多情,顺着地势高低起伏,一个人的漫步也变得高低起伏。在经过一个水塘时,一阵冷风吹来,清寒浓烈饱满。衰草起伏之声像是世间所有的寂静在喧哗。远山和近树都是一团墨色的轮廓。

回去的时候下起了雨,水汽升腾,山脚下飘忽的灯火洇在黑夜这张纸上,一阵风就能把它们卷走。雨水浸润的公路反射着微光。沿着这条路走下去,会抵达哪里?是暗夜的尽头还是过去?这么想一条路就形而上了。事实上,一条路是开放的,也是保守的。在时间的维度上,一条路上聚满了人,也空无一人。

即便如此,一条乡村公路还在尽力记录着乡村生活。每到周末,一辆异地牌照的小车静静地停在一户人家门前。我见过一次道别,儿子的挥手和母亲的叮嘱寻常而珍贵。对他们而言,这条路一端连着家门,一端伸向远方。这让我相信,有一种停靠不是四轮驱动的,时间教人远离,也教人回来。

我还看到了路边一朵花的开放。在夜晚,路灯下野花的盛开突兀而孤单。我俯身为它拍照,闪光灯下,黑色的背景又浓又酽,覆盖了一朵花不为人知的漫长的生长过程,仿佛在那片黑的呵护下,一朵花挣脱了自己。

而节令的到来终究悄无声息,春天姗姗来迟,并不意味着明媚的日子遥遥无期。事实上,我们将很快走失。就像这夜晚的路,不论我走过多少次,都看不到上一次的影迹,听不到一点回响。那位故去的老人何尝不是如此?他怀抱几十个春天而去,不留一点痕迹。猝不及防的是早春的雨,有时像丝,有时像雾,有时像针,落在斜坡上,落在草木上,落在湖面,也落在头发上。我的头发在这个早春一定被浇灌了过多的雨水,狂乱生长。斑驳的白发不甘潜伏于两鬓,向头顶蔓延开来,雨水的洗刷让它们愈加醒目。我把诸多不快归咎于它们。

回到城里就去理发。年少时理发,不敢直面理发师,也不敢多看镜中的自己,顶多偷瞄几眼,自恋也小心翼翼,把那么清澈的自己交给一面虚妄的镜子。现在理发,敢看理发师了,他的一举一动尽在眼里,还私下评价他专业与否。只是对镜中的自己失去了兴趣,不想看,也不忍看,看到的都不是自己。

理发师寡言,四十多岁,发型前卫。额前黑发葱郁,后脑勺一溜光。青色的头皮紧绷着,像山水画中供人意会的峰峦。有时我无端羡慕有一颗大脑袋的人,剃个光头既可以愉悦别人,也可以供自己把玩,还可以在不快时明志。可惜理发师有一张苦脸,像午睡没醒的样子。他只顾埋头干活,洗、梳、剃、剪、刮、吹,一招一式都认真细致。我忍不住多看了几眼,试图搭讪,最终还是放弃了。在理发店,理发师话多,尤其是浅薄地多话,让人不快。而一味沉默亦让人不适,除非彼此皆沉溺于心事。今天的沉默有些异样,在狭小的空间里,有回旋的余地,却不知道如何触碰。

周围的人倒很热闹,我从他们的口中得知:今天二月二,龙抬头,是个好日子。但于我而言只是一种巧合。我去理发是因为我必须要去理发,我没有刻意去迎合习俗。一个日子里积淀的东西很多时候在我的生活之外。比如今天,我想除去的不过是头发里滞留的早春的阴晦。

理发师职业性地打量我一眼,然后按照这一眼给他的感觉开始操作。他将我的头发剪短,再按三七开往后梳,露出光亮的额头,对那些桀骜不驯的短发用吹风机驯服,直到它们油光滑亮地朝后倒伏。

我忽然感到了异样,年少时喜欢的蓬松和自然渐渐被另一种发型取代。我不知道这种改变缘于何时,每经历一次就觉得自己滑向尘世更深一点。也许理发师不过用这种发型替我挽救什么、证明什么,但适得其反,丢掉的东西不可能失而复得。我对这样的修饰颇感无奈,我不需要用发型昭示什么,也无须用发型给自己归类。我不可遏制地怀念起那个不敢看理发师的青涩少年,最终还是习惯了时间借他人之手实现对自己的摆布。

理完发沿湖走了一圈。湖水平静,像是服从了一种安排。岸边霓虹闪烁,有香奈尔养生会馆、良子足浴、新世界、鲜花坊……我顶着早春的发型,挂念起无人打捞的湖水。

山　脚　下

德昌宾馆门前的保安真是敬业,我晚饭后去双瞻阁方向被保安拦下,理由是不安全,怕山上有野猪下来伤人,五点后不能进。我只好回返,意犹未尽,站在清水塘边踟蹰半天。遥想当年,浮中创始人房秩五先生一定在阁楼上眺望过石溪河对岸父母的坟墓,思念让他的目光有些沉重。"陟彼岵兮,瞻望父兮;陟彼屺兮,瞻望母兮。"夜色弥漫,双瞻阁浓缩了人间的爱与叮嘱。

有一回侥幸,我趁保安不注意溜了进去。双瞻阁里人影绰绰,灯红酒绿,一片喧哗。

先前耳闻开发商将双瞻阁辟为私人会所，偶得一见，怅然若失。我何苦来凭吊这座人非物非的小阁楼？世间之大，已容不下一座爱的遗存。我忽然明白那个保安为何那般尽职尽责，是怕闲人进去有所打扰吧。

后来散步，到了清水塘边自行打住。我宁愿坐拥一池塘水，也不愿身陷那个想象中的阁楼。尽管清水塘已不再是过去的清水塘，它的北面建了小型停车场，往右是几栋烂尾楼，好在平日少有旅游车辆进入，清水塘还持守着它的清寂。它蓄的是山泉，却照不出人心。

早年读书，学校未通自来水，洗澡、洗衣颇为不便。冬天洗澡打一桶井水，兑几瓶热水，站在宿舍走廊前一冲了事。也有走光的时候，女生抱着书恰巧从廊前经过，红了脸匆匆而过。洗澡的人便被宿舍里的兄弟们打趣。夏天洗澡好对付，拣上短裤、汗衫，带上毛巾和盆，往清水塘而去。塘边男女生自动分成两个阵营，西边是花花绿绿的女生，埋头洗衣，间或小声说笑。男生一个个光着上身，穿着短裤洗澡，洗好了就钻进身后的山林，借草木遮掩迅速换了衣服。偶有男生打闹的，不过是见了熟识的女生在对面，想引起对方注意罢了。

清水塘成了天然的澡堂和洗衣池，这是不得已的选择，危险潜伏在平静之中。高一下学期，隔壁班的体育委员，一个大个子男孩，当他沉入塘底时，许多人以为他在潜泳。他最后留给世界的只有几圈水纹。

清水塘泊在记忆里，二十多年后，我再次走近这个山塘。清水塘怕是早已认不出这个曾经与它亲密接触的人。我也没有了年少情怀，陪读，不过是被生活的潮汐席卷至此。

出租屋离清水塘不过六七百米，是一栋三层民居。每层被分隔成大小不一的房间出租，租金自是不菲。与我一层的四位妇人，每天起早贪黑，买菜、洗衣、做饭，很少谈长论短，我以为她们来自各地，彼此尚未熟识，话题也就少了这部分内容，这让她们自动远离谈论某个人或某件事而可能引发的是非，反而显得实诚可爱。也少谈及自家烦心事，每个人都用一层薄薄的东西罩着自己，还没坦然到主动揭开的时候。其中一个会烧菜的女人很快成了大家讨教的对象，她每天教大家变换花样弄吃的。有次她主动教我包饺子，教者认真，听者潦草。很多时候，我是她们眼中的怪人，每天关着门，没有动静，偶尔听点音乐，与她们格格不入。

傍晚，她们出门散步，总是先于我回来，却不急于上楼，一字排开地坐在一楼客厅的长凳上,无所事事地看着夜色铺张和舒展。我回来时,每次都由同一个女人招呼一声"回来了",我"嗯"一声算是回答,有时笑笑,什么也不说,在她们看我的温热眼神中上楼去。

房东家无 Wi-Fi,她们拿着手机在周边蹭热点,就着无线网打微信电话。这让我觉得自己花钱买流量,在免费面前保持矜持实在是一种虚伪,她们活得比我实在。有天夜里 11 点多,一个女人透过微信骂电话里的男人"现世的",让男人开灯开视频。听声音并非来自这栋楼,夜色裹了她的声音,格外黏稠浓烈。愤怒如水,远处的那个男人才是堤岸,她试图摧毁它。

二楼住着一个异地女人,个高体胖嗓门大,爽朗的笑声常常无端蹦出来,足以让整栋楼跟她共振。她是这栋楼的一个花絮,爱打牌,却总是输,也不沮丧,什么时候都乐呵呵的,把日子过得像过节一样,这让她的异地口音少了些许隔膜之感。

我们——不得不说,这个词轻易地把我和她们归类。我和她们并无区别,事实上也是如此。尽管有一天,她们探讨的话题一度是一个人跑了十八个省是跑了多大地方,结论是不相信,跑十八个市还差不多。我没有参与她们的讨论,我和她们窝在这里,陪读是共同的身份。陪读,不高尚也不可耻,某种意义上,有盲从,有裹挟,有情愿,也有陪伴。相信若干年后,她们的孩子会以实际行动告诉她们跑多远是多远。

午后常有小贩的叫卖声传上来,对我来说,那些地摊货早已不值得信任。多年的教育让我们在这个问题上分出了彼此。她们一窝蜂地下楼去,讨价还价,为低价购得的棉被或衣裤满心欢喜。我在漠然以对的同时少了先前的鄙视和悲凉。想起故去的母亲和一辈子生活在廉价物事里的人们,没有任何理由轻薄她们。相反,我看到了自己的来处,曾经我以为我已经走得很远,但在这里,我突然发现我其实还停留在原地,以她们的形式,她们是另类的自己。

她们不知道的是多个傍晚,我去清水塘边,不是朝圣,也不是洗濯自己,清水塘并非是一处清洁所在。临水而立,不过看看自己的影子。山路寂寂,夜风不兴。偶有萤火虫于水面飞舞,让人误以为湖中星光晃动,但那精灵一闪一闪向草丛而去。细想有许多年未见,却于此时此地相遇,何尝不是生命间的映照!沿一缕荧光回返,莫非时间是扭曲的,我遭遇了另一种引力波?若如此,那个远眺父母坟墓的人一定还站在阁楼上,溺水的同学也一定在湖底举着荧光赶路,而我还能做一个浮中学子,像一个心甘情愿潜伏在浮中的木鱼,日日被悬在树上的钟敲打。又或,我还能背着书包,回到母亲身边。

秋虫唧唧,朗月当空,湖中平静处有动荡。岸边水痕渐显,裸露的是更深的存在。那一刻,秋夜如此丰茂,一切宛如时间精妙的安置。

回到住处,推开窗户,一座山的轮廓贴上西天。它一动不动地矗立了上亿年,唯有山脚下的事物日日如新,日日如旧。

钟　　声

几年前,她离开小城,起身去南方。那时老伴去世还不到一年。我想她是心怀悲痛的。我不止一次在下楼时听到她嘤嘤的低泣声。那个大她十多岁的老男人在生命最后几年并没有给她多少快乐,但他在,她心里是安定的。哪怕一年有大半时间,他们把家安在医院里。只要有好转,她家就会传来音乐声。老男人拉得一手好二胡,她亦毫不逊色,口琴吹得呱呱叫。老男人拉的二胡如泣如诉,一曲《江河水》让人悲怆无语,像坎坷身世的隐喻。听人说,他曾是某大学高才生,早年犯了错误,被分配至小城。人们唯恐避之不及,三十多岁还孑然一身。她从外地流落至此,跟了他,两人相依为命。他们有一个儿子,我见过这个孩子,沉默、寡淡,低头走路,像做错了什么事。又仿佛,什么都跟他无关。上大学后,我很少见到他,据说现在在南方某个城市打工。

老男人身体一向不好,二十多年前我进校时就觉出了异样。他一说话,胸腔就像被什么东西钳制住,呼啦呼啦的杂音像蒙尘的磁带没转几下就卡住了。年岁渐长,越发严重起来,每年冬天都像过鬼门关。有时难得闲情,他拉起二胡,一曲开始,来不及收尾就戛然而止,像一口没有喘上来的气。每当此时,口琴声响起,蹦蹦跳跳的,昂扬、激越、欢快,她用自己的方式衔接上,或者说,她用自己的方式安抚着老男人,为他注入中气。

天气晴好时,她会搀扶老男人下楼晒太阳。老男人瘦得皮包骨头,远看像一截树棍斜靠在她身上。他每走几步就会停下来,费力地喘几口气,呼啦呼啦的声响老远就能听到。他干瘪的胸中总是风起云涌,藏有万千雷电。受制于这样的风雷,他后半生一直试图吐出胸中块垒,却无奈被自己围困。

夏天一到,他们敞开家门,一动不动地坐在过道里。穿堂风悠悠吹过,像抚摸两尊雕像。时光从容、缓慢而悠长,一切平静而安逸。我就是在那时注意到他们家那只钟的。那只钟并未挂在墙壁上,而是放在方桌上。长长的钟摆不紧不慢地晃荡着,钟面上的插孔像两只眼睛打量着他们。我不知道那只钟的来历,只是有些好奇,在手表、手机日益智能化的今天,他们为什么舍不得丢弃它。也许那只钟敲打过的时间仅仅从属于他们,对旁人而言,那些时间是封闭的。

每到整点,古旧的钟声就会传出来。有时在清晨,有时在中午,有时在失眠的夜里。钟声纯粹又神秘,铜质的声音极具穿透力,像阳光透过叶片,带着明亮的光斑。许多混沌时刻,在钟声敲打之下,慢慢现出原形和边界。我对钟声有了期许和依赖。每天听到一两次,一天的时间就落地生根,仿佛这些时间没有无缘无故、无声无息地跑掉。

我和他们交往不多。早年上班,我住在教学楼一楼和二楼之间的楼道里。教学楼被设计成一本打开的书的模样,书脊向上并向后延展,楼层之间的楼道里便有了低矮的微型单间。为了照顾没有工作的她,学校允许她在一楼楼道的单间里开店。我们上下而居,见面时偶尔招呼一声,谈不上亲近。她的异地口音让我感到生分,而我身上残留的学生气息更是与她不投缘。

领到首月工资时,我为自己买了一双皮鞋,穿着它在房间里走来走去,虚构自己高大的样子,有点陶醉。跟那些年龄相仿的技校生相比,我不但个子矮,穿着也稍逊一筹。在他们面前,我常常找不到为师的感觉。但兴奋劲还未过去,她找上门来,告诉我不要在房间里踱来踱去,也不要把录音机开那么大声,以免影响他人休息。她还问我是不是恋爱了,怎么每天都有那么多女生在房间里说说笑笑。当然,最后一句话她是笑着说的。

我尴尬极了,红着脸不知如何应答,就像一个犯了错误的学生,被老师逮个正着。我悻悻地把皮鞋收起来。

"别理她,她有点刻薄!"一个同事安慰我,"有一回章老师在校园里逮到一条十几斤重的蟒蛇,问她借蛇皮袋装上。她把蛇要去了,说给老男人补身体,谁知背到菜市上卖钱了。"

很快,学校从旧校区搬到新校区,我搬离了那里。老男人也提前病退了,她没能在新校区续开小店。意外的是,分房时,我们又住进了同一单元,两扇防盗门关起了不同的世界。

但我还是常常见她站在楼下,粗声大气,不是指责楼上哪家滴水了,就是怒斥谁家小孩碰倒了她的自行车。她像是贮藏了太多火气,不断寻找出口。但无论怎样出离愤怒,很少有人出来应她。更多时候,她语气暴烈地自言自语。每到年终,她又忙碌起来,不知从哪里贩来劣质台历卖给学校,挣点差价。考虑到老男人长年生病,学校照单全收,教职员工人手一本。有时,我翻看那些不同年份的大红台历,哑然失笑。命理、运程、八字、风水、凶吉……白纸黑字年年相似,唯人间与此格格不入。

老男人一日一日病重起来,她骑着自行车,提着保温桶从家往返医院,稍有好转,就把老男人从医院里接回来,节省一点费用。又一个冬天即将到来,老男人气若游丝,靠吸氧维持生命。她买了一辆电动三轮车和一套简易供氧设备,让老男人在家吸氧。情况紧急时,她就用三轮车载着老男人飞奔去医院,但老男人还是走了。

两个年轻的女孩子租了她家房子。在遥远的南方,一个小生命在等着她。楼道里沉寂下来,喘息声喑哑了,琴声喑哑了,钟声也喑哑了。偶尔传来女孩高跟鞋尖尖细细的弹奏声。我怅然若失,没有沉甸甸的钟声替我敲打虚无了。

再见她时,她坐在传达室门口跟看门阿姨聊天。远远地,听见看门阿姨说:"他们嫌弃你,不让你带孩子,你还快活些,回头找个老伴好好过。"她苦笑,打开手机,指着里面的照片说:"看,这是我孙子,会爬了,一天比一天好玩。"言语兴奋,笑容却僵在脸上,像一朵枯败的花。

又一个黄昏,她坐在一楼墙根边,像是等谁。不一会儿,一个老头慢慢走过来。她起身,一前一后上楼去。我有了小欢喜,期许钟声再次响起。钟声若是我们的交集,我愿它长久下去。

(汤流,中学教师,安徽省作协会员。习作散见于《清明》《安徽文学》《诗歌月刊》《短篇小说》等报刊,有散文作品获奖,著有散文集《群居》。)

云在云端，鸟在青天

江南雪儿

一

云在云端。鸟在青天。水在脚下静卧。抬眼能望见所有的楼顶。在9楼阳台藤椅上斜躺着看书，为一个会心的句子凝神发呆。此刻，隐约听到鸟鸣，还有"桥边姑娘，你的忧伤，我把你放心房，不想让你流浪"这样的歌声。

微风吹拂，一缕一缕吹乱了头发，也吹皱了心绪。我站立起来，推开阳台窗户，楼下花园九曲回环的静水映入眼帘。它很小，说是水沟有点不尊重它的气韵，称呼它为水塘吧。飞鸟、云朵、歌声仍然随风而至——这是画面感十足的场景。画面感饱满，是我退休后应聘到某影视传媒公司的老总对我文案创作的要求。画面感、画面感，他反复强调。他要求我文案出炉时画面要同步打开，文字里要有画，要鲜活。

一年多来，我创作了百余篇文案，画面感是我的基调，不，是我的品牌。我被要求或者自我要求，每一行字都要有声有色有动感，而且，要有画面的动感，要让文字站立起来。

刚才的画面倘若是个文案创意，与画面同步出现的解说词应该是：

水在比我低的地方，永远如此。我凝视它的时候，总要垂下眼睛。

二

我的心绪如乱云飞渡，但并不杂草丛生。

多年前,在主题为"世界末日"的全球性漫画大赛中,有一位家庭主妇的漫画获得大奖:厨房里没有拧紧的自来水龙头中还有一滴水,她伸手关闭水龙头。她从容,她站立,她赋予水尊严,赋予人类尊严。哪怕下一秒地球就要毁灭,她也要从容不迫地把事情做好。

一个从容的女子是从一番历练里走出来的。走不出,她就匍匐而卑微;走出来,她就造就出"也无风雨也无晴"的格局。

是的,此刻,也无风雨也无晴。没有云,只有苍白的天空。那被花红柳绿簇拥着的一池春水的小桥上,有位姑娘在行走。她风华正茂,她落落大方,她手里拿着一本书,正路过小桥。桥下水塘里有一对鱼儿跳出水面,姑娘没有留意,她在默默前行不为所动,她在凝视万物内心起伏。

我在9楼阳台书桌前端坐,也在凝视万物内心起伏。姑娘有姑娘的心事,我有我的心事。我表达心事的突破口在于写下,写下即是永恒,写下即是剥离,写下即是苏醒,写下即是站立。

这种默默前行不为所动的背影我熟悉,一年前,我就是这样的剪影,我也手持一些纸质东西奔走在大街小巷、东西南北。不同的是:姑娘此刻的状态从容而释然;彼时,我应聘而不得,虽然多是觉得不适合我,或者说我不适合这份工作而自己放弃,但我的状态仍然焦虑、执着、不屈服。那是一种尴尬窘迫与不屈不挠杂糅的心情。

大雨滂沱。我行走在路上,撑着伞,雨太大,衣服、背包、裤子、鞋子还是被大雨打湿,头发也是湿的,眼睛也是湿的。我反复念叨"我有用,我无用,我有用,我无用",仿佛背诵台词一般。

退休,这个词语,像一面墙矗立着。它在阻隔,在疏离,在遮挡,在剥离。

阻隔。阻隔我与过去。意味着我工作生命的休止或告一段落,意味着把舞台腾空给新人,意味着旧模式的断裂而新模式还没有抵达。

某日,我在微信朋友圈看到一首诗:

万物皆有缝隙
所以,才有雨
万物皆有缝隙
因此,阳光才能进入

关键词"缝隙"。这是灵感,这是创意,这是触发点。

退休,无缝衔接。

好吧,55岁,我要踮起脚尖,眺望一下这个时代,做一个奔腾的浪花和闪烁的亮点,投入这动感时代的怀抱,不被滞留,不被搁浅。

我参加了很多应聘。我现在真的掌控住了自己。

心态平和之后万事顺心。退休,不是结束,而是开始,我这个60后的人加入队列,成为跑着前行人中的一朵时代浪花,我很幸福,很知足。

三

我在站台上,只不过是打了一个盹,然后就走向出口。我要从站台走出,从车里走出,融入人群,融入生活,融入时代。退休不是我的路障,它仅仅是个关口而已,跨越过去就是无缝隙连接。

在尘世里行走,保持一点原则,坚守一些孤傲,这也是我的一份独立宣言。

万事万物凡是存在都有它的独立宣言。

比如风,它也有自己的独立宣言。它情绪好时是和风细雨,它情绪坏时是狂风暴雨。

我们每一天都在走进人生,我们每个人的人生都五彩纷呈,每一天每一个细节都影响人的情绪。

退休前,我在生活的肌理纹路上常态化工作,我以为一切都是自然而光鲜的,溜冰场一般。退休之后,我告别了稳定的工作状态,渗透到生活的背面或者生活的褶皱底层里去,忽然明白了挣钱的艰辛、生存的不易,及靠劳动获得收入后的巨大欣喜和知足。我等于是复活了一次,等于是重生了一次。

重新审视自己并审视这个世界之后,我发现,这世界,是站立的姿态。

比如我此刻看到的楼群全部是站立的。比如雨后天晴的天上浮游变动的云朵,也是站立的。云的脚你看不到,但是,云是站立的。小鸟在空中站立着。楼下的水也在水中站立着。水塘将自己的情怀变成容器来承载着它。此刻的我是躺着的,但我的心,在站立着。还有那首歌也在站立着,桥边的姑娘作为风景站立在歌声里,让歌者和听者为之动情。

对了,写下那个关于水的句子的,是法国作家蓬热。他写的是:

"水在比我低的地方,永远如此。我凝视它的时候,总要垂下眼睛。"

(徐红,女,笔名江南雪儿。安徽省作协会员、中石化作协会员、中国散文家协会会员、安徽省评论家协会会员。有40多万字作品发表于《文艺报》《散文》《读者》《美文》《散文百家》《散文诗》《山东文学》《岁月》《安徽文学》《福建文学》等报刊,作品入选几十种文集。获得过全国新散文大奖和全国散文大赛奖、浩然文学奖等,曾获得首批"中国石化优秀作家"称号。)

乡间的草

宋文武

茅　草

在乡间,比庄稼和树木更多的是草。

稻粱菽麦黍,我们可以分清每一类粮食;桑枣榆槐松,我们能够辨明每一个树种。但是,我们不能叫出每一种草的名字。

对于我们而言,有些草就像我们的熟人、故交,乃至亲戚、家人,我们了解它们的一切,包括它们的爱好与脾性;而有些草,偶尔见面,只是眼熟,却叫不出它们的名字,尽管如此,只要它们一亮相,我们就知道它们都是老乡,不是远人。

在众多的草之间,茅草算是个性鲜明的草了。乡间的草,多是一年生的。白乐天有诗云:离离原上草,一岁一枯荣。民间有谚语说:人活一世,草木一秋。那"野火烧不尽,春风吹又生"的草确实很多,然而,让人首先想到的可能就是茅草了。

韩昌黎认为"天街小雨润如酥,草色遥看近却无",其实,他看到的一定不是最美的春雨,自然也不是最美的草色。好雨时节,当春发生。雨滴打在通都大邑、皇城根底的参差瓦楞或铺街石板上,是没有这样的趣味的,只有雨落原野,渗入泥土,让原野如饮玉露琼浆,这样,才能产生"润物无声"的完美意境。

在春雷召唤、春雨滋润下,最先从沉睡的泥土里探出脑袋的,就有茅草。茅草有宿根,它一直在感受着大地的温度,它比冬眠的动物机灵,候时而动,只要季节到了,就能够破土而出。它的初叶如针,直指天心,哪怕只冒出一个针尖,也有刺破苍穹的梦想与气魄。从初生的那一刻起,茅草似乎比别的草更爱干净,虽是从土里来,却不会沾染一丝尘埃，还要用晨露擦拭，甘霖洗濯。茅草应是草中的君子，乃至圣贤。

茅草生长的地方也不同寻常。它不会长在低洼之所，一任污水浸染，泥浆裹挟。相反，它会生在高处，当甘霖降下，它最先承赐，沐浴之后，水才会滚落。所以，茅草是清清爽爽、一尘不染的。它脚下也不是普通的黑土，而是挖沟开渠掘井取上来的黄泥。黄泥里能够孕育出砂礓，也能为茅草的生长源源不断地提供养料。茅草虽然是草，但并不是窝窝囊囊地活着的。它像良禽择木而栖，如志士抉泉而饮。

茅草一钻出地面，就格外受到关注。有的茅草是一丛丛地抱团生长的，犹似在固守自己的领地，不容侵犯，但是也不侵犯不属于自己的地盘；只有少量的茅草一根根散落着，夹杂在其他的草类之中，却又鹤立于众草之上。春天到来的时候，原野上有两种植物特别吸引人。一是双芽子，它属于蓣类，和茅草各有其美。它的花实在清纯而漂亮，女孩子用它编成辫子，戴在头上，作为装饰，男孩子会挖出它的球茎，扯一把干草，划火柴点着了，烧烤着来吃。烧熟的球茎面面的、甜甜的，争着抢着吃的孩子们会沾一脸的草灰，以至于分不清鼻子还是眼，大家相视而笑，你追我赶，打打闹闹，笑声传遍原野，快活得不得了。二是茅葽。关于"葽"字，应该尊重方言发音，把它读成轻声 yi，可是，《现代汉语词典》并没有收录这个读音。茅葽，就是茅草的嫩花，当它们还裹在叶片里的时候，孩子们的小手，也是巧手，就已经伸向它们，并将它们轻轻地提出来，力道要拿捏得恰到好处，才能保证茅葽不会断裂，是为"提（dī）茅葽"。提出的茅葽，形似套被用的大针，一头粗，一头细，因此它便有了个施加了比喻的名字：茅针。孩子们会比赛似的看谁手里的茅葽多，有时候甚至还要一根根地数过加以评判，谁都不服气谁。嫩嫩的茅葽，剖开包裹着的嫩叶，露出纯纯的白色，干净得让人不忍用手去触碰，仿佛触碰它就是亵渎了它一般。放一根在嘴里，茅葽马上就融化了，有丝丝的甜味，那是春天的味道。只是不解馋，多塞几根在嘴里，才有了一点嚼劲，而不至于空若无物。

《诗经·邶风·静女》中描述了一对青年男女约会的场景，女主人公"自牧归（通'馈'）葽"，有人说，"葽"就是茅葽。女子从原野上带来茅葽，送给中意的男子——恋爱中的青年男女，把自己喜爱的东西拿出来同对方分享，实在是再好不过的了。有的茅葽逃过了孩子们的小手，经春历夏，到了秋天，就会抽出或红或白的花穗儿，于是就有了个成语叫"如火如荼"。因为茅草的花穗儿太显眼了，它甚至可以作为行军的旗帜，被高高地举起在队伍的前列，"名列前茅"就有了生动形象的出处……

茅草并不知道这些。它只顾尽力地生长，唯其如此，才能将生命绽放得轰轰烈烈。

我们通常只能割到它的叶子,它的叶子很轻。生产队时期,拔草的人都不愿意割茅草,因为茅草不压秤,挣不到工分,而且不便于牛羊食用。茅草的叶子很有韧性,边缘有齿,据说,鲁班当年就是因为发现了茅草的叶缘有齿,受到启发,才发明了神奇的锯子。茅草的根是一味中药,农村有许多草头方子,不需要花钱,却能治大病。而现在,向往返璞归真的城里人,餐桌上又多了一道美味,那就是茅草根。此外,茅草根还可以泡茶或煲汤,清热效果很好。

茅草会向天空生长,一直保持着站立的姿势,绝不会匍匐于地。这是茅草的倔强。秋冬时节,茅草的叶子枯黄了,但是,想要拔掉它们不是一件容易的事。于是,恼羞成怒的人类就点了一把火,将茅草烧得光光的。只是,他们忘了,茅草有根,来年,它们依旧蓬勃。

巴 根 草

我不太敢确定,我所要写的这种草,如果用汉字记录下来,是不是"巴根草"三个字。

因为,有的地方把这种草称为"牛筋草",仔细想来,这么叫的确十分形象。但是,我觉得叫它巴根草,肯定也自有道理,因为家乡人祖祖辈辈生活在这里,对某种事物的界定,是建立在长期公认共识的基础上的,是约定俗成的,我遵循的是他们的叫法。对于同一事物,不同的地方有不同的称呼,而且这些称呼都有道理,也是不容置疑的。就像"牛筋草",这个名字在我们家乡,通常是指一种叫"禅草"的草。古时,提到有韧性的物品,牛皮、牛筋应该名列前茅。说这种草叫牛筋草,是因为它的确像牛筋,有韧性,即便是孤零零的一株草,长在地上,很不起眼,可是你要想拔起它,几乎是不可能的,因为它的根系实在太发达了,如果有兴趣,将它挖起来,或者刨出来,你会发现,它密密麻麻的根须,比一个人的胡子还要多。当你第一次将每一根茎叶拢在手里想轻松拔起它而失败的时候,你开始觉得不该小瞧了它,于是用双手来试,结果还是失败了,整株草纹丝不动,你最多只能碰掉一两片叶子。你不敢想象它竟然有如此的韧性,简直像牛筋一样,抑或形如用于打坐参禅的莲花宝座。"牛筋草"和"禅草",作为草的名字,同指一种草,前者形象,后者深刻。

所以,我不否认我写的这种草有"牛筋草"的别称,但我更喜欢叫它"巴根草"。也有人叫它"巴根茳",巴根草的茳子一节一节的,像竹节,细而短,长不过四指,粗如火柴棒。

不少花儿，都能成为古时文人描绘吟咏的对象，如桃花、杏花、梨花、梅花、荷花、菊花、牡丹、芍药等。这些四时之花，多见而美艳，容易触动文人的审美观感，撩拨他们的情思，从而引发他们不遗余力地抒怀。而对于草，因为文人中几乎没有来自社会底层的田夫野老，所以他们很可能并不认识，虽然在他们的诗文里也有"草色入帘青""映阶碧草自春色""芳草萋萋鹦鹉洲"等，但是他们并没有明确地指出自己所写的是哪种草，只是笼统的习惯称呼、笼统的文学意象。而那个年少时曾目睹农人辛苦，愤然写下《悯农二首》的唐人李绅，在飞黄腾达、身居高位之后，变得无比奢侈，早已忘了农人，也忘了农人锄的草。只有生活在乡村，性格、命运和草一样的人，才会真正关注并深入探究这些草。

春天到来，万物复苏。这"复苏"一词中的"苏"字，其繁体是"蘇"，和草类、庄稼的萌发有关，其异体字"甦"，是个典型的会意字，有着"春风吹又生"的深刻内涵。巴根草，虽然只是一种卑微的草，但也有绽放生命的权利与自由。原野上一片葱绿时，能够和庄稼比肩的，自然是各种各样的草。有的草生长在田野里，不仅要和庄稼争夺养分，甚至还想挤掉庄稼，成就自己。比如拉拉藤、菟丝子，它们是小麦、大豆的敌人，必须消灭，否则，小麦会被拉拉藤缠得奄奄一息，大豆甚至会被菟丝子"吃"掉。有的草，长得和庄稼差不多，大有鱼目混珠之势，比如野燕麦、稗子。前者是小麦黄矮病的寄主，会降低小麦的品质与产量；后者形似水稻，是一种让人必欲除之而后快的杂草。

然而，巴根草不同。巴根草一般不会长在庄稼地里，即使偶有种子落在庄稼地里，发芽了，它们也会长得非常细弱，仅仅是为了活着，绝没有与庄稼争领地、抢养分的想法，这或许是它的天性使然吧。并不是所有的物种生来都要争夺什么，它们只是单纯地想活着。

古人发明了"阡陌"一词，用来指田间小路，纵向即南北为"阡"，横向即东西为"陌"。巴根草就喜欢长在四通八达的田间小路上，而且是路边。它们自知，不与庄稼争夺，不仅不讨人厌，反而招人喜爱。这些长在路边的巴根草，匍匐于地，不好高，但骛远，将根深入泥土，然后向前延伸，先扎了根，再生长下一节，每一节都长得十分硬朗，整株草像一张严密紧实的网，牢牢地贴在路旁、坝顶的地上，而长根须处会生发更多的茎叶。这样的情状，能够契合"巴"字的义项之一：紧贴。你不要试图将一株巴根草扯掉，不管你破坏了其中的任何几节，都不会影响到它的生长，因为每一节巴根草都有自己的根系,这些根系既能够独立,又在一起发力,像极了众人划桨开动大船。

这些长在路边的巴根草之所以招人喜爱,还在于它们可以锁住扎根处的泥土,防止泥土流失,不会让田间小路这样的重要通道变得坑坑洼洼。每当雨后,乡村里泥泞不堪,想要出门,就得踏两脚烂泥,道路湿滑难行,很有可能摔跤。这个时候,你便会发现,路边的巴根草仿佛已为你铺就了一条长长的地毯,走在上面,完全不必担心脚下沾泥,你会顺顺当当、心情舒畅地走向远方。巴根草承托着你的身体、你的脚步,哪怕被你踩进泥里,它们也无怨无悔。它们依旧会顽强地生长,从不叫苦连天,而是默默忍受阳光的炙烤、冰雪的冷冻。

不知道有多少双脚,就是踩着巴根草走向远方的,更不知道,当他们回望乡村的时候,会不会也和我一样,对巴根草肃然起敬,充满感激。

我们生活在乡村的父老乡亲,正是这不起眼的巴根草。

马 齿 苋

在乡间,如果你敢提起"马齿苋"这个名字,大家一定会说你"撇"——不好好说话,撇什么撇!这个"撇"字是纯粹的淮地方言。凡是读音、声调、语气以及说话的口吻、态度不符合当地标准的,尤其是操一口并不熟练也不标准的普通话的,都叫作"撇",也叫"转(zhuǎi)"或者"转(zhuǎi)文",如果用别的词语来解释或替代"撇",其中特有的韵味将荡然无存。

在我们农村,马齿苋有个小名,叫"马辣菜",喊起来顺溜,听起来悦耳,记起来方便。还好,马辣菜和它的学名"马齿苋"都姓马。只不过,"辣"字的读音,可不是 là,而是 lè,要按照怀远方言的入声读法来读,这样才够味。否则,一听口音,就知道你不是本地人,怀远人的自信心马上就会膨胀,眼角上扬,眼珠斜翻,笑话你缺少见识,没有文化,就会撇。

马齿苋和农村常见的苋菜,都带一"苋"字,在植物学分类上不知道是不是属于同一属,但是二者在外形及内涵上,都相去甚远。马齿苋,以叶片形状酷似马的门齿而得名,这样的命名方式形象而生动,贴近生活,便于记忆。只是,乡间的草多,偶尔也容易弄混。最容易和马齿苋弄混的草,是乳浆大戟。乳浆大戟也是难记的学名,还是小名"猫辣眼"好记。撅断乳浆大戟的肉质茎,会有白乳状浆液流出,如果不小心滴到身上,就会引起皮肤瘙痒,要是不慎弄到眼睛里,哪怕只是眼皮上,你会真实地体验到辣眼睛的强烈感受,眼睛会肿得像个水蜜桃。童年时候,顽皮的小伙伴之间,有时会搞点恶作剧,把乳浆大戟的汁液弄到对方的身上、眼里,小男孩不知道轻重,不计较后果,甚至还把这汁液弄到对方的"毛毛虫"上。结果,"毛毛虫"肿成了"大青虫"。人家大人,通常是父亲,找上门来,孩子家里大人问清缘由,脱掉鞋就往自家孩子背上、屁股上猛打,直打到连对方大人都觉得心疼,也解恨了,赶紧上前来阻拦,不然还不把孩子打坏了?这是农村教育孩子的方式,孩子犯错了,家长打孩子,就是要让孩子知道,犯了错误要承担后果,如果没有及时登门去赔不是,别人找上门来,孩子所受到的惩罚,一定要让对方满意。这是惩戒,也是教育,做人的道理蕴含其中。农村人心眼直,不会那些弯弯绕,但是,凡事得讲理。"不打不长记性",这话是有道理的,必要的教育惩戒胜过空泛的说教。有见识的家长还说,"树不捋不直",以树为喻,意在育人,教人做个正人。晚饭前,家里大人,通常是母亲,会用方巾包十个八个鸡蛋,小母鸡刚媷的,还有血,上门赔罪。这是淳朴的乡村中淳朴的民风。

马齿苋虽然在外形上像乳浆大戟,其性状却不同于乳浆大戟。乳浆大戟对人畜有害,而马齿苋却对人畜有益。可以说,马齿苋算是草中的"正人",它匍匐在地,毫不张扬。

关于马齿苋,在我的家乡,有这样的传说。我还记得儿时从村上老人那里听来的内容。从前,天上有十二个太阳,它们像火球一样炙烤着大地,弄得民不聊生。天神杨戬,也就是二郎神,奉命担山撵太阳,每撵上一个太阳,就用山把它压住,这样,第二天它就不会再升起。当天上还剩下最后一个太阳时,二郎神依旧不肯放过,可是人间万物需要它啊。于是,马齿苋就悄悄地将这最后一个太阳藏在了自己身下,保住了它。所以,直到现在,你都会发现,无论阳光多么毒辣,根本就晒不死马齿苋,哪怕你把马齿苋的根拔了,它依然不会死,只要遇到水,马齿苋马上就能现出勃勃生机。你说,这保护了太阳的马齿苋,算不算"正人"?

虽然马齿苋不显眼,但是它的作用很大。首先是作为野菜,能够满足人们的口腹之欲。马齿苋可以清炒,也可以凉拌,在炎炎夏日里,凉拌的马齿苋可以起到清火润肠的作用。除了供给人类食用,马齿苋还是很好的猪饲料。阿兰·德龙主演、童自荣等配音的电影《佐罗》中,西班牙殖民地、南美哥伦比亚新阿拉贡农民在大街上叫卖玉米棒子,台词很有意思:"猪能吃,人也能吃。"我觉得,这两句台词应该颠倒一下才合适。夏天,田野里有很多马齿苋,把它们拔起来,放在锅里,同少量的麸皮一起烀熟,用来喂猪,是再好不过的了,既能省钱,又能添膘。抗日喜剧电影《举起手来》中,郭大叔烀了一锅这样的猪食,结果被误当成面条,盛给了日军军官们来享用,然而,猪能吃,人并不能吃。那些已经不能算是人的侵略者,在结巴翻译官指挥下喝了一口,个个愁眉苦脸,满心疑惑。电影中搞笑的镜头很多,其中就有蠢笨的鬼子被马蜂叮咬的镜头。小时候,淘气的我们都喜欢戳马蜂窝,然后拼命地跑开,但总有不幸运的时候,被马蜂叮咬,疼得直蹦。在农村,用于消毒止痛的方法很多。比如:可以捏点碱面儿蘸水涂在被叮咬的地方,效果很好;有种方法并不靠谱,就是用奶水涂抹,正在哺乳期的妇女会毫不吝惜地挤出奶水,弄得孩子们面红耳赤;最好的办法是赶紧从地上掐点马齿苋,在手心里揉出汁水,往被叮咬的地方一敷,立竿见影,药到痛除,只需用针挑出断在皮肤里的马蜂的毒钩就行。

马齿苋有个近亲,叫太阳花,俗称"洋马辣菜"。可是,太阳花虽然开得好看,却不如马齿苋中用,人不能吃,猪也不能吃。然而它也并非一无是处,因为它已涉及审美层面。

(宋文武,享年48岁,生前为安徽省怀远县第一中学教师。宋文武生前长期资助困难学生,累计献血13200毫升,曾获2008—2009年度全国无偿献血奉献奖铜奖。2023年5月,安徽省委决定追授宋文武同志"安徽省优秀共产党员"称号。)

声谷鹅鸣（外一篇）

何诚斌

合肥大蜀山西麓，有"中国声谷"，乃语音研发及人工智能产业基地。内有一面积不大的池塘，名曰"聆听湖"。寓意人听湖水之声，抑或湖听智能语音？这些天，聆听湖中不时传来鹅鸣声，呃——呃——响亮、雄浑。原来，一家公司的合作伙伴赠来两只黑天鹅，以添声谷生机。可是几天后，飞走了一只黑天鹅。合作伙伴立即再赠一只。黑天鹅日日发呆，似乎不适应声谷环境。合作伙伴又送来一对大白鹅。大白鹅不飞走了，不沉默了，时而鸣叫数声，两只呼应，音声相和。

我伏案工作，听到鹅鸣，瞬间恍惚置身世外桃源，感觉这里的环境更加幽静了。站到窗前，俯瞰聆听湖，白鹅隐约可见，而没发现黑天鹅的身影，不知道它们在哪。天鹅与家鹅习性不同，适应一个地方确实需要一些日子。我想想自己，到声谷工作时间不短了，还常有新奇心理伴随不适应感。在强大的高科技概念和 AI 名词的气场中，我试图以人文语言保持一份矜持，如写写诗词歌赋，可文学的声音弱于整个声谷科技的声音、产品营销的声音，个人主体即内心接纳陌生的异质的主流的音调、音色、音频、音量，或有冲突撕裂，或有颠覆震荡，或有侵蚀隐痛。这个过程，是漫长的、缓慢的，我在不断说服自己，调整心态面对变化，接受这里的声音。

这一天，我又听到鹅鸣，觉得声音与往日不同，怪怪的。这时，我听到坐在办公室一角的同事小刘发出沉重的叹息声，我感觉到他的压力大，于是鼓励他说，不至于被压在大蜀山下吧，公司每年搞登山活动，你不都坚持登上去了吗？他来声谷已三年，所做工作已经很熟练，但为了晋级加薪，他最近转岗做了部门领导的助理。他的灵魂里，住着的是一只黑天鹅，还是一只大白鹅，到检阅验证的时候了！

我发现,办公室的几个年轻人都有着不同的压力。从他们的聊天谈话中,我感受着他们身上释放的奋斗激情与竞争紧张相互交织的情绪。这情绪,还来自物质需求的急迫(如还房贷、筹备婚礼等),来自工作岗位与业务能力的不对称,来自上司的批评,来自身体状况的不佳,来自对他人的羡慕、嫉妒……每个人,不可能始终保持激情,奋斗者高亢的声量中会夹一些小声量的东西,会被几个人听见,甚至只有他自己能听见。倘若,小声量固化,像一枚钢珠,时时击打身心,那么他必然选择离开,躲避钢珠的最后致命一击。

公司有一个网上平台"奋斗吧",员工可以实名或匿名发表个见,举报违法违纪行为,宣泄情绪。此处大多是理性的声音,也有一些人见谁都"撕",遇事就"喷",其内心的阴暗、人性的扭曲、人格的不健全是显而易见的。什么原因造成的呢?他们来此之前就这样,还是来此后才这样?成天"喷"人的人,终究会淹没在自己的唾沫中。

耳闻现实场景中的鹅鸣,我极容易想起骆宾王的诗《咏鹅》,且"呃呃呃"与诗境里的"鹅鹅鹅"交织、重叠。骆宾王骂武则天"神人之所共疾,天地之所不容",这与"曲项向天歌",完全是两种声音。骆宾王没能适应与融入武氏政治社会,跟着徐敬业一起闹事,"班声动而北风起,剑气冲而南斗平。暗鸣则山岳崩颓,叱咤则风云变色……",可是此声压不住彼声,而终于被彼声吞噬。虽然后来有武则天爱惜其才之声,可毕竟志向落空了。骆宾王的事迹不新鲜,从他内心迸发的一些声音,经过一千多年时光的过滤,渐渐被美好的童音"鹅鹅鹅"替代。这是社会的力量,也是美好自身的力量。

> 寻觅天籁之音,我从"人和"中找到
> 声谷的路径;而聆听人和之声
> 语林里,竟生长出我蓬勃的思绪
> 在人类与无尽之间,架起线索
> 踏上全球语音云,探访大互通的巴别塔

当我写下这几行文字时,我被自己美好的心愿所激荡。我的心湖里,游弋的天鹅如果不飞走的话,迟早会变成家鹅。既然如此,不如就做一只大白鹅,入世且不乏"向天歌"的热情。我更乐意聆听各种声音,聆听豪放、婉约、清雅,聆听质朴、浑圆、稚拙。磁性的、柔情的、激昂的、平和的,聆听中国各地方言的神妙,聆听国际多语种交流的奇异……我目送飞鸿,手挥五弦,转换成纯真。

河对岸的声音

河对岸的声音由水面漂荡过来,而不是从空中传来,这就不得不让我多些遐想了。若一时过不了河察看究竟,便透过柳树掩映的窗户,在露出一丝儿水影的河上放飞自己的心思,去辨别是什么鸟儿、什么虫子的叫声,是汪直屋的孩子吆喝还是隍城屋的少儿嬉闹,或许是那个更远的山村盲人领着他的女儿又来劈水捉鳖了。

明明河对岸的声音围绕日常生活展开,却似乎有着烟火之外的空灵;有些声音产生于自然物与劳动者的耦合,个人心灵的参与才生发无限的想象。到了晚秋,大水退了,枯水期,河水瘦如一线,河对岸的声音近了,仿佛从脚底下冒出,我就懒得去听了,也不会在脑子里描绘河对岸的画面了。

喜欢河床将水装得满满的季节,水面宽阔,两岸各有一半的柳树站在水里,这时候才有此岸与对岸的真实意义,一点儿也不虚妄。想要到对岸去,向上游走一段路有一座石桥。不是万不得已,我们是不会从桥上过河的。对岸的声音常常覆盖了大人对我们说教的声音。我和伙伴们一天数回扎进水里,径直朝对岸游去,然后坐在大坝上聆听蝉鸣,学习黄鹂与八哥的歌唱。蝴蝶和蜻蜓也是有声音的,暗藏在翩翩飞舞的旋律中,只有充满童真的耳朵才能听出这些美妙的声音。不知名的昆虫的叫声诱惑我们扒开草丛寻找其踪迹,却倏然无声无息了,我们刚一转身离开,叫声又响起。不去管它们了。蛙声如潮,那是夜晚的盛况,阳光下,会有一只青蛙在一个角落独自鸣叫,没有其他青蛙迎合,这让人感到奇怪,昨晚那么多青蛙去哪了?难道青蛙们白天睡觉,由一只青蛙值班放哨?另外一些时候,几只青蛙稀稀落落的鸣叫,使四野笼罩上了静谧的氛围,即使后来终于引起众多青蛙的鸣叫,但白天怎么也比不上夜晚的声势浩大,场面隆重。

夜晚,我们是不敢下水过河的,即使月光照亮水面,阴影还是将河岸涂抹得斑斑驳驳、朦朦胧胧,想象夜色中隐藏了许多未知而可怕的东西,耳闻一些不熟悉的声音,吓阻了我们过河的行动。我们甚至连通过石桥到对岸去的胆量也没有,因为对岸的大坝外是树林,是塘堰,是田地。我们就在街道上玩,有时也会立在水边望望对岸。突然,哗的一声,不知道什么东西弄出了很响亮的水声。有人说是鱼,有人说是水怪,还有人说是鬼在洗澡。于是,我们赶快离开水边。镇上人家的房子建在南岸,我家那间临河的房子由我和弟弟住。夜晚,河对岸的声音汹涌而至,窗子关不住它们。除了蛙声阵阵,还有刺鱼的叫声也非常尖厉。伴着这些声音入梦,也有那么几回被这些声音吵醒。

记得有一天晚上,我在倾听对岸的声音,父母也在倾听,他们关心自家的鸭子——由于水面大,食物丰富,或者不被人所知的其他原因,鸭子隔三岔五不回家,露宿对岸。鸭性顽皮,它们清早由主人放出去,高兴地摇摆着身子赴向河里,嘎嘎叫,与同伴之间或打招呼似的叫喊,或礼节似的应答,河里鸭子越来越多,叫声一片。它们聚在一起,游向上游,游向下游,来来往往地游,随意地漂浮,或拼歌,或打闹,或恋爱,玩累了就游到对岸,在浅滩或柳树林中寻找食物或者呼呼大睡,直到日落河西,也不愿回家。于是,不少妇女站在岸边发出一连串的呼鸭的声音,这时有的鸭应答着,且缓缓与鸭群分离,游过来,上岸,回家。这是听话的鸭,而不听话的鸭喜欢待在水面,虽嘎嘎应答着主人,却迟迟不与鸭群分开,其中有的鸭压根儿不把主人焦急的呼唤当回事,当光线越来越暗,水面灰蒙蒙时,鸭由于视力不好,想回家也回不了了,只得留宿野外。常常在夜深的时候,河对岸传来鸭的叫声,吵醒了我的父母,有时也吵醒了我,母亲似乎听出了我家鸭的叫声,她不安地说,鸭啊,你机灵点,莫被野兽叼去了!

鸭在外留宿一两夜则罢,离家时间一长,家的方位对于它们已经模糊,即使思念家中的糠食也找不到回家的路了。尤其是那些不爱与同一窝生长的兄弟姐妹玩耍而喜欢跟其他伙伴拉帮结派的鸭,常常随着别人家的鸭去了另外的屋檐下,心地善良的人发现不是他家的鸭会抓起它,挨家挨户地问:"这鸭是你家的吗?"而数鸭发现多了一两只心中窃喜的人,便会接连几天不再放鸭,使跑来的鸭熟悉新的环境而成为他家鸭的一员。总有一些眼睛明亮的人,发现隔壁家的鸭多了一只或两只,消息悄悄传开,传到了失鸭的人家。失鸭的人家便去那家亲眼瞧一瞧,如果一瞧之后说:"这是我家的鸭呀。"就会向对方讨要。若对方心中有愧就会说:"我问了不少人,都说不知道是谁家的鸭,既然是你家的,你就捉回去吧。"这是一种很不错的结局。若对方咬定是自己家的鸭,而失鸭的人又说不出自家鸭的特征,那就难免一场争吵了。

由于担心鸭子丢失,父母常常不能安心睡觉,以致损害着他们的健康。也就在这时候,我才希望大水快点退去,让鸭子平安回家。

汛期一结束,河对岸的声音也就消失了——应该这样说,河对岸的声音是凭借着河水的舞台呈现出来的,舞台拆了,演员们卸装了,声音也就少了舞台上那种特有的韵味。

后来,我离开了家乡。老镇原住民告诉我,这些年内河连汛期水也涨不满,河床不断变窄,差不多两岸连在一起了。尽管如此,我现在仍有兴趣听一听河对岸的声音,虽然置身他乡"此岸",但记忆中的河流没有干涸,并且依然水面宽阔,能使对岸的声音滑过来,荡过来。

(何诚斌,男,1965年8月出生。安徽省怀宁县人,现居合肥。安徽省作协会员。在全国各地报刊发表作品数百篇,出版散文集《心随万物转》《老儿戏》《文心开朗如满月》,长篇小说《丝难》等。)

都市男女的自白

施佩清

他对于母亲的印象稀薄,他从记事起就只有父亲。

邻居们说他们是来自苏北,也许更远,但这更像是猜测,仅仅因为这与他家的生意对得上罢了。他家是卖黄桥烧饼的。他的记忆就是从烧饼焦脆的香味开始的。他住的地方没有变过,就在小西门街的一个岔口上,一间由青砖垒起的小平房,因为只朝北开了一方小小的窗口,所以屋里永远是洞穴一样的黑。父亲的案板就在洞穴的中间,上面吊了一只橘黄色的小灯泡,除了睡觉,日夜都开着。昏暗的光好像一个巨大的怀抱,笼住了他们这间小小屋子。父亲一年四季在灯下揉面、发饼、擦酥……那庞大的身影投在墙面上、房顶上、床被上,模糊了他的视线,他在一个假想的拥抱中被灶膛火光烘得半睡半醒。直到后半夜,身上的被窝被人大力地掀开,然后一个冰冷的身体粗鲁地卧倒,被子再度落回身上。于是他童年的梦境里常有巨兽出没,嚎叫,又受伤倒下。

——这其实已是少有的温馨时刻。

他与父亲交流很少,他从小就很怕他——那个不苟言笑的男人。哪怕笑,在他看来也是杀气腾腾的样子。大约因为父亲是天生的红脸,看上去总是气呼呼的。而父亲确实容易生气,老是打他,原因五花八门:有时是因为饭吃少了,那是浪费;有时是因为菜吃多了,那是不体谅人;还有时候不为什么,他就被打了。

父亲擅长使鞭,当然也不是真正的鞭子,是捆在树上用来晾被子的一种麻绳,米白色,很粗,但很硬。他家隔壁邻居用这种绳子来晾毛巾、内衣、毛衣、袜子一类的东西。父亲用这种麻绳来抽他。幸好他对于疼痛很早就熟悉了,挨打这件事,他告诉自己,最疼的不过是第一下,所以千万不能躲。可实际上当这种充满力度的鞭风一扫过来,他的身体就会条件反射地向旁边一闪——这实在不明智,因为躲也躲不过去,而且加重父亲的怒气。那滚烫的皮鞭干净利落地在胳膊或者后背上甩下一道印子,先是发白,然后开始疼,红印迅速地从中间向两边攀爬,身上很快肿起一条粗粗的鼓胀的鞭痕。最难忍的已经过去,之后的抽打不过是在复习这个过程,等到后背、手臂与大腿被一种肿胀的炙热爬满,周身发烧一样滚烫,虬结着拱起的红印,等到那个时候,鞭子再落下去的时候,他一次次惊讶地发现,疼痛消失了。

他后来大一点学会跑去家后面那片荒芜的草地上疗伤了。那里被废弃已久,哭也没有人听见,草地湿润的土腥气包围着他,暖烘烘的。有一天,人们会发现,这里死了一个男孩。青天白日的,他一直幻想着,甚至有些痴迷了,然而并没有,当然没有,他后来长大了,就成了这篇文章里的男主人公。

女孩与他正相反,她的家庭幸福,父母算得上恩爱,家境不好也不坏。美中不足的是,她父亲每天工作到很晚才回来,而她的母亲常常被心脏病所扰。她的童年一样是寂寞的。因为母亲管她管得太紧,她哪里也去不了,只能被困于这间小小的房间之中。

她的母亲总是吃一种中药,说是对于调理心脏有好处,那种苦涩而幽深的味道流窜于她家的各个角落,她长大以后对于苦杏仁、苦瓜、苦茶、咖啡之类一切苦味的东西有种天然的恐惧,她以为就是源自于童年时代的糟糕记忆。她怕母亲随时随地温柔地呼唤,因为那意味着母亲又发病了。瘦弱的母亲习惯用拳头压住胸口——一个在电视剧里才能看到的姿势。然后她知道她应当立即脱了鞋子爬上床给母亲铺好床铺。如果是冬天,要用水壶里的热水灌暖水袋……对了,烫热后橡胶发出的干燥灼热的气味也是苦的,她也怕闻。她不能让自己显出这种不耐来,她急急地把旋钮扭紧了,用那条写了"囍"字的粉色毛巾包了几道,放到被窝的中间,为了母亲等下抱着它睡觉。

母亲不信任西药,她坚持日常的中药调理,如果心脏不舒服,就卧到床上,背向她,留下一个痛苦的后背,让自己睡去。

她在无数次的经验中习得要放轻步子,放小声音,看书也不行,因为脆薄的纸张会刮响母亲脆薄的耳膜,一切微小的动静都可能惹来母亲的哼气或隐忍的翻身。她被一种叫"孝顺"的美德折磨着,唯一能做的不过是看静音的电视罢了,或者枯坐着,等待母亲那颗敏感心脏的平复。白日,因为要关上房门、窗户,拉上窗帘。她总感觉自己置身于一杯浓茶之中,空气也被午后的茶色浸透,她把能看的台都看了,把房间里每个能看的角落都看了,最后只能徒然等待天黑。实际上天黑更糟,关于死亡的想象在脑内一再上演,她害怕母亲死去,也害怕自己死去,她当然没有死去,要不,她也不会是这个故事的女主人公。

遵照都市里言情男女的套路,他们根本遇不上的。首先他这人话就很少,只需每日完成自己的那份代码,每周开一次十个人不到的小会确认进度。他根本没有认识女性的途径,也没有与女性说话的太多机会,他的周围都是和他一模一样的男性,笼统说来,他与他们没有什么差别。

她也是话不多的那一种类型,活到二十多岁,谢天谢地,心脏从来没有出现过什么问题,使得她可以正常地坐办公室,做一份会计工作。

到了他们这个年纪,他父亲当然不会再打骂,她母亲也早已接受了手术恢复正常。他们到了适婚年龄,交友圈子还是只有可怜的那么一点。全靠熟人介绍认识几个男男女女,千篇一律。

让我们扫除之前的那些性格差异太大、条件过于悬殊的对象吧,不谈也罢。说到底在大城市里一对陌生男女的相知相识并不太难,他们只需相见便是。

他们经熟人的熟人介绍,加了微信,约了见面的时间。

忘了说了,他们都是相貌平平的常人,因此外貌就不用特意提及了。需要注意的是,他虽然遗传了父亲的红脸,但是眼睛是很漂亮的,尽管戴上一副黑框眼镜多少打了折扣,但那增添了一些格外的专注神色——这是她在看见他的时候想到的。

她的身材是不太流行的那种圆形身材,个子不高,一点点的微胖,但也可视为一种可爱——在他眼中她是这样的。

他们介绍过自己,一时沉默不语,晚上8点以后的星巴克还有许多的人,而且嘈杂,一开口,声音便被淹没于音乐与人声之中。他们一前一后走向吧台,觉着得先点一杯什么饮品,比闲坐要好。他点了一杯名字花里胡哨的果茶,因为白天喝了太多的咖啡。她觉得真巧,因为这也是她打算选择的。他们于是各自端着写了 y 先生与 x 女士的一模一样的饮料面对面坐下了。

说些什么好呢?他们找了些话题,问了什么时候下的班,怎么坐车到了这里,平日里做什么工作,加班吗,有什么爱好。

他们不在同一个城市长大,童年自然也没有交集,后来他们谈起爱好时讲到了电影。

她说她最难忘的电影是小时候在中央 6 套看的一部,大约叫《科学怪人》,说是一个科学家造了一个像人一样的怪物出来危害人类的故事。她看过好几次,因为没别的电视可看,有一阵子周末,电视台总是放这个电影。

他自然是不知道的,他说他小时候不很爱看电视,他习惯于跑到他家后面一块空地上玩,那后面荒草丛生,扔了很多人不要的鞋子、饮料瓶、旧报纸一类的东西。这自然无法作为谈资来说的,而且勾起他不算好的回忆,他在此处停顿了下,适时介绍自己单亲家庭的出身,不过他的父亲不太管他的,他小时候过得很自由,无拘无束。

这真让她羡慕,她说,她小时候母亲管得太严,她没有很多时间出去玩,总是被母亲看着写作业,或者就是陪母亲看电视剧。

噢,挺好的。

他们停顿。

他想起小时候那间黑暗的平房,以及门外父亲卖黄桥烧饼的摊子,苍蝇围绕白芝麻黑芝麻飞来绕去,那些黑暗中的鞭痕如同后院杂草丛生,在他的记忆里复生。

从他低垂的眼睛里她当然看不到这一重过去,她谨记着不要向任何人透露母亲的病史,即便这不是相亲之中重要的衡量项目,于她自己,也是一段不快乐的回忆。她哪里有童年,只有无数嗫声的下午与夜晚,秒针一格一格,像生命的倒计时高悬于头顶之上。

说说现在吧。

当然得说说现在。

他每天都是两点一线。他工作的地方在某个软件园,密密麻麻的大楼里,推开任意一间找到任意一个人,恐怕都与他无异。他们穿着一样的格子衬衫,带着类似的眼镜,面对无穷无尽的代码,从"<input type>",或者别的什么开始。

他喜欢这种简单的工作方式,不用面对一个人、一群人。只要一台配置好点的电脑,加上他自己配的机械键盘,在靠墙最后一个格子间的座位上,他能工作到天荒地老。

真的。

他不计较加班时长,因为回去躺在那间小小次卧里总是难以入眠的,那间朝北的房间靠近铁路,火车咔嚓、咔嚓的声音顺着铁轨从他的枕边开过,地面也随之微微震颤,像夜夜睡在火车上,梦里有火车呜呜呜的鸣响。醒来他有时茫然,他要用好几秒的时间想一想,反应反应,他如今身在这个陌生的城市里,不是童年那间房子,这里已经是底站。

她也是两点一线,公司与自己家。她的工作环境是在热闹的市中心,全市最高的那座商贸大厦里，12层。她和她的同事们没有谁坐上电梯去顶楼看看这个城市的全貌，因为通向那里的大门被一把粗壮的链条锁常年锁着。他们总是囿于自己的办公室，每日在电脑里输入无穷无尽的数字与小数点。她并不喜欢做会计，但是除了这个她好像一无所长。她是办公室里最年轻的一个，他们说这里留不住人，因为年轻人总是向往华丽光鲜的工作内容。在这里的都是贪图安稳、等待退休的人罢了。她在此没有交心的朋友，幸而她的家就在本地，给她省去了更多烦恼。

她记得她从十五岁开始就期待一个人来打破她的生活，打破这一切的平淡，如焰火或者海浪，吞噬她，覆灭她……但生活始终平静，一年一年，梦想成为过去时，她甚至没有一次离家的经验。她的思绪百转千回，抓住这细若游丝的一点点线索，她问他以前生活在哪里呢？那里好玩吗？她从未离开过这个城市……

他把清晨梦境里火车的鸣笛抛在身后，他说他小时候长大的地方没什么意思，但有几个风景名胜，听说是不错的，他一一报出这些地名。另外他说现在住得还算好，虽然房子是租的，但是环境不错。最后也许是为了显得体面点，他暗示自己有在这里买房的打算。

她说一个人住外面也很好，她与父母同住，没有那样的自由，不过倒是节省了许多的花费。因为她高考没考好，比她高中任意一次考得都差，所以就在本地一个专科学校念的书。

正巧他也是的，他高考数学失误了，去了一所一般的二本学校，就在这个城市的大学城里。

他们遗憾地笑了一笑，为对方，也为自己。他绝口不提失败后他无数失眠的夜晚，她当然也不会说这已是她复读了一年的结果，她当时有多绝望。

时间比预计的迟了半小时，比她的任意一次相亲时间都要久，她得回去了，要不赶不上末班车，地铁最后一班是十点钟，她再不出发就得打车回去了。他按照礼节坚持送她送到地铁口。那一路不算长，很难让人走出点依依惜别的情绪来，但他想他愿意再走一会儿的，按照平常这个时候，他还没有下班，不知道在市区里九点多钟还是这样热闹。

今天的月亮很圆，团圆的日子，与一个陌生人走着，有种奇异之感，她抬头看看月亮想说"今晚的月色真美啊！"

但是她想起夏目漱石的那个典故，怕被误解了，便只能说："月亮真圆啊！"他好像并不在意,轻轻"嗯"了一声。

他目送她下了电梯,他们说好下次再联系。

往回走的时候,他也看见天上的月亮,一如昨日。他回想今日自己说过的话,正常但无趣,又想想彼此的举动,得体但没惊喜。他们没有什么共同语言,对方对他似乎也不很感兴趣,他想他不会再联系她了。

她在回去的地铁上预感到他们不会有下一次见面了,从头到尾,整个晚上,两个人都是在没话找话,她今日的表现挺好,对方也不算坏,聊天也顺畅,但也就这样了,没什么感觉。而且对方不很热情,她不用期待什么的。

于是他与她各自回家,打开各自的房门,疲惫地卸下背包,翻看一下无人打扰的微信与朋友圈,洗澡的洗澡,看剧的看剧。

在明天、后天或什么时候,他们中的一个将出现在另一个地方,坐另一张椅子,带着他(她)微不足道的过去与现在,等待一个远道而来的人,等到他(她),走近他(她)……欠一欠身,微笑地开始他(她)的自我介绍,一如往常,从叫什么名字开始。

(施佩清,中国艺术研究院中文系研究生在读,现居北京。)

站在铁轨边

范方启

快车还是慢车？一个选项摆在我面前，我想都没想，选择了慢车。

慢车，也就是绿皮火车，而快车，则是常说的动车。做这样选择的原因其实是非常简单的，都说人生就是一场旅行，我前期的旅行速度也许太快了，还没弄明白是怎么一回事，蒙昧无知的童年过去了，血气方刚的青年过去了，如日中天的中年也所剩无几了，再一个劲地往前跑，沿途的风景只怕都在匆忙之中错过了。慢下来，放慢脚步，慢慢领悟，就像一只老牛，静静地反刍，或许还能觅回失落已久的滋味。

相比较而言，绿皮火车是真的慢，漫不经心地在山野在平原在丘陵穿行着，听汽笛的长鸣，这声音倒像在刻意为这趟慢车配上一支格调相反的曲子，竟然不由自主地让我想起了如火如荼的青春，这应该是出征的号角，曾经没少激励我向前向前再向前。当车进入了弯道，透过车窗，我看到车的后半截拖出一道柔和的弧线，这个转身的动作，娴静而又优雅，优雅得像一首隽永的小诗。咔嚓咔嚓的声音始终是那样充满着节奏感，仿佛并不是发自于这慢悠悠的车，而是大地在发出回应。山慢慢朝你走来，走来了又走过去了，山恍如也能转动，若即若离，宛若要陪着你一直走下去。水也缓缓地飘舞着襟带，婉约而又热情，似梦醒的少女。还有山石、树木、村庄、人家，一沓一沓地迎着你而来。

宽敞的车厢，更像一条狭长的时空隧道，这是要向何年何月何处何地穿越？我不急，更不慌，回想一路走来的路程，不都是走到哪就算哪吗。今天的我，更没有主宰方向的资本。车厢里，人实在太少了，也许都去挤快车了，但我不明白的是，隔着过道的女生，她是那么的年轻，那么的清丽，如同山泉水一般，她居然也上了这慢腾腾的车。她没有看风景，可能她自信外面的风景都比不上她。她在看一本书，很厚很厚的一本书，是张爱玲吧？或者是玛格丽特？这样的女孩，也许是从古典里走出来的。假如此时真在穿越，她或许就是我的引路人，像但丁遇上了贝阿特丽切。我误入过黑色的森林吗？误入过象征着罪恶的森林吗？据说但丁在一座小山脚下，遇见了三只猛兽拦住他的去路，一只象征着贪欲的母狼，一只象征着野心的狮子，一只象征着安逸的豹子，大贤维吉尔的灵魂出现了，对他说："你不能战胜这三只野兽，我指示你另一条路径。"维吉尔带领他穿过地狱、炼狱，然后把他交给当年阿利盖利·但丁单相思的情人贝阿特丽切的灵魂，由她带他游历天堂，并朝觐上帝。我的确遇上过三只野兽，谁又没遇上那样的三只野兽呢？但我没有遇上贤者维吉尔，我只能在尘世里挣扎，这大概也是我一直都茫然的缘由吧？越走越迷惘，越走路越窄，一不小心，就有可能把自己给走丢了。

生命如果能完成一次穿越，我会怎么做呢？我不知道，实在不知道。

坐在车内，我看不到绿皮火车的颜色，但我想象它就跟一条绿色的长龙一样奔跑着。我发现我是那么喜欢这跑得不快的火车。它舒缓的状态可以让你有足够的时间去回忆你的那些失去，让你去慢慢地想一个人。它载着我奔向未知的前方，我此刻也心甘情愿地把自己交给那份未知。

出行之前，听说要坐火车，这让我心下小小欢喜了一番。我已记不清我有多少年没有坐过火车了。而今，我接触的交通工具好像只有汽车了。我没有坐过飞机，也没有再坐过航行在水中的船只，没有谁限制我的活动的范围，但我的活动的范围就是那么小，就跟陀螺一样在原地打着转转。坐火车，要追溯到我年轻的那阵子，那时的我，可谓四处漂泊萍踪天涯。那时，如果手头有钱，可能真的坐上了飞机。

登上火车，坐在车窗边，看着沿途的风景箭一样向自己飞来，又流星一般离去，这是很有意思的事情。可惜的是，我这次要坐的是夜间行驶的火车，回来的车票也给买好了，还是夜晚，这也就意味着啥风景也看不上了。

看不上风景还不算，还得耐着性子等待着火车的到来，因为火车晚点了。等待的心情是相似的，无助又十分着急，这让我有穿越时空回访当年的感受。那时，就一人独行，等车时，人走到哪，行李得跟着人走，处处都不方便。但这就是生活，我那时对于生活也就是那么理解的，生活就是不方便。好在这次出行不是我一个人，而是一群人，大家可以在一起用闲聊来驱走等待的难熬，这样的时候，平时不待见的话痨不再招人嫌弃，说说笑笑，时间也便过得快。说着笑着，有人抱怨起组织者为何不包辆车，要是有专门的车,那还用得着等车吗,说走就走,想回立马就回来,多自在。但也有人从经济的角度理解组织者的安排,火车和包车,那是花费相差甚远的两码事。

候车室里满是人,一个座位刚刚空出来,立刻就有人给填上了。多数人坐下后,所能做的便是把手机掏出来,环顾候车室,差不多都是低着头的人。若干年前,没有手机玩的我,只能拿出一本书或者一本杂志,书刊也随着我走。有一次,沉浸在书刊中的我,醒悟到自己在等车时,车走了。

车终于来了,明知火车不像汽车那样随便启动,但人们差不多都在小跑着向火车奔去。或许是夜晚的缘故,车厢内的人并不多,座位可以随便坐。同行的人们找好座位后,又都在用各自不同的方法度过车上漫长的好多个小时的时间,有的凑在一起打牌,有的躺在座位上睡觉,有的则在闲聊着什么。我找了一个没人的地方坐下,而后就一直对着黑乎乎的窗外发愣,希望自己的眼睛能穿透夜幕看到一些什么。车身在有节奏地晃动着,坐过动车的人说,动车上感觉不到晃动,不过,我倒是不排斥晃动,晃动中,我能感受到车在行驶、我在前进。模模糊糊的树影,转瞬即逝的房子,忽明忽暗的灯火,当它们源源不断地向我飞扑过来,我知道我越走越远。这次,我没有带上乡愁,而是带上了愉快的心情,毕竟有很久没有出过远门了,这是不是跟跳出了井底的青蛙有着相同的愉快?要不了几天,我就会回来的,我得好好规划在外的那几天。

几天转瞬便过去了,只是返乡的火车更晚,是另一个日子的凌晨1点多。直到上车的时候,我们才发现我们都是不一般的马大哈,竟然把车票提前了一个日子,更有意思的是,碰上了马大哈检票员,未到期的车票也给放行。

山中行走,走着走着,一条废弃的火车轨道就出现在了眼前,这多像曾经的梦境重现,我难不成也在做白日梦?眼前的轨道,布满了红色的老人斑一样的铁锈,野草显现着不可抑制的疯长势头,让失去了往日生机的铁路,在草丛中若隐若现。此刻,有若干年轻的男女,穿着鲜丽的衣服,在铁轨上张开双臂,忽左忽右地摆动着身体,寻找着平衡。他们快乐的笑声洒满了山谷,他们的脚步无疑是青春的律动。这一幕又是何等的熟悉,梦中的我,似乎也与梦一样的女孩一道,在这样的轨道上走着,走向连我自己也不知道的远方。

年轻的男女们走过之后,山谷立刻恢复了它固有的寂静,许是过于疲劳了,我不假思索地在铁轨上坐下了,耳畔却传来尖锐的鸣笛和车轮磕击着铁轨的声音,眼中也恍然看到了翻腾着的白烟。我知道，这是因为我特别地怀想那段激情四溢的岁月，激情四溢的或许并不是我，而是曾经奔忙不停的火车。然而，那忙忙碌碌的火车，已经完全终结了它的光荣的使命，唯有铁轨，静卧在这人迹罕至的山野，听风吼山吟，看松舞石眠，而后渐渐地消失在人们的视野。

  铁轨呀铁轨，生活有多少种滋味，铁轨就承载过多少种苦乐。往返在铁轨上，我甚至有点担心，被轮毂摩擦得铮明瓦亮的坚毅的铁轨，会在无数的酸甜苦辣中溶解掉。记得我第一次远出家门，坐上火车后，我内心所能有的只有对前路的惶恐。火车越走越远，家也便离我越来越远，我也便越发举目无亲，莫名的焦灼和茫然逐渐包围着我，使我惴惴不安。铁轨上的片段绝不是碎片式的，它的衔接部分多半在铁轨之外，而燃爆点真真切切就在铁轨之上，或喜或怒，或乐或悲。但在我看来，火车更像悲情的舞台，上演着太多太多让人心酸心碎的故事。曾经，我的对面坐着一位面目姣好的女孩，但这女孩从上火车时起，就在流泪，看着她流泪，面对面的两排几个年龄不等的人，都显得有点手足无措。一个年长的大妈温情地安慰着女孩，没有想到的是，女孩竟然哭得更厉害了。我不知道她到底经历了什么，从她悲伤至极的神情上看，也许她还没有完全摆脱一场撕心裂肺的生离死别。

  站在铁轨的旁边，心总会飞向很远很远的地方，总觉得最适合自己的就是远方，远方的生活，充满着诗情画意。而当真切地把自己的身体暂时交付给火车，想法又凌乱了起来，何时才是自己的归期？从远处兜了一圈后，回乡的心情也更急切了。世界上有一个地方叫作家，它虽然很小很小，虽然不一定温暖舒适，然而，有几个人能真正离得了它？没有离开过家乡的生活肯定是索然无味的，一辈子困守在家乡的人，他的心会非常非常的小，小到连那个人自己也感觉不到它的存在。当你远涉重洋，当你一路风尘仆仆地回乡，最亲切的莫过于回乡的路。明明离家乡还远，你甚至把原本不属于你的家乡当成了家乡，原因就是，那些地方离你的家乡不是那么远。这种亲近感，只有经历过异乡漂泊的人才会有。

  我原以为铁轨是有尽头的，如今看来，这个想法是多么荒谬，一条连着另一条，就跟身体上的脉络一样，实在无路可走了，还可以原路返回，路是不会终结的。但是，人生有其终点，成为过去的人生，是无法回头的。人活着，就是在不停行走，只是有时候，行走的方向并不是那么明确。目光追寻着通向远方的铁轨，我的心中还有远方吗？这么想着，我有了一些哀伤，如同森林的野兽，完全看不到自个儿攻击的目标在哪。而此时的我,面对的是一条再也不能履行职责的路,它只有曾经的存在,这该是一种何等强烈的警示,承受荒废,还有什么未来可言?

我说我时至今日才乘坐上高铁,肯定会有人笑话我落伍得掉渣,但这是事实。第一次坐高铁,真的有陈奂生进城的诚惶诚恐,生怕一脚踏空了,列车不理我的茬自个儿呼啦啦跑走了。那样的话,出行的计划岂不是落空了。敢情高铁通情达理,直到我稳稳当当地坐下了,它才像玻璃上的雨水一样舒缓地滑行开来。只是坐定后自己的一颗心还在不规则地跳动着,我不由得暗自嘲笑自己没出息。

在没有乘坐高铁的时候,我总喜欢把看到的高铁形容成一条大白蛇。坐上后,才感到这个比喻也仅仅局限于肉眼所见,白蛇不会保持着均匀的速度行走,白蛇跑起来也没那么快,如果某只白蛇真的像高铁一样奔跑,那么那白蛇无疑被赋予了神力。

倚窗向外望去,窗外的一切像箭一样飞来,又像流星一般离去,动与静,演绎得是那么具体。我有点纳闷了,这是车在行走吗?感觉疾驰着的不是列车,而是车以外的所有的一切。当然,我还不至于幼稚到真的以为车不会动。

对于快与慢,我的意念在不时地出现错位,置身于高铁之中,这个飞速奔跑的家伙,让我所能体会到的却又是异乎寻常的慢,换句话说,除掉车轮在飞快地转动着,其余的好像都是静止不动的。

车厢里虽然坐满了人,但是人们的神情与车的速度完全不相称,听不到大声喧哗的声音,如同进入了某个静穆的场所,不用提醒,人们也知道应该怎么做。可不是嘛,人们有的在低声地交谈,有的在低头看着手机,有的在听音乐,有的在喝茶,还有的干脆合上双眼,任凭睡意弥漫开来。这样的场景让我想起我自己参加过的一些沙龙,大家都保持着应有的风度,维护着自身的形象。和我同一排座位的乔先生和张先生,上车没多久就忙着与周公会晤了,乔先生显得非常惬意,也许在梦中得到了周公的赞许。张先生则呈现出一脸的倦容,好像一场繁重的体力消耗刚刚结束,现在可以尽情地放松一下了。过道另一边的女孩,在神情专注地看着一本书,她在整个车厢里应该是一幅很特别的风景。

我有时也会合上双眼小憩一下,但耐不住对于陌生的线路的新奇,窗外的一座山、一条河、一棵树,还有沿途的村庄和集镇,都使我分外有兴趣,我希望能发现什么,能获得新奇的体验。列车每到一站都会通过广播向旅客提示一番,先是普通话,接着是娴熟的英语,这也能让我兴趣大动,我也差不多忘掉了自己这是在旅行,而是在某个休闲解闷的场所,享受着思绪缓缓流动的慢生活……

很冷很冷的一个下午,天空中的太阳有点像谁拿着画笔画出的一个苍白而又无力的圆,我驾着车到百里之外的高铁站接一个人。来得有些早,这是我一直以来形成的习惯,我尽量不让别人等我。高铁是一个新事物,从车站走出的人,多半都年轻,他们穿着时尚,举止似乎也有些不一样。停靠的车也许不少,出站口的电梯没怎么空置过,或许是离过年只有不多的日子了,乡音在梦里呼唤,乡愁让漂泊的双腿朝着魂牵梦绕的地方迈步,家乡,总是那么无可替代。

高铁站前的广场与栅栏外的街市形成了鲜明的对比,广场上并没有几个人,而广场之外的街道,可谓车水马龙。由于天气冷,早到的我,赖在车里不肯出来,但等待的时候,时间仿佛要故意考验你的耐心,显得分外缓慢。一个人傻坐着,毕竟没啥意思,还不如到外面走走。我也坐过高铁,这新生事物,自然也就不存在什么神秘感了,我对于广场之外的街市更感兴趣。天色渐暗,红灯绿灯使得城市呈现出使人不敢掉以轻心的多彩。就这几种色彩的反反复复的切换,街道虽然车多人多,但依旧井然有序。

不远处,显得不一般的嘈杂,一开始,我以为是某些公司在下班之前举行的所谓企业文化的仪式,如果是这样,就不值得一看了。可能是接触过太多的虚情假意,我对于带有表演倾向的仪式,总有莫名的反感。如果一定要归咎为仪式的话,那也只能是艰难的生活展现出来的仪式。我清晰地听出了声音到底发自何处,它来自于栅栏之外。栅栏外围满了人,年龄不等,有男有女,原来是出租车司机揽客的声音,如果揽客成功,都是不短的路程,对于他们来说,路越长越好。只要从高铁站走出了人,揽客的声音就是一个高潮,谁嗓门大,谁就能揽客成功? 好像并非如此。而这高潮每隔几分钟就有一次,还有人直追着栅栏内的目标喊叫着,换来的多半是失望,因为,站内像我一样接站的人也不少。

闲着无事的我,打量着栅栏外讨生活的人,那么多的车,那么多的揽客的人,真正如愿的简直少得可怜。在一旁好奇观察的我,十几分钟居然没有看到一例成交,换句话说,栅栏外的男男女女们在做着无用功,他们看起来更像在做着无谓的挣扎。那是一种什么心情? 他们不冷吗? 上灯时分了,他们难道不饿吗? 挣扎也许还蕴含着一些希望,不挣扎可能连希望都没有。天色越来越暗了,揽客的声音还是此起彼伏,天气也更冷了,我钻进了车里,隔着车窗看着无济于事的攒动的人头,我竟叹了口气,为他人,还是为自己?兼而有之吧,我在为不易的生活而叹气,我的不易只不过在这一刻没有如此明显地表达出来罢了,活在这人世间,各有各的不易,我此刻倒有点理解他们了。

(范方启,男,安徽怀宁人,教师,安徽省作协会员。先后在《文苑·经典美文》《阳光》《江河文学》《参花》《小说月刊》《火花》《龙门阵》《四川文学》《中华传奇》《散文诗世界》《作家天地》《杂文月刊》等多家报刊发表过散文、小说3000多篇,出书3本,散文集《生命是一次美丽燃烧》被教育部推荐为全国中小学图书馆推荐书目。)

不染尘

致巨河书

苍 耳

尧茂书：

　　幽悠一握……紧紧！我在鼠年七月半的夜半给你放第一盏荷灯，想必你今夜回漂时能收到。今夜江风很猛，吹得雁汊的苇荡瑟瑟作响，隐隐然有孤雁唳鸣。真的想跟你聊聊。毕竟是同代人哦，而且同为文青，虽然无缘相识。距你三十五岁在通伽峡撞礁翻船已三十五载——你在这边三十五岁，你在彼处也三十五岁了。谁在回首？我从这边朝死亡看，你从天堂朝人间看。借冥河之水，你是否看见另一个自己——蓬头垢面，嘴唇开裂？青藏高原的紫外线呵，经它一照便成黑紫色。1985年越漂越远了。淡忘，隔膜，陌生，惊诧，摇头。时间中的暗礁同样难以预测，时代翻转的速度不亚于虎跳峡陡跌的激漩。这些你都无法体验了，还是回到现场吧。在通伽峡某个江心礁石上，倒扣着你的红色橡皮舟——"龙的传人"号，猎枪、相机、笔记、证件……散落得七零八落。现场没找到你，后来也没打捞到你。你至今无墓。你拒绝上岸。你一直漂流在亚细亚巨河上。

　　今夜跟你好好聊聊。你最关切的事，莫过于长江漂流和生态考察。昨夜读洛阳漂流队幸存者的日记，直到熹光漂红窗棂。它们萦绕不去，那峡流跌宕的訇然雷鸣。高原冰川像世界最后的晶莹童话。出其不意的大跌水和大转弯几乎把20世纪酷史演绎一遍。揪心的是,藏羚羊那时候已成猎手追杀的目标,沱沱河岸线上自由生息的野驴群,三十年后已濒临灭绝。作为后漂者,他们收录了你在巨河上游留下的遗踪和气息,其中十位年轻人追你而去,想必与你在冥河汇合了。你虽茕茕孑立,却不应该感到孤单了。

我在鼠年七月半的夜半给你放第七盏荷灯。原以为你是个壮汉(当年很多报道如此写),其实你身高不过一米六三,面皮白净,双眼青涩,书生模样。谁知道你单薄的身躯里深藏着如此灼烈的理念,势必冲决任何阻拦去实施它。以一己之力实施巨河漂流意味着什么呢?临行前在西南科技大学举行壮行会,电教室同事几乎无人参加。就说大家庭吧,年迈的父亲不同意,新婚妻子不同意,姐姐不同意,大哥不同意。三哥不认可,但同情你。临行前,答应同去的两位助手竟打了退堂鼓!四面楚歌未使你气馁却步。万般无奈中,你请三哥帮你携两艘橡皮船、一台16mm电影胶片摄影机、一台美能达相机、几十盘电影胶片以及日常用品乘火车离开成都,转道西宁、格尔木,然后搭乘货车、牦牛,最后抵达长江源头。三哥陪你漂了沱沱河,个把月你俩各掉十多斤肉。高原紫外线极强而维生素极匮乏,你俩脸皮溃烂发紫;内衣没换过,身上生满虱子。三哥月假将至,你不愿看到他逾期被除名。三哥追忆:离别时刻,你摆弄橡皮舟竟不回看一眼,不道别,也不挥别;而他一步三回头,望着你孤单的身影慢慢消失在茫茫河原。你当然不舍、酸楚、寒凉。唯一的同伴走了,再往下便是八百里无人区,以及凶险的金沙江。沱沱河水太浅,橡皮筏漂不起来,只得下河推舟,冰流刺骨,为赶时间还得夜漂。高原气候恶劣,时而冰雹,时而暴雪,岸边棕熊出没,多亏有兄长陪伴。三哥这一走,怎不令你黯然凄独?

我在鼠年七月半的夜半给你放第十盏荷灯。上游的沱沱河水很浑呵,含碱多,又涩又苦,难以入口。今夜沱沱河流经安庆时,我分明尝到它。为此,我想问问三哥茂江,是否后悔抛下么弟让他独自漂流?他是不是以为最难漂过的虎跳峡,么弟去年春节就漂过了,今年就可以安然漂过了?然而么弟恰恰在虎跳峡前的通伽峡触礁而亡!倘两人结伴而行,事前对通伽峡仔细勘察,对水道凶险有所预判,也许不至于如此结局!大哥茂森于心不忍,事后决定到直门达及虎跳峡接应,运送补给品。可是他永远等不来他的么弟了!

我在鼠年七月半的夜半给你放第十四盏荷灯。读漂流幸存者的回忆录,两相比较再度为你惊出冷汗。洛阳队一共八人,每段水道都有藏族向导,且有牦牛和马驮物,可轮流骑行。而你无牲口驮物，每一步都极艰难，又如何识得漂流航线？夜风陡大，洛阳队费好大劲才把帐篷扎起来，拾牛粪支起锅，煮羊肉吃，亦可抵御夜里野猪或棕熊袭扰。你形孤影子，如何宿营过夜？通天河水势大，洛阳队三条舟为规避悬壁塌方而分离，一舟驶入浅流而搁浅，彼此可用对讲机联系；当舟筏如离弦之箭靠不上河滩，不得已跳入江中拖船靠岸，倘被弦绳挂住脚跌江不起，会有同伴拉他上岸。而你肯定遇到过类似危情，独自一人如何处置？八百里无人区常有断粮时刻，八个人可以彼此接济，拔野草充饥，大声唱歌抱团取暖。你在日记中说，有一次上岸拍摄，一头棕熊跑到橡皮筏上把能吃的吃光，不能吃的扔了。你哭笑不得，只能忍饥挨饿，眼冒金花，在幸遇游牧藏民买下糌粑、牛肉干之前，体验了怎样的绝望、煎熬？进峡谷后，洛阳队三舟相连而进，仍被大浪掀起两米高，打头的船垂直竖起来，真不知遇此情形你该如何压住船头，又如何把半舱水舀出去呵。还有走夜路，洛阳队为提防熊袭，前有手执利刃者，中有操桨者，后有拿尖石者。你在日记中说遭遇群狼，拔出匕首与之龇牙咧嘴对峙良久。倘走夜路遭逢棕熊，匕首还有用吗？洛阳队漂通伽峡、虎跳峡（当地号称"鬼门关"），川黔两地记者云集而来，架好"长枪短炮"摄制惊魂的一刹那，如此闯关颇有仪式感和荣耀感。你带了摄影设备和胶片，录下的皆为无我之冰川奇景和生态极境，唯独拍不下自己（少数有你的照片乃三哥所摄）。其后的三支漂流队，论装备沃伦队最好，四川队次之，洛阳队最差（属民间性质）。你的境况与洛阳队相比，又不可同日而语！尤其穿过八百里无人区，难以想象之孤寂且令人发疯呵。天苍苍，野茫茫，云泥间仅剩你一人！孤绝中你是否想到《星期五》？那是一本你酷爱的有关漂流的小说。但你不是鲁滨孙。漂流长江不是你被迫无奈之抉择，而是亘古险峡对年轻生命的强烈唤引，是乾坤大梦之苏醒，唯巨河子孙才配有如此自尊和使命感！所有非议、嘲笑与猜忌，在巨河之水天上来的气势面前不值一提……

  我在鼠年七月半的夜半给你放第十七盏荷灯。你也许厌烦我提到某人，但我不得不提这个美国老头——职业漂流家肯·沃伦。若不是风闻肯·沃伦来华首漂长江，你情急之下将原定计划大大提前，也不至于筹备仓促埋下败因。你在专业杂志发表摄影作品《解冻》，取自高原冰川融解水滴之特写，不过你是否意识到自己也是"解冻"的一部分？炎黄子孙首漂长江固然好，但过度政治化已成为看不见的"坚冰"。日本人植村完成亚马孙河首漂，巴西人感觉受辱吗？英国人完成密西西比河首漂，美国人痛不欲生吗？习惯于靠"狼来了"而获得意义，以致忽略事件本身的自然人文价值。

我在鼠年七月半的夜半给你放第二十盏荷灯。不要嫌我絮叨。肯·沃伦是个好老头。沃伦酷爱探险，漂流里程超过十一万公里，经营着美国西北部最大的民营漂流公司。沃伦率队来中国开漂第五天，队员西皮就死于肺炎而非漂流。队里出现内讧，考虑到前面水道异常凶险，没必要拿队员生命换取首漂成功，沃伦果断宣布漂流队解散。这意味着他靠筹集和变卖家产而投资的两百万美元打了水漂！返美后又因漂流官司缠身，赢六场官司却欠下十八万美元诉讼费，公司宣告破产，私房被拍卖出售。五年后他打算再来魂牵梦绕的长江漂流，孰料心脏病猝发而逝，终年六十三岁。哦哦，你俩想必在天堂会面了，成了忘年交，喝威士忌，畅聊漂流体验、趣闻。老头会说：漂流不是对河流的征服，而是融身自然的方式，瞧我的橡皮艇吧，上面刻着"Go with the flow（随波逐流）"，每次带足垃圾袋是必要的。沃伦的口头禅是：勿与大浪斗，顺着它漂。哈哈，船进半舱水就成了巨河的一部分，再也不会翻啦，河怎么会把自己掀翻，是不是？沃伦老头仔细研究过你翻船处——通伽峡位于沱沱河下游约六百英里，坡度九英尺／英里，落差六十至一百英尺／英里，最后得出结论：单人漂九死一生呵，小老弟！

我在鼠年七月半的夜半给你放第三十五盏荷灯。记住或忘却，颂赞或非议，于你已不重要了。你在通伽峡完成了一次"蝶变"：那红色橡皮舟不过是蛹壳而已。在生死翻转之际，你不再需要它们了。你超脱了肉身——你漂下去了，一直在巨河上漂流。公元1985年越漂越远了。问题在于，《解冻》所寓意的历史并非直线。所有解冻的仍会被冻结，所有颠覆的仍会卷土重来。

你在天堂还做沧浪客吗？每天早上被冻醒后身上仍结满霜花？当河水裹挟冰碴，银鳞闪闪地往下奔淌时，你一摇桨，河水溅到船上变成小冰豆而停棹时，桨叶又蒙上了一层冰光。再回首。不堪回首。历史似乎也像川剧变脸呵。先是一百八十度大转弯，几块巨石劈开江面造成大跌水，紧跟着一片乱石长滩，江右一个急涡，江左一滩乱礁，卷回来的浪足有半楼高。

你的影子在江边屹立，依然峻茂，依然狂放。倘你今夜溯流而上，一定能看到荻港的芦荻飘雪了，小孤山举起满壁松明，岷江边上的白鹤鸽成群飞起，风筝在空中飘摆，青梅竹马的邻家女孩已做了祖母，江中嬉水的伙伴与苍鹭一起远走高飞。

但，几个哥哥准备好了你最爱吃的回锅肉，侄孙们玩着"龙的传人"号模型等着你。三十五年了，你真要漂回来，怕是有些不习惯了，各拉丹冬冰川已锐缩不少，你趴在上面倾听细流声的冰盖已不在了。叮叮咚咚,咚咚叮叮……冰层下的碎流声会让你再度泪流满面。

你插在姜古迪如冰川上的那面有些褪色的国旗,仍在世界屋脊上飘扬——别在上面的校徽仍熠熠闪光,岩石上的亲笔签名仍未褪色。你打算再次从那儿漂沱沱河、漂烟瘴挂峡谷吗?然而,八百里无人区依然孤独难耐呵。一个理想主义的践行者,一定要经受冰雹和暴雪的反复击打,然后才能闯过通天河直奔通伽峡和虎跳峡吗?一本大书被闪电打开又合上。最后一页仿佛第一页,不!它始终是第一页。

致太平湖·1995

太平湖:

再见你时,你已不叫陈村水库了。那是你的前身,我亲眼见过的。1975年那会儿,你是我的近邻——距陵阳的曹湾不过二十来里。广阳公社治所也在那儿,房子依丘岗而建,街景简陋、粗糙,缺乏陵阳镇的古朴、幽深。集镇南端有个百余米长的坑坑洼洼的巨大陡坡,以七十度斜角直插水库。广阳同学吴礼平告诉我,这儿有轮渡。然而轮渡口周遭相当荒芜,水波鬃刷般一轮轮冲向丘陵的断面,未入水的部分裸露出赭黄的砾岩和卵石。

有一回,堂兄和我骑金鹿牌山地车去广阳,讲好去时他带我,返回时我带他。车是父亲找关系新买的,特别适合山地骑行,前轮为手刹,后轮为脚刹。然而考验说来就来:"金鹿"下大陡坡时颠得厉害,如同非洲草原之角马狂奔而下。堂兄慌了神,手忙脚乱,刹不住车子,在离水库不到十米处龙头一歪,悲壮地"呵"了一声,连人带车倒下去。我在车后座一屁股歪倒。好险呵!差点冲进水库!堂兄双掌擦伤,裤管也破了,膝盖有挫痕。他瘫坐在地,骂道:该死!忘了踩脚刹。我也有类似经历,只是没堂兄这么惨。我自问:手刹更可靠,这种小改良有何意思呢?再看泛着灰光的陡坡如同巨幅标语冲天而下,而水库近在咫尺,寓言般地倒映着茫茫尘界。那时候,我感觉它不似水库,倒接近世界的另一边境——冲下去,你不成鱼,便成水鬼。天近黄昏,阒寂无人。余晖将不远处赤裸的山岩映紫,天气闷热如毛豆腐发酵的屉笼。一只白鹳缓缓扇动双翅,看不清它在缝合水天,还是在划破苍茫。车龙头严重变形,像歪脖的小毛驴。堂兄以十二分恐惧看着它。我用双腿夹住车龙头,费好大劲才把它扳正。堂兄说有个本家在水库搞渔业,于是我们推着"金鹿"沿街打听,所问者皆摇头不知。

然而有一天,本家主动找上门,送来好多鲫鱼、青鱼。他中等个子,三十来岁,上穿泛白的旧军装,面色酡红,双眸很亮,嘴有点瘪。父亲说本家辈分高,我得喊小爹爹。本家来自无为县三官殿,是渔师,操一口浓重的巢湖腔。他说,水库1970年建成,淹掉好多村庄,山里人不懂养鱼,我挑一担鱼苗就过来了。父亲问他水土服不服。本家笑道,不服又怎样?总不能跟鱼比吧,鱼苗放到哪都长,鱼没有异乡感。我好奇地问,你是渔师不是鱼,怎知鱼没有异乡感?

陈村水库的鱼固然好吃,但总有一股泥味、烟尘味。这也许与被淹的村庄有关,鱼们在古旧的门楣间游进游出,像轮回的燕子在梁上飞起飞落。它们真的没有异乡感吗?抑或人们感知不到它们的异乡感?

太平湖,1984年去黄山途中再见你。你如此浩大、澹荡、渊深,像歙砚里的浓墨看不透。嘿,这不是陈村水库吗?过轮渡时我脱口叫道。同事甚觉奇怪。轮渡犁开那粼粼的翡翠,伸手触及处发出噗噗啾啾的响声,指缝被水波刮擦仍有那么点粗粝感、不可测感。然而,有关湖的描述与水库的记忆还是发生了龃龉和对抗。它们不像同一体,倒接近两种事物,类似连体婴儿慢慢长大了,背部却粘在一起,永远看不见彼此。

1976年春,村里女知青崔某约我去广阳踏青。崔告诉我,她外婆家在广阳城。我说,你可以顺路去看外婆了。过济阳镇后,山势愈来愈陡,光景也愈来愈深幽。河道掩映在荆丛、茅草中,清流潺潺,动的草鹭和静的圆石,苍郁的柏和银薄的蝶,无不显现着清奇、本然的美。那峻岭、丘壑皆青透,层层叠叠、深深浅浅地铺过来,定睛再看那四围碧岫中跃出一团嫣红,偌大山境瞬间被点燃。映山红并非皆红,还有明黄、淡紫、雪青、粉白,似有意与单色时代作对。我们一路走一路采,并不觉着累。崔说小时候去外婆家,过永济桥,进城门洞后穿一条街,向右拐进深巷,向南再走几十米就到了。城内有文庙、五猖庙、城隍庙,还有古塔、苏家祠、邵氏宗祠和八面佛,真好玩。外婆家门前有两棵桂花树,三个小伢都箍不住,金秋时节桂花如雨,整条街都闻到桂花香。我纳闷:来过广阳多次,哪有文庙、五猖庙呵?城隍庙听都没听说过。崔面露不悦,说,少见多怪哟,以为我骗你?我盯着她的眼睛,感觉那里面藏着秘密。崔喃喃道,广阳划归青阳就好了,我真想下放在那儿。

广阳到了,我提出到文庙去看看。崔不吱声,走到大陡坡前,指着苍穹下的浩浩大水说,在那儿,瞧见了吗?

到底在哪儿?我有点蒙。

就是那儿嘛!她将手中的映山红一枝一枝扔到水中。

我电击般反应过来。水库建成后淹掉不少村庄,还包括广阳老城。我们走下陡坡,一直走到水边。天空青蓝,水波潋滟。一尾翻肚的鱼在岸边浮沉,像是活的。我试图拿树枝捞它,但没有成功。崔呆望着,直到花枝在水波中慢慢漂远、湮灭……

1978年离开皖南前我多次去广阳。我问吴礼平,水库下有古城吗?他摇头说不知道。六年后我从湖上过渡又问水手,他望着白茫茫的水面狡黠地笑,没听说过呵,你问湖里的鱼吧。

也许只能问湖里的鱼了。陈村水库的鱼来自异乡,从前的事它们知道吗?本家失去联系多年,不知他还在不在库区。当年他送来的鱼活蹦乱跳,在水缸里难以过夜。母亲说鱼记得自个儿的家。我对此将信将疑。难道鱼们也有记忆?崔告诉我,外婆家就埋在水库中。她记得门口有两棵桂花树,小时候去外婆家正闹饥荒,大人们吃豆饼、喝麦麸粥,省下来山芋糊给她吃。豆饼吃多了,肚子胀得难受。可怜二舅吃豆饼腹胀而死。外公跺着脚说,天哪,豆饼没泡开咋能炒着吃!豆饼经压制又干又硬,不泡开的话,吃进胃里就会猛烈膨胀,吃多必死呵。

我读过一则有关但丁的逸闻,有一次他出席威尼斯执政官举行的宴会,面前的盘子里仅有几条很小的煎鱼。他拿起小鱼凑近耳朵听,一条条地听。执政官奇怪,问他干什么。但丁大声说道,几年前我一位朋友死了,然后海葬,我挨个问小鱼儿,看它们知不知道遗体埋在海底哪儿了。执政官追问小鱼说了些什么。但丁说,小鱼儿说,我们还很小,不知道过去的事,向同桌的大鱼打听吧。执政官听后哈哈大笑,吩咐酒侍给但丁端来一条大煎鱼。

我后来查地方史料获悉,广阳城始建于汉武帝元封二年(前109年),原名陵阳,东晋时为避晋成帝皇后名讳而更名"广阳"。延至乾隆二十九年(1764年),其城池高一丈六尺,厚三尺,周长三里多,民国时城区面积近一平方公里。作为县治,其历史已绵延两千年。旧志如此形容:"山屏耸秀,水带回澜,林木辉映,舟车络绎,扼险守要,固当一方之保。"两千年后之广阳城成了太虚水国。这类似一个哲人向我描述的梦境:"我在沙土中挖掘时,一座教堂的尖顶突然裸露出来!"

广阳城成了最确定也最虚幻的不可逆的水下逝物。当年崔是距我最近的亲历者和见证者。她在广阳桥上看过风景,在鹅卵石铺的护坡上玩过,在五猖庙和城隍庙拜过神像,在桂花树下荡过秋千。足见那时候它仍是它,至少喊一嗓子,城墙缝里仍会激起鸽哨般的细碎回声。

　　游人如织如幻,谁还记得水底的外婆桥、古戏台和桂花树?谁还记得草民们目击家园慢慢淹没抹一把泪背井离乡?谁还记得那个悲伤农妇投入你的怀抱像一块石头?我再也没见过本家。也许他挑着鱼苗桶又到了新的库区。这没什么大惊小怪的!鱼们可以随意被驱赶、魅惑乃至药杀。它们没有异乡感,也不会表达愤怒。

　　写这封信时,我经历了第一次婚变,待在巨河北岸的一间低矮而破败的平房里,听雨声滴答,仿佛回到了从前。哦哦,我真不想告诉你:河的堤岸正被掏空,而电鸬鹚击伤了最后一只白鳍豚。

　　当然,虚无中总有一些东西不凋零,反而愈加峻茂。旧年泼水难收——它终究要集成一根鞭子,将弃物像陀螺一样抽给你看,让你也痛。

　　还是听听鱼们怎么说吧。

(苍耳,作家、评论家,曾出版随笔集《纸人笔记》,散文集《内心的斑马》,文学理论专著《陌生化理论新探》《徜徉在语言之途》,长篇小说《舟城》等,入选国内及海外百余种文学选集。)

山丘下（外一篇）

李万华

　　四月末的一个午后，我蹲在一座名叫红山的山脚下，看大地上的植物。这些都是荒漠植物，植株矮小，叶子缩成窄条或针形。骆驼蓬偶尔一丛，正是花期，黄白色小花自叶间冒出，仿佛在偷窥世间秘密。银灰旋花开得寥落，一朵，或两朵，从枝条上探出，喇叭状的小花，惨淡的白花瓣带点淡紫的条纹。沙柳矮得出奇，几乎贴着地面爬行。沙梁上，一丛枸杞，不见花朵，利刺足有一寸长，它们沉默着直直地戳向天空和四野。有一种叶子像扁柏的植物，很熟悉，叫不上名字，用手机软件去辨识，说，扁柏。简直胡扯。扁柏是那种会结灰色球果的高大乔木，它岂能这般匍匐着苟且存活……如此稀疏的几种植物，冷清，萧瑟，彼此之间没有任何纠葛。

　　山脚红土裸露。许久没有下雨，地面干裂，口子一道道撕开，仿佛大地上的一次次闪电。板结的土块上，偶尔有几粒羊粪，一些干枯的植物茎叶似乎停留了几个世纪。一只蚂蚁跑来，黑且细小得令人担忧。没有想象中的甲虫，也没有小蝇子之类嗡嗡。扭头，土丘起伏，土丘后面是两座坟茔，石碑孤单地直立。更远一些，有几只羊，不见牧羊的人。

　　如果往前看，会见到大片开垦过的棕色土地。不知以往这些土地上生长过什么，现在，它们被人承包，栽上牡丹和果树。人的创业热情真实可见，可是天不遂人愿。没有雨，树苗大部分死去。引来灌溉的水只在土地上留下龟裂图案，仿佛披甲的小动物扔下它们的壳，自己带着肉体和灵魂隐遁。

　　干裂的土地上，有人在干活。刚才，就在我向山脚走来的时候，我走近她们，询问眼前这座山叫什么名字。两个年轻的女子裹着头巾，戴花色口罩。她俩彼此说几句话，藏语,我听不懂。后来一位女子用蹩脚的汉语告诉我她们不知道山名。

那座后来我知道名叫红山的山,自东向西一直绵延。这里是典型的丹霞地貌,红色沙砾岩在风雨的侵袭下形成石柱、石墙和方顶。山顶最高处的岩石形成一座帕提农神庙的样子,巍峨、庄严,应该有风呼呼吹过。"神庙"的围柱前,岩石又立起一座方尖碑,想必上面也有天地雕刻的图案。山腰的岩石,仿佛是聚集的裹着红色长袍的僧侣,他们神情凝重,在做祈祷。一种磅礴的来自神秘领域的吸引力自山体发出。我望着那座山,想朝山的深处行进,想探寻山的更多秘密。可是后来,我被庞大的寂静无声的荒原一般的山挡住。我蹲在山脚,查看地面上的植物,然后转身,看着我走来的地方。

视线向前,越过那些栽植了死去的牡丹和桃树的土地,更远处,是黄河河谷。那里是另一重天地,黄河流动,静无声息,河谷植物葱茏荟郁,农人的院子点缀其间,电线低垂,淡青的烟罩在河谷上面。那里是安居乐业的理想地,有犬吠,蝴蝶闪过花树,如果是冬季,会有大天鹅自遥远的蒙古国飞来栖息。

只是,那熟悉的河谷景色已引不起我的兴趣。我现在关注的,是山丘下这大片的荒寒。快要立夏了,风依旧像冬天那般冷硬地吹,天空的云像撕开的旧棉絮,几缕阳光从缝隙漏下。天空是灰色的,光也带些灰,太阳在云层后,亮白的一轮。灰色的光洒在棕黄的大地上,时空仿佛后退了许久,一直退到洪荒时候。

蹲久了,干脆坐下来。只是很短的一会儿,忽然像坐在了天边——身后的红山,是眼前这个世界的最后一道屏障,是边界,它的后面,世界已到尽头。

脑际快速闪过一些当下的信息,战争、疫情,以及一些无法捕捉瞬息而逝的碎念头。起初一刻,脑海如索拉里斯星球上的大海,胶质状的海水不断翻涌、变形,波峰浪谷上泛起红色泡沫。很快,它们缩小,平复,远去。当我再观眼前之物时,仿佛俯瞰一幅平面画,它们的本质,只是荒原一般的寂静。

有一次,我见到(不是梦见,是在想象中见到)某个人的大脑中直竖起一道黑色屏障,它密不透风地将那人的大脑隔成两半,那人的思想也随之一分为二。那些分开的东西互相对立,坚硬、僵持,在非黑即白中固守一域。可是那人浑然不知脑海中有屏障存在,更不知屏障后面是何种模样。他以为他圆润的大脑已经发育成熟,如浆果汁液饱满,籽粒分明。我看得着急,想把那道屏障拆除,想让那人的脑海流动起来,让它发出清越的仿如山涧的声响。

中　秋

清晨醒来,听到孤鸦鸣叫,以为身处晚秋的某座村庄。天空阴沉,逶迤的山峰高处几缕云烟,大地上树木渐次萧疏,西风过时,最后的黄叶失去声息,鸟巢在树枝上像黑色的预言那样危险,庄廓瑟缩,没有一声犬吠,孤鸦裹着它的黑大衣站在村外的电线桩上,那么醒目,它四处眺望,一会儿"啊"一声,再过一会儿,又"啊"一声。

走到窗前,看见外面层叠的楼群,灰蒙蒙一片。树木在楼宇间蓊郁,分不清是国槐还是栾树。天空一层薄云,算不上阴沉。立交桥上,汽车正在蠕动。不见孤鸦身影,想必它正蹲在某座高楼的排风机上,或在附近公园的观景照明灯上,或者,它就是漫不经心地飞,一个黑点远去又归来。

这是北京的中秋。

昨晚觅食回来,在小区门口,我见到一株高大树木挂满红色花朵,一些花朵掉到地上,摔碎,被人踩出汁液。暮色里,依旧能看清那些花朵的颜色——橙红,不张扬,仿佛在开花的过程中尽量压低曝光度。我在北京从没见过这样的花朵,诧异,觉得它应该是南方的花木。问树下扫院子的人,回答说:狗树啊,我们叫它狗树。

我的脑袋在那一刻派上用场,很快反应过来,应该是勾树,或者构树。

睡觉前的大部分时间都被那些绒球状的小花折磨:花开在枝上,肯定没错,那就是节序错了,如果节序没错,那就是地方错了,但地方肯定没错,我就在北京一个叫方庄的小区内……

清晨的光里,再去看那些小花。花依旧安静,掩映在大叶子之间,红色的亮度提高许多,旁边有几颗绿色小果子。一夜过去,地上又多了些摔碎的小花,捡拾一朵来看,花穗肉乎乎的,包着一个硬核,像用毛线将一枚果核缠绕,然后用剪刀剪碎毛线,红色线头炸开来,密密麻麻失去头绪。

站在树下查资料,原来小红花不是花,是果实,果肉长在外面。准确地说,是一个聚合果,红色的部分也不是果肉,而是花冠,果实藏在红穗子顶端。

太复杂了,超出一般果实的构造,有意为难人。我举着一朵又不是花又是花的小果子,脑子里尽是绕不开的弯。

小区院内也有其他花木,显眼的,是几株木槿和紫薇。木槿的花让人思及蜀葵,不过花一旦开在高枝上,气质就显出来,木槿玉立,蜀葵不修边幅。紫薇花的名气大约来自紫微星,或许还有白居易的那句"独坐黄昏谁是伴?紫薇花对紫微郎"。花不怎么妖娆,花色平淡,花瓣细碎,质地皱缩。紫薇花如果开在瓦屋下、宫墙边,或者太湖石旁,也许出众,如果在大街上、公园里,便是不起眼的花木。几棵修竹下一丛凤仙,奇怪的是,凤仙花的茎叶一律灰白,仿佛发霉长出斑点,花色倒正,水红。水红带些乡土气,配竹子,倒像一段佳话。

蝉鸣嘶嘶。

空气闷,仿佛在一口大缸里捂了许久,现在急需一只名叫秋风的斧子将大缸劈开,送来凉爽。植物们也需要风拂动叶子,活动筋骨。可是根本没有风的迹象,也没有季节转换的迹象,华北平原的夏天慵懒地将长尾巴拖过来,压在秋天的身上,像压了一件皮袍。

如果在高原,如果时间倒退四十年,在群山萦绕的村庄,中秋时节的天空已经蓝而高远,秋季风自河谷穿过,空气里尽是香薷和青稞成熟的味道。阳光温暖,大地上草木斑斓。白桦镀上金黄,小檗深紫,云杉绿得发黑,灌丛里,悬钩子和西藏沙棘的小果子挨挨挤挤。母亲早早从田里回来,在厨房忙碌。砧板上有两三斤新鲜猪肉,买来的西葫芦、圆茄子和柿子椒已经洗过,蒸笼里,是贴着面花的月饼,如果揭开笼盖,姜黄、红曲和葫芦巴的香气一哄而散。院里九月菊和翠菊正在盛放。九月菊淡紫,蓬勃的小花歪斜在花园墙上,蓝紫色为主的翠菊甘愿矮小,卧在潮湿地面。我在门口的大青杨下站一会儿,反复捏口袋里的几枚楸子。楸子果梗细细长长,果皮深红,咬一口,又酸又涩。有时口袋里还有一枚梨,小小的那种,绿色果皮厚而硬。树荫斑驳,指甲大的黄蝴蝶飞来飞去,总是不见邻居孩子出来。午后的村庄寂静,阳光如织,蜜蜂嗡嗡,大雁飞过时,嘎嘎嘎的鸣声仿佛从另一个世间传来。

晚间继续外出觅食,想寻一碗汤面不可得,好在超市有新鲜的无花果。自餐馆回来,穿行院子时,努力仰头,寻找月亮。楼层高密,天空碎成一小块一小块。左右腾挪,始终不见月亮。后来,终于见到一团发亮的薄云。轻云掩翳,不是的,是月亮不肯见人。

遥想一轮硕大的圆月挂在天空,月里的桂树都已斫尽,清光四溢,一直漫到远处山巅。山坡银涛起伏,林间马鹿出没,大地上草木摇落,风露浩然。

绕过一架葫芦,拐弯时,见一对年轻人从楼门出来,女孩手捧一个瓷盘,上面摆几枚月饼,男孩拎一袋水果。两人不说话,径直朝院子里有桌椅的地方走去。女孩看上去有些担忧,一边走一边抬头找月亮。我忍不住多看他们两眼,心想:愿人长似,月圆时节。

(李万华,中国作协会员。曾出版散文集《金色河谷》《西风消息》《丙申年》《山鸟暮过庭》等。作品曾获第十八届百花文学奖散文奖,第二届青海文学奖,青海省政府第七、八届文学艺术奖。)

一个女孩在夏天

戚佳佳

一

那个女孩在夏天,那个夏天已经很遥远了,以至于树叶都黄了。那树叶的两边堆满了书。那些书也很旧了,有巴金的,有梁实秋的,有泰戈尔的,还有屠格涅夫的。大师的智慧蒙着岁月的尘土,置放在那儿,成了女孩逝去的青春的一部分。那个小女孩就是我。放在书桌上的那帧照片,是童年留给我的唯一记忆。

十岁之前,我的记忆是一片荒漠。每至夏天,我都会发热,以致口吐白沫,昏倒在地。父亲抱着我,掐人中和虎口,我便得以缓气回阳。我的童年是在父母的战战兢兢中度过的。五岁那年,父亲把我送进了学校。父亲希望我跟小朋友们在一起,病情会改善一些。放学回到家,父母忙于劳作,我的身旁就多了一样东西,那是父亲买给我的小人书。父亲看着我,他的眼神里似乎寄予了太多的期望。他对我说,不要乱跑啊,你上学识字了,翻这小人书看吧。

那小人书就是我的阅读启蒙。我因此喜欢上了书,喜欢上了阅读。

十岁以后,我的病情痊愈。我记忆的荒漠变成了绿洲。家里兄妹三个上学,我是老幺,读书比较用功,父亲似乎偏心眼,格外地疼爱我。从父亲对我的关爱中,知道他是很希望我成才的。因为在父亲看来,成才,才能离开很穷的家,离开几亩薄地,远走高飞。事实上,我也很努力。功课之余的大部分时间,都交给了阅读。那时我们农村学校的课外书少得可怜,我对书籍的获得,多来自身边的同学。他们有书,我都想方设法借阅。而父亲也省吃俭用,为我买书,我会和同学们调换阅读。慢慢地,我发觉,我的知识面广了,作文写得越来越好。我至今还记得,上初中后写的第一篇作文《当我收到通知书的时候》,就一而再,再而三地成为几个班级传阅的范文。种子的萌芽是因为遇上了合适的气候和土壤。我对阅读的喜爱,使我的文学梦萌芽了。阅读,就是让我的青春勃勃生长的气候和土壤,我要让这些土壤充满绿意,并且开出一朵朵花来。

  读完初中,我就离开了校园,怀里抱着书,肩上背着书包。跟我相对的,是父亲暗淡的眼神,以及父亲身后木制的家门。家里的农活太多了,母亲做不完,而父亲的身体又不太好。作为农村女孩,命运似乎早就注定好了。身边的姐妹们相继离开学校,回家务农,过着父辈们重复的岁月,面朝黄土背朝天是我们村里大多女孩殊途同归的命运。没有人热衷读书,当物质上的追求成为大多数人的价值取向时,书就是一个遥不可及的梦。

  我是一个另类,很少和那些女孩为伍,我唯一的嗜好,就是读书。在家的一角,伴着孤灯,伴着诗,伴着孤独的青春。

  我一直遵循孔夫子的那句话,学而不思则罔,思而不学则殆。我一边读书,一边思考,在读书的快乐里,思考我的不快乐的人生。干完农活之余,我学写诗。我知道,诗是一种表达,表达迷惘,表达爱,还有孤单的对天仰望的青春。我常常有一种自比,心比天高,而命比纸薄。我视金钱为粪土,却常常因为没有买书的钱而望"书"兴叹。

  我的青春也盛开过花儿。那是某年的一天,我的两首小诗被江苏广播电台录用了。听到那深情朗诵的一刹那,我觉得我的灵魂开花了。那是我的宝贝,在那穿越时空的电波里,在播音员的深情朗读中呱呱诞生了。我对写诗有了一点信心。诗人的梦想,是我理想星空中最亮的一颗。

二

  那几年在家干农活,读书和写诗是我坚持不变的精神寄托。我靠它们丰盈我信念的羽翼,也靠它们打发我寒凉的清寂。青春的梦总是斑斓的,而我的梦是岁月里瘦弱的河,潺潺缓流,一如我安静而纤瘦的身体。只有在暗夜的灯下,在诗面前,床的一角,那颗心才会怦然跳动,和自己的灵魂对话。

  我的夜读,遭过母亲的白眼。母亲从那面墙的洞里看到我的房间灯还亮着,就说,太浪费电了,丫头,你都不上学了,还读那些书干吗呢?当得了饭吃吗?父亲没有说我,但是隔着那堵厚重的墙,我听到了父亲同样厚重的叹息。

听着母亲的话和父亲的叹息,灯光下,我的梦开始四下溃散。书读不下去了,而笔也遇到了障碍,停止了游动。看书于我,成了一件尴尬的事。可我的心告诉我,我不能离开书!为了不让母亲操心,我把电线解下,把电灯泡放在书桌的抽屉里,上面用书遮盖上,只从偏缝里露出一点点余光,我便可以借光看书了。虽然光线不是太好,但母亲终于少了些责怪。这时候,诗的精灵跳出来,穿过荒凉的鸡啼,穿过清贫的庄稼地,走进我的窗户,走进我的梦里……

去城里打工之前,在家里夜读是我最为满足的一段时光。因为有母亲的唠叨,那阅读便带着冒险性,冒险性的起伏不定,竟给我枯燥的读书带来了一点快感。而且,更有意思的是,我会因陋就简,在苦中找到阅读的快乐。比如,我把灯泡放在抽屉里读书,灯泡的热量烤化了我的几支心爱的笔。那笔变得面目全非,让我哭笑不得。有时,家里还会停电,为了不影响读书,我悄悄把藏在床底下的老古董拿出来,一根火柴下去,那老古董就亮了。那是爷爷那辈留下的"稀世珍宝":煤油灯。灯火如豆,恰如黑夜给了我黑色的眼睛,我在用它寻找光明。有时,煤油用完了,我又从父亲那里要钱买来手电筒。直射的光线,在我温暖的被窝里,在那一页页洁白的书纸上有了幸福的转折。

现在,那个生了锈的手电筒还在我的书桌上放着,以一种凭吊的姿态,无言祭奠着我逝去的青春,被岁月风化成一个枯萎的标本。

那时,看的书很有限,常常是一本书看完,又看一遍。哥嘲笑我,说我是书呆子,像鲁迅笔下的藤野先生,不修边幅地活在自己和书的世界里。我看着哥,只笑笑。哥有一次问我,他要去南京,有什么让他带的。我脱口就说,要一本书,俄国作家屠格涅夫的散文集。哥拧着眉看了一下我,说,别看书了,别的什么都给你带。我站在哥对面,嘟起了嘴。哥摇摇头就去了。

晚霞满天时,哥回来了。我看到彩霞染红了我们村子的屋舍,染红了村口的那排杨柳树,也染红了哥的高大侧影。哥回来了,却只给我带来好吃的东西,我又一次在哥的面前嘟起了嘴巴。哥把一只手藏在身后,鬼笑着对我说,你猜,我手里还有什么好吃的?我生气地一甩辫子,说,不猜!哥说,你看!他的手扬起来,我一看,是屠格涅夫……那一刻,我兴奋极了!我在哥的面前跳起来,追着哥打他。那本我想了很久的散文集,终于到了我的怀抱。那一刻,我是富翁,我好开心。我知道,夕阳把我的脸都装点成一朵灿烂的花了。

哥看着我,也咧嘴笑了。我忘记了对哥说声谢谢,就倚着门口的老槐树,打开书页,忘情地读了起来。那一篇篇真情的散文、一段段感人的文字，几次打湿了我的眼眶。我感受到了文字的力量，那力量带着我领略到了自然之美，感受到了凡尘之暖和人间真爱。

阅读，让活着有了意义。一次，我在家听收音机，听到南京的一家书店有一些书可以馈赠的消息。我想这是个好消息，就试着去了一封信，表达了我对书的热爱之情，也说明了我想要看的书及其类型。本来只是抱着试试看的想法，没想到，十几天后，我真的就收到了一个包裹。我激动地打开包裹，里面竟是我很想读到的几本书，有梁实秋的，有巴金和鲁迅的……还有几本诗歌集。这是多么美好的事啊！就像梦一样！我从来没有看过这么多的新书，欣喜地用我的手，抚摸它们的肌肤，那是多么奇妙的感觉。那感觉让我浑身暖流涌动！我的眼里噙满泪水。

三

春梦总是短暂的。我的诗没有能够改善我的家庭生活。那一年，我和村里所有姑娘一样，背着行囊，离开家乡，去了城里。我成了打工族中的一员。在茫茫人海，我不过是一叶浮萍，在激流暗涌中，波翻浪卷任其漂流。我一直是个独行侠，唯一陪伴我的，是一个偌大的双肩包，包里连梳子镜子都没有，除了几件应季的换洗衣服，剩下全是书。我就像个蜗牛，背着重重的壳，步履重重地爬。我喜欢看书，无论它给我带来了快乐，还是悲伤，都无法改变我对它的钟爱。因为，我知道，它就像我成长中所需的营养一样，融进了我的血液。在一年又一年的打工生活里，我一边上班，一边读书，一边挨饿，一边啃书。至今说不清，我读它们，终究为了什么。

我背着我的包，从一个工厂跳跃到另一个工厂，从一个地方辗转到另一个地方。无论有钱还是没钱，是饱着还是饿着，那些书总陪着我，不离不弃。这就是我自命清高的青春，一个女孩单薄的自负的青春。夜晚，在火车站候车室，在草坪上，在城市的路灯下，在公园一角的长椅上，我会让自己栖息下来，在书页的原野上，为心灵放牧。

露水一回回打湿我的裤脚，薄霜一次次冻结我的眉毛。我在城市的心脏，也在城市的边缘，与我共鸣的常常是一首歌、一段音乐。夜幕下，谁家窗口飘出来的那首《我想有个家》，轻而易举地打中了我情感的软肋，让我泪如雨下。

我依然走在路上。背着我的书，在厦门，在上海，在海角，在天涯。

从城市回乡，是父亲生病的时候。哥给我打来电话，哭着说父亲生病了，得了不治之症。

  我回了家,背着书,靠着一瓶矿泉水,坐两天两夜火车回到故乡。父亲病得很重。在床上,他的脸色苍白。这个从小为地主放牛,挨打受骂的男人,这个一直光着脚种庄稼的男人,这个被我唤作父亲的男人,现在他病了,病得不像那个高大的父亲了。在父亲的病榻前,我禁不住泪如雨下。

  陪了父亲一段时间,父亲说他没事的,翻过年关就好了。父亲要我再回到城里去,好好打工,好好赚钱,家里养不活闲人啊!我在泪光里跟父亲告别,再次踏上打工之路。当然,那些书还跟着我,我的诗还跟着我。

  我需要它们,即便青春流出血来,我也要看到诗的玫瑰为我盛开。一个月后,哥又打来了电话,说,爸去世了。我躺在出租屋堆满书的小床上,号啕大哭。父亲走了,我竟没有在他的身边,看上他最后一眼。

  随后,我停止了写诗。一停,就是二十年。

  我带着我的书,带着一个伤痕累累的自己,把自己隐匿起来了,隐藏在充满烟火味的凡尘里。直到一天,我的生活里又有了书香味。我这些年压在心底的读书欲望,再次不可阻挡地冲开了藩篱……我开始有意去读一些喜欢的书。因为我知道,我要为自己的梦想做铺垫了。我爱着书,也爱写作。我打开了电脑,写诗,写散文,写我的思念,写我的青春。

  我试着去读更多的书,试着用文字抚平内心深处的创痕。在父亲去世二十周年快要到来的时候,我含泪写下《最后的父亲》。我把它投给报社,不久就在报社副刊得以发表。

  我看着那个女孩。那个女孩在夏天,那个夏天已经很遥远了,以至于树叶都黄了。那些书也很旧了。我想我该拂去那些灰尘。那是我的青春,一段永远也抹不掉的记忆。

(戚佳佳,安徽省作协会员。2014年起,作品散见于《诗刊》《意林》《鸭绿江》《清明》《安徽文学》《海外文摘》《散文百家》《奔流》《山东文学》《解放军文艺》《当代人》《阳光》等报刊,散文作品入选年鉴、作文和被转载,多次获得全国征文奖。)

淮 河 滩

张春生

一

那年初夏,麦子黄了,母亲领着我们来到大河湾自家承包的沙土地里,拔除留种麦田里的杂穗。

临近中午,太阳像一把火炬,燃烧的火焰烤得脸上火辣辣的。母亲看我们晒红了脸,抹了一把脸上的汗珠,说:"都饿了吧,走,我们吃饭去!"随后,母亲带着我们走出麦田,翻过淮河大坝,转移到淮河滩上,在柳树下乘凉。

稍事休息后,在母亲的监护下,我们几个来到河边,操起河水洗净手上、脸上的灰尘,再回到岸边的柳树下,吃起早上从家里带来的饭菜。其实,就是母亲早起做好的杂粮饼和炒咸腊菜。

又饿又累,一大包饭菜,不多会儿就被我们消灭了。母亲拿着罐头壶到河边打了一壶清水,说:"来,来,孩子们,每人喝点淮河水,算是一顿汤!"

吃饱喝足了,母亲陪着我们在柳荫下休息。我问母亲:"娘,你说河边的这道大坝是什么时候打起来的?这河滩离河边有好远,河滩上长满了这么多的苇子,还有这么多的苇喳子在叫,它们中午怎么吃饭呢?"

母亲笑着说:"春生哪,你可知道,千里淮河千里滩,听老一辈子讲以前河滩比这还远呢,淮河涨水时,大水一冲,河滩最外边就被冲走一些泥沙,河面就越来越宽。现在的河滩有这些小苇子保护着就好多了,从坝子底下到河水边,这里的河滩总该有一截地远吧?轮船码头那边更远呢……"

母亲接着说:"这淮河大坝子呀,是娘年轻的时候,淮河岸边的老百姓积极响应国家号召参加治理淮河的时候修建的,应该是在50年代末60年代初,那时候老百姓的干劲真大,硬是肩挑背扛把这淮河大坝打起来了。打好了淮河坝子,才有了大河湾呀,我们才有粮吃,有衣穿,要不然淮河一旦涨水,老百姓就要靠吃国家的救济粮过日子了。春生,你问那苇喳子中午饭怎么吃的,它们应该是吃虫子吧,这淮河滩上的苇子地、草地里有的是小虫子,苇喳子饿了就逮虫子吃……"

噢,是这样呀!我知道了一些关于淮河滩的往事。

二

高三那年的秋季,求学时,我转到了河东的马城中学上学。虽说离家不算远,但隔河远千里。当时的交通不方便,我只能与王忠、尹良玉、张建华等几位同学走水路,也就是乘坐淮河上由蚌埠往返淮南开通的小客轮——唯一的快捷交通工具。

我大概两个星期才回家一次,返校时,带着母亲给的生活费、咸菜和大米,身上还背着重重的书包,早早来到张沟码头等轮船。每天就那一班,错过了便成不了行程。

有一次,我吃过中午饭,带齐必需的生活用品,独自沿电灌站南侧的小路,一直向东走到淮河大坝,远远地向南边河滩的远处望去,隐隐约约看到小班轮已经过了新城口向下游快速驶来。

于是,我小步换大步,大步变跑步,急忙加速向张沟码头跑去。为赶时间,就跑下淮河大坝从河滩上抄近路,也顾不上看河滩上的风景,两眼只盯着远处的小班轮。好在,紧赶慢赶,喘着粗气跑到码头时,正赶上船员抽跳板。看到我时,那位胖胖的船员师傅缓了一下神,趁这工夫,我便蹿上了小班轮,赶快下到船舱落了座,长长地舒了一口气。我心里嘀咕着,幸亏走河滩上抄了近路,要不然这次返校就耽搁了,定要挨班主任老师的一顿猛批。

刚坐稳当,那小班轮就转过头,加大油门驶离了码头,朝马城方向顺流而下。

小班轮过小圩堤段时,我忽地记起小时候母亲带着我们在河边柳树下乘凉的情景。于是,按照船员师傅的提示,返到驾驶室前的甲板上,抓牢护栏,迎着班轮前行的方向,细细地品赏淮河两岸的风景。

班轮行驶速度虽不算快,但立于船上只感觉淮河两岸绿柳纷纷后退,芦苇丛生的河滩在无比优美的岸线的装饰下,像一位饱经沧桑的老人满怀慈祥的笑容,呵护千里淮河的安澜。眼前,小班轮像一枚离弦的箭,向前飞驰。激起的浪花不停地向两侧翻腾,船后的浪涌打碎了平静的河面,几道波浪在一片欢笑声中向两岸的河滩一波接一波地拍打过去,给河滩送上了阵阵亲密而又深情的拥抱。

三

有一年夏天,我所在的部队在淮河上游的河南信阳游河乡附近河滩上驻训,驻训地点离河边不远。

时值盛夏,天气炎热。早晨组织部队出操,口号响亮,步伐整齐,官兵威武的英姿融入美丽的淮河滩上,构成了一幅激人奋进的油画。不远处,进入汛期的淮河,河面增宽了许多,河水浑浊,夹带着大量的河沙,向下游奔涌而下,淮河无比壮观的气势尽显。

房东老李,中等身材,皮肤黑黝黝的,年近七旬,是一位土生土长的淮河滩上的信阳人。训练之余,在与老李的交流中,我知道了一些关于淮河滩的故事。

老李说,他三十几岁时,有一年淮河上游暴发洪水,附近几个村庄的房屋都被洪水冲倒了,乡亲们无家可归,被政府临时安置到远处丘陵地住在庵棚里。只有他们住的这个游李家大河滩,因地势较高,躲过一劫。后来,政府组织治理淮河,加固了两岸的堤防,其他村庄都实施了迁移,唯有游李家河滩上的人家得以保留下来。

老李还说,枯水季,这里的河滩上长满了蒿草,河滩向河中心延伸推进了许多,河床上黄灿灿的河沙在阳光下闪闪发光,河水曲曲弯弯,像一道九曲回肠的溪水淙淙而下,以永恒的信念向东方远去。

一日下午,训练间隙,在游李家的淮河滩上,官兵们三五人围坐在树荫下乘凉,或是交流训练感悟,或是唱唱歌,或是说说家乡的传说,有几位不怕疲劳的战士,还在河滩上追逐嬉戏,欢笑声充满了整个游李家大河滩。

一阵急促的哨声响起,官兵迅速带好随身武器,列好队做好训练的准备。

稍后,王连长下达了实弹射击的命令。"报靶小组就位!""保障小组就位!""第一射击小组出列,向射击阵地出发!""对准靶位散开!""卧姿装子弹!""开始射击!"……

随后,射击训练阵地上响起了一串枪声,这枪声在游李家的河滩上显得更加清脆,更加响亮。

一阵枪响过后,紧接着队伍里就是一阵接一阵的小声议论,几号靶位中了十环,几号靶位中了八环,几号靶位只中了五环,几号靶位跑了靶……

此时,烈日下,官兵们竟忘记了绿军装上早已挂满层层的盐斑。

四

前些年,淮河生了一场重病,蚌埠段百里美丽的河滩也惨遭不幸。

一些人为了蝇头小利,干起了违法之事。他们为了钱,不惜用吸沙船偷采河滩底下沉积的河沙,致使百里河滩遭到无情的摧残。大片的河滩因采沙而塌陷,河岸线迅速向防洪堤坝逼近,有的堤段到了即将倒塌的危险地步。往日成行的绿柳不见了,河滩上的芦苇丛也不见了,那些爱唱歌的苇喳子更不知飞去了哪里……

所幸的是,在"绿水青山就是金山银山"理念的引领下,淮河非法采沙得到及时有效的治理,成百上千条的采沙船、吸沙船被查获、拆解,一些非法采沙的不法分子受到了法律的制裁,一场破坏淮河生态系统的危机得到了及时处置,那些残存的河滩也得到了及时的保护。

我站在淮河滩上,心中无限感慨:淮河滩呀金银滩,惨遭不幸因理念。重拳整治尚及时,幸有河滩永留传。

大河湾本质上也是淮河滩的一部分。因为治理淮河,沿河岸筑堤防洪才隔出了现在的大河湾。听老辈的乡亲说,早前,没有淮河防洪堤时,这些湾地就是河滩的延伸所致,也可以说是淮河的远滩。大河湾的出现,是千里淮河得到有效治理的结果,沿千里淮河岸边,有着数不清的大河湾。

家乡的大河湾也叫荆山湖。无洪叫它大河湾,行洪称它荆山湖。大河湾对于当地乡亲的重要程度可以用一首民谣证明:大河湾呀大河湾,是金滩来是银滩,三年不淹大河湾,有吃喝来又有穿,一年淹了大河湾,单被改成裤子穿。当然,这首民谣是对早些年大河湾真实情景的写照。

如今,淮河堤坝得到多次加固,在大河湾的上游和下游分别修起了进洪闸和退洪闸,大河湾里的滩地得到了更好的保护。湾内重要的生产道路硬化成了水泥路。新一轮土地承包后,近几年又兴起了大规模土地流转,大河湾里的土地实现了集约化、规模化生产。怀远县常坟镇张沟村以南兴起了水产种植养殖,荷塘集中连片,水网养鱼,形成了万亩荷塘、鱼虾养殖景观。盛夏时节到常坟大河湾观景赏荷游览,悄然成了当地乡亲一道不可缺少的生态文化旅游大餐。

五

去年8月上旬,我回家看望母亲。刚到淮河大堤下坡口,远远地就看到母亲坐在小院前的石板上,向堤坝上张望。

来到母亲的近前,我喊道:"娘,我们回来了!您刚才朝坝子上看什么呢?"母亲满脸笑容,说:"看什么呢?娘最想看见的就是你们走下坝子的身影,就想听一听你们的喊娘声。娘年岁大了,身体一天不如一天,娘今年八十三了,娘呀,就想多听听你们叫我几声娘……"

娘的一番话,说起来很平实,却刺得我心里十分痛。

随着年龄的增长,娘的身体越来越不好,隔三岔五生病住院。就在那次,娘聊起了房子的事。娘说:"现在住的房子年限久了,就怕下大雨渗水,地面打滑,我正和你爸商量着,打算在屋顶上盖一层彩钢瓦,既隔热又防雨,省钱还省事,你爸还没同意呢。"

我当即就开始做父亲的工作,老人家最后终于同意了。我们商定,过几天就动手修缮房子。

吃过午饭,母亲说想剪剪头发。正好我以前在部队练过理发,就说:"娘,你要不嫌我手艺差,我来给您理吧?"娘说:"这世上哪有娘嫌弃自己孩子的事儿?来,给娘理发吧。"

那天,我身手敏捷,动作还算娴熟,很快就给娘理好了头发,娘很开心。妹妹春红又烧点热水给母亲洗头。一家人有说有笑,母亲再次享受到了天伦之乐。

8月中旬的一天夜里,突然接到父亲的电话,说母亲又生病了。这次母亲突然就不能讲话了,情况有点不对劲。

母亲住院期间,父亲前来探视,因疫情也没能进到病房看到母亲。父亲说:"实在不行,就把你娘拉回家吧,都住二十多天院了,也不见好转,怕你娘很难挺过这一关了!"父亲显得很无奈。

在和父亲商量母亲后事时,父亲说:"之前,我和你娘商量过,你娘说,等百年后,就把她安葬在坝东大河湾的岗地上,她这辈子都离不开这块土地,这是她最爱的淮河滩……"

我两眼含泪。母亲这辈子含辛茹苦地把我们拉扯大,实属不易。现在母亲生了重病,医治二十多天也不见好转,病情还在加重,如果挺不过来,老人家真的就要走了……

母亲在这个世界上最后的愿望,就是能安葬在大河湾的岗地上。这样,母亲就可以天天守着她心爱的淮河滩,东望千里淮河,永续地诉说自己的心事。

(张春生,安徽省散文随笔学会会员、蚌埠市作家协会会员。1998年开始发表作品,以散文见长,近年涉及小说创作。)

学者思

"辛德勒"的遗产

王达敏

1994年,由史蒂芬·斯皮尔伯格导演的《辛德勒的名单》一举获得第66届奥斯卡最佳影片和最佳导演等七项大奖,使得50年前德国投机商人、纳粹党员辛德勒冒险营救犹太人的传奇故事震撼全世界。

这是一个真实的故事。1939年,德国侵占了波兰,许多德国投机商纷纷来到波兰接收纳粹没收的犹太人工厂。辛德勒也是一名投机商人,他接收了一家破产多年的小搪瓷厂。在一个纳粹"大清洗"犹太人的前夜,辛德勒故意将消息透露给当地犹太办事处的负责人,从而使许多犹太人得以逃脱。

辛德勒的工厂于1940年冬天开工,他雇用了大约100名工人,其中有7名犹太人。当时,雇用工人非常容易,许多人想找活干,而且工资很低。一年多后,工厂就达到800人,其中犹太人多达370人,这些犹太人都来自危险的犹太"居民点"。对于犹太人来说,能到德国人开的工厂干活,是件很幸运的事。但这些犹太人不知道,辛德勒为了保护他们,想方设法篡改他们的人事档案,把老人少写20岁,把儿童写成大人,把律师、医生等人写成专业技工。与此同时,辛德勒每天晚上与盖世太保周旋,尽量巴结那些有权有势的纳粹官员。

1943年,纳粹开始实施消灭犹太人的计划,为了救助犹太人,辛德勒频繁地向纳粹高管行贿,使许多犹太人幸免于难。为了营救普瓦索夫集中营的犹太人,他冒险向集中营司令官请求,将自己的工厂改成一个军需加工厂。不久,他又以"节约上班时间"为由,将工人搬出集中营,以便向犹太人提供食品和药品。1944年春,在关键时刻他又救助了近1000名犹太人。为了换取食品和药品,贿赂盖世太保,他不仅耗费了所有积蓄,还变卖了妻子的首饰。1945年5月9日,苏联红军解放了波兰,当他确信属下的犹太人已经无生命危险后,才和妻子悄悄地离去。临行前,获救的1000多名犹太人在一个大雪之夜为辛德勒送行,他们把一份自动发起签名的证词交给了辛德勒,证明他不是战犯。这些幸存的犹太人敲下自己的金牙,打制了一枚戒指赠送给辛德勒,上面用希伯来文刻下了一句经文:"凡救一命,即救全世界。"

描写德国纳粹的良知觉醒并且甘愿冒险营救犹太人的义举,《辛德勒的名单》是第一部。在这之前描写二战的影片中,从未有过一部电影敢于把一个纳粹分子当成"救世主"来表现。据此,辛德勒被犹太人尊为"义人",国际影评界称《辛德勒的名单》是"一部充满人道主义精神的导演拍摄的一部洋溢着人道主义气息的影片"。

身为纳粹分子的辛德勒在不反对纳粹的前提下,听从人性的召唤和人道主义精神的引导,主动拯救身陷囹圄的犹太人,事实上与纳粹的犹太人大屠杀政策背道而驰,是对丧心病狂的恶行的策略性的积极抵抗。从这个意义上来说,辛德勒是一位伟大的人道主义者。

"辛德勒的名单"上在册的犹太人亦把自己视为"辛德勒的犹太人"。这名单是生路,是永恒的人性,代表着至善至真至美。

辛德勒是一个人的名字,自辛德勒拯救犹太人的传奇故事被世人得知后,尤其是《辛德勒的名单》风靡全球后,辛德勒这个人名,其语义已经转换为至善人性的专有名词,人道主义精神的隐喻,成为二战期间保护、营救犹太人的"国际义人"的代名词。

整个二战时期,这样的"国际义人"遍布世界各地,仅耶路撒冷犹太人大屠杀纪念馆展示的"国际义人"就有两万多人,其中多人被誉为"××辛德勒"。

——"波兰的女辛德勒"。1939年9月纳粹德国开始入侵波兰,几个月后,纳粹分子将大约50万犹太人强行赶入华沙的犹太人区,并在犹太人区四周筑起高墙。高墙内的犹太人开始忍受饥饿和疾病的双重煎熬。当时,身为社会福利工作者的森德勒建立了秘密组织"援助犹太人委员会"。她化装成护士,以预防传染病为借口进入华沙犹太人区,告诉那里的犹太人,纳粹正在计划把他们转运到一座集中营。犹太父母们相信了森德勒的话,便把自己的孩子托付给她。于是,森德勒和同事们开始往外"走私"孩子。他们有时通过下水管道把孩子救出,有时用手提箱或垃圾箱把孩子运出,有时则用救护车把孩子接走。森德勒把获救的犹太儿童安置在非犹太人家里,并把获救儿童的姓名写在手纸上,把手纸装进罐子里,再把罐子埋到邻居院子里的一棵树下。1943年,纳粹警察逮捕了森德勒,对她实施了长达三个月的酷刑,甚至用锤子和老虎钳弄碎她的腿骨和脚骨,妄图逼她交出获救儿童的名单。森德勒没有屈服,当秘密警察行刑队即将枪决她时,波兰地下组织买通一名德国军官,从枪口下救出森德勒。战后,波兰政府为感谢她从纳粹法西斯手中拯救了2500多名犹太儿童,授予她"国家女英雄"的称号。

——"日本的辛德勒"。1939年杉原千亩任日本驻立陶宛领事馆的总领事,整个领事馆只有他一人。1939年德国入侵波兰,大批犹太难民流离失所,纷纷来到立陶宛避难。1940年7月,纳粹屠杀犹太人的恶浪愈演愈烈,立陶宛境内所有的大使馆和领事馆关闭。此时,日本正准备与德国结盟,杉原千亩向东京请示,得到的答复是不准向犹太人签发过境签证。杉原千亩内心非常矛盾,作为政府的公职人员,他必须服从国家的命令;作为人,他要凭良心办事。最终,他决定选择后者,为受难的犹太人签发获救的签证。他对妻子说:"违抗政府命令,我的事业也许就此断送,然而不援助犹太人,我就是违抗上帝。"

——1940年5月,葡萄牙驻法国总领事馆的德斯不顾政府的命令,擅自为犹太人签发了3万份签证。1944年,年仅33岁的瓦伦堡任瑞典驻匈牙利大使馆一等秘书。当时,他负有一项特殊的使命,尽可能多地从纳粹手中营救出极有可能遭到杀害的犹太人的生命。他冒着生命危险,在半年多的时间里,先后为上万名匈牙利犹太人签发了瑞典护照,使他们逃离虎口。二战期间,上海对犹太人敞开大门,先后收留了数万名犹太人。

——"中国的辛德勒"。1938—1940年,中国驻维也纳总领事馆总领事何凤山(1901—1997年)不顾南京政府的反对,给数千名犹太人发放签证,使他们逃离了纳粹的迫害而来到上海。2001年,以色列政府授予何凤山"国际正义人士"称号,何凤山的名字被刻入犹太人纪念馆的"国际义人园"。2007年,以色列政府授予何凤山"荣誉公民"的称号,2005年,何凤山被联合国正式誉为"中国的辛德勒",

与"犹太人大屠杀"一样惨烈的"南京大屠杀",是侵华日军犯下的反人类的滔天罪行。在"南京大屠杀"期间,许多"国际义人"对中国难民伸出了援手并提供保护,其中以约翰·拉贝和明妮·魏特林最为著名。

拉贝是德国西门子公司南京分公司经理，又是纳粹党南京小组的负责人。1937年在南京沦陷，中国国民党政府和军队置老百姓生死而不顾，弃城出逃的危难之际，他和十几位外国传教士、教授、医生、商人共同发起建立南京安全区，成立南京安全区国际委员会和国际红十字委员会，并担任安全区国际委员会主席。他冒着危险，奋不顾身地抗议并尽其所能地阻止侵华日军惨无人道的暴行，拯救了25万中国平民的生命，因此，他被誉为"南京的辛德勒""东方的辛德勒"。他在此期间写下的《拉贝日记》是二战时期日本的同盟国德国公民所作的第三方记录，是证明"南京大屠杀"最有利的证据之一。根据《拉贝日记》拍摄的同名电影，被称为"中国版的辛德勒"。

魏特林是美国基督教在中国的女传教士，南京金陵女子理学院教务长。1937年，日军侵占南京，学校大部分教员撤往四川成都，她则留在南京照管校园。在"南京大屠杀"期间，她积极地营救中国难民，保护了上万名妇女和少女避免了被日军送到军队慰安所和军营而遭受蹂躏。她还用日记的形式记录了日军大屠杀和强奸妇女的罪行。

辛德勒们的人道主义精神，只有作为人类共有的精神遗产被认可、被传承、被光大，人类才能避免相互伤害、相互残杀。唯其如此，当灾难来临时，他们才能抵抗邪恶，自救幸存。否则，就会如德国牧师马丁·尼莫拉在1947年所说的那段具有反讽意味、被刻在耶路撒冷犹太人大屠杀纪念馆的名言那样："当初他们屠杀工会人士，我没有说话，因为我不是工会人士；后来他们屠杀共产党，我也没有说话，因为我不是共产党；接下来他们屠杀犹太人，我还是没有说话，因为我不是犹太人；再接下来，他们屠杀天主教徒，我仍然保持沉默，因为我是基督教徒。最后他们要杀我了，已经没有人为我说话了，因为能够说话的人都被他们杀光了。"作为基督教徒，马丁·尼莫拉这段警世恒言是他面向上帝而向人类忏悔的证词，痛悔中包含着知罪归罪的虔诚。而一位不知名的波兰农民说出的一句话更是意味深长。据余华在一篇题为《我只知道人是什么》(《收获》2018年第1期)的文章记载，战争期间，这个没有什么文化的农民把一个犹太人藏在家中的地窖里，直到二战结束，这个犹太人才走出地窖。以色列建国后，这个波兰农民作为英雄而被请到耶路撒冷，人们问他，你为什么要冒着生命危险去救一个犹太人，他说："我不知道犹太人是什么，我只知道人是什么。"

这个农民讲不清楚犹太人是什么，却知道人是什么。正是因为他知道人是什么，所以他才能够冒着生命危险去救犹太人。余华说："我只知道人是什么。"这句话说明了一切，我们可以在生活里，在文学和艺术里寻找出成千上万个例子来解释这句话，无论这些例子是优美的还是粗俗的；是友善和亲切的，还是骂人的脏话和嘲讽的笑话；是颂扬人的美德，还是揭露人的暴行——在暴行施虐之时，人性的光芒总会脱颖而出，虽然有时看上去是微弱的，实质上无比强大。一句话，人性的光芒是人之为人的根本条件。

（王达敏，本名王大明，1953年生于安徽省枞阳县。安徽大学文学院教授、博士生导师，中国小说学会名誉副会长、安徽省文学学会原会长。出版学术专著《中国当代人道主义文学思潮史》《中国文学现代传统的形成》《中国当代长篇小说论》《中国文学现代传统的形成》《余华论》等多部，发表学术文章近200篇。）

最先锋

秋天,停在那里

余琳芳

一

秋天,停在那里,仿佛一个盛大而繁杂的网,每个人都在秋的中心里,一切逐渐收拢和缩小。江水从最初的汹涌中变得安静,如果你在夜晚的时候靠近它,你会从它哗哗的节奏中感受到宁静平和,仿佛安德烈·波切利的歌曲 Romanza(《浪漫曲》),有着舒缓和悠远的况味,在任何雄浑广阔中仍保持一如既往的细腻和深情。

此刻的秋天是悠远的,天空变得更加空旷和坦荡,而蓝天也是一年中出现最多的时候,白云在天空中不断变幻着各种形态。这时候的白云是自由的,不再被雾霾绑架,它们在自由精神的支配下,得以发挥无穷的创新能力,让人注目,让人赞叹,让人流连忘返。

芦苇,弯下腰。芦苇也是白色的,仿佛披着白发的老者,它们是秋天的思考者和赞美者,迎着绚烂的秋阳,丝毫不吝啬它们的掌声。它们欢迎的掌声是隐秘的,只有飞过的鸟儿能够听见,听见它们对秋阳的赞美,对它的坦荡,对它的无私和公正给予最高的评价。土地的内部,那些不可忽视的细节,发出轻微的咔嗒声,一定是什么在拔高,一些正在塌陷,那些深入的黑暗,无法在阳光下被看见。

我更喜欢秋天的江边。或者较之夏天的激情和葳蕤,我更欣赏理智之秋。一个人的秋天应该也是这样的吧?抛弃了那些荒唐和无聊至极的想法,去除了那些被身不由己的洪流挟持的欲望,我在努力地接近自己,接近最初的道路,曾经我在那里迷失,现在我正在返回。马尔库塞说:"旅游是探索,但最终目的是回家。"那么每一次在秋天的出走,都是一次回家吧?我不止一次的出走都是在无限接近回家的路,但是我无法真正地回家。

秋天停在那里,它只是想倾下身子抚摸越来越低的过去,阳光伸展着略带疲惫的身体,那些历史都留在一座残缺的墙的缝隙里。它的繁荣、它的沧桑、它的变革,仿佛是一本无字的书。能留下的历史越来越少了,就像在一座古城里,随着发展变迁,留下来的也越来越少,这是无能为力的事情。

我知道:秋天停在那里。时光流逝,我无能为力,它平静地注视我不安的脸庞,像一朵云停在那里。

二

心烦的时候,就去看溪。

因为秋天的溪水能淹没一切。

一路上,溪水潺潺,像一首细微又不易觉察的音乐,可以把它比喻成耳机里播放的乐曲吧,因为只有想听的人才能听见。

秋天的溪水是甜的吗?在秋天我可以看到更多的黄叶蝶在溪水边飞舞。有时候,它们一对对停在水边,丝毫不顾及旁观者的目光,仿佛秋天的爱也是赤裸裸的、甜蜜的,可以在阳光下无所顾忌。

不管你来还是不来,溪一直就在那里,安静地、缓慢地存在着。它存在,不是为了什么,而是它一直都在。对于溪而言,我们都是过客,一如山顶飘过的云、树梢掠过的风。

溪,是属于自己的,有着自己的疼痛和呼吸。只是,我们不能感受,我们只能倾听,把自己也融入自然,把脚步放慢,让呼吸变深,让一颗烦躁的心逐渐平静。同时,溪也是寂寞的,像我们笔尖写出的诗,一直在和自己交流。在一条蜿蜒的山路上,你很难同时看到两条小溪,所以,它永远是它自己,无法被模仿。

溪水是清澈的、透明的,像是山林的眼睛,它含情脉脉地注视着万物,它的胸怀里有天空、大地、森林、沙石。它,像镜子一样,映照着它所看见的一切。溪水是看不见自己的,它不停流动,很少有时间去想想自己。哲学家帕斯卡尔有一句名言:"人只是自然界一根脆弱的芦苇,但这是一根会思考的芦苇。"而不会思考的溪,大约是不会有什么烦恼吧,它只要一个劲地流,从不需要思考自己从哪里来,到哪里去,更不会傻傻地思考自己为什么而流淌。

溪水是卑微的,所以它从来不需要宏伟的目标。它被季节操纵,也遭受过山洪的欺凌,可一切苦难过后,你仍可以看见它清澈的本质,仿佛在它身上,一切从未发生,它仍是它自己,没有夸张和扭曲。

我总在想:溪,大概有一种安静的力量吧,那些能把内心的纯洁保持得最久的事物,都是我努力想接近的。

溪水边经常能看到野菊花,一蓬蓬地开。那些花就像金黄的麦稻,吸收着温暖的空气,沉甸甸地、热烈地绽开。那种黄是一种绚烂的黄,黄得热烈,黄得没心没肺,而且清香四溢。阳光越炽烈,这种香气就越浓烈,仿佛这香气是对阳光的回应,它只属于秋天的阳光,它所有的盛开只是为了打开自己,在流溢的风中——我能感知到风,秋天的风一次次来来回回地刮,风想说些什么?后来风停了,我听见了自己的呼吸,带着秋水的沉醉。

三

我不知我为什么对一座寺庙如此感兴趣。我不说出它的所在,是因为在我看来,当我打出这一行字的时候,它仍是属于我的。每个人的心中都有一座寺庙吗?我说的不是向往与信仰,而是你能存放善念和慈悲的所在。

我喜欢秋天的时候去寺庙。

一座年代久远的寺,香客越来越寥寥。在秋风里,几个游客坐在寺庙门前的台阶上,还有一只狗趴在那里,所有的人各自想着心事,互不打扰。而此刻,寺庙庄严,香塔和石偈沉默,风掀起寺角的风铃,一声声悠远。

秋天,是寺庙前两棵百年银杏最美的时候。

一雄一雌,几百年的互相守候,像一个神话存在于现实的空间里。或许只有植物才能有这么深情的守护吧?因为它们不能移动,所以只能选择站在这里,然后将枝条拼命地伸展,进入更广阔和高远的空间。

远远望去,两棵银杏是非常肃穆和庄严的,和寺庙的白墙黑瓦融为一体,它的黄色是通融的、慈悲的,带着一腔欢喜。如果这是一幅写意画,那不需浓墨重彩,只要一笔浅黄加橘红,便将千般色彩融于此,浩大而温暖,浓烈而脱俗。

一片片银杏叶子在树上变得金黄,还有的才开始变红,我站在这里看到了什么?那逃走的叶片及叶片上逃走的阳光。一片叶子在向另一片叶子告别,在向整棵树告别,越来越多的风聚集在一起,它们晃起更多枝丫和叶片。

金黄的叶子飘落,皈依大地。这个时候,你的世界已经变成金黄的,你不禁有些惊惶,为什么当你注视它,你的眼里便只有它,其他的仿佛已经不存在。

后来,跟朋友去过另一个寺庙。

那是一个温暖的秋日。午后,一只猫懒洋洋地迈着它的步伐,它用眼睛斜了我们一眼,然后喵喵地叫了两声,似乎没得到主人的回应,又慢慢地在我们的四周踱步。

寺庙院子里的彼岸花开得正盛。

彼岸花又称"舍子花",花开不见叶,叶在不见花,花叶两不见。这真的是一种很奇怪的花,花的茎笔直地一根根直立着,看不到一片叶子,只有一只黑色的凤蝶,停在红色的花瓣上,随着秋风轻轻地扇动着双翼。红与黑的色彩,生出一种强烈鲜明的比对,让你的视觉一下被紧紧地抓住。

我记住了那个秋天的中午,一只黑色的蝶,一朵红色的花,是谁在彼岸的黑暗中跋涉?是谁为谁而来?甚至,我在想,那只黑色的蝶是否就是那从未相见的叶子幻化而生的。它来到这里,只是为了追寻前生所许下的夙愿?

一寺风声,阳光正好,众神沉默。沉默或许就是最好的解释,这世间,许多事,一说就破。

四

秋天的夜晚,最喜欢的就是看月亮。

月色总是很美。不说话,呆呆地看,看上好一阵子,整个人会觉得很安静。

不管是圆是缺,月亮总是将一缕清辉投洒在江面上,仿佛月光也在随着江水呼吸。远处慢慢驶过的船,会将这种节奏打断,月光晃动,夜色仿佛在倾斜、荡漾。

江水的潮汐是随着月亮移动的,这隐秘的关联是从什么时候开始的,没有人知道。月亮无边的令人遐想的光芒笼罩一切,一切在月光下寂静无声。

贝多芬在经历情感波折后创作出钢琴奏鸣曲《月光曲》,德国诗人路德维希·莱尔斯塔勃听后将此曲第一乐章比作"在瑞士琉森湖月光闪烁的湖面上摇荡的小舟一般"，我想这种摇晃正是月亮带来的魅力，它总能让人昏昏然忘了自己。

月光下的桂花树，也是能让人忘了自己的。记得有一年，在桂花树下赏月，浓郁的桂花香气和融融的月色，竟然让我迷惘。那一刻，我忘记了忧伤，忘记了自己，我想不起我在哪里，此时此地，那么熟悉，而又如此陌生。我来过这里，那么很多很多年以前，在还没有我的时候，是不是还有另一个人来过这里？

月亮不说话，这并不代表月亮不知道我的心事。它照耀着我，拥抱着我，夜色入髓，月光下的大地如此空旷和寂寥。

月光照着稻田，被收割的稻田安静而平和，风吹过，就会带来植物成熟的气息，秋虫大抵也安静了，没了夏日的灼热与喧嚣，秋天的夜就浮动着清朗与平和。

月色朦胧，像一层白毛边纸，透着昏昏的光。

在一片枯草旁，我发现一只萤火虫，一闪一闪，发着幽幽的亮。我用双手小心翼翼地捧起它，可怜的小东西，在我的手心里，却没有一点挣扎着想飞去的意思。

或许，秋天的逼近，让它已无法抵抗。我试图放走它，它却跌倒在地上动不了，只有光亮，幽幽地闪动，令人心碎。它无法停止发光，哪怕它的生命奄奄一息。

我何尝不是一只萤呢？在文字里发出微光，或许这微弱的光芒不足以像月光一样照亮别人，可哪怕是照亮一段内心的黑暗，也是可以让自己走得更远。

月亮停在那里，秋天停在那里，我们在路上，不管是坦途还是荆棘，选择了，就要继续走下去。路，永远没有停下来的时候。

(余琳芳，笔名安嫫，安徽省作协会员。作品散见于《诗刊》《诗选刊》《星星》《诗歌月刊》《青年博览》《语文报》《安徽文学》《特区文学》等。作品入选《2008年度中国诗歌精选》、2015年《中国现代诗歌精选·菖蒲卷》等。)

去杨溪河(外一篇)

沙 瓮

杨溪河早已不复存在。但去杨溪河，是一个纠结了我很长时间的问题。

史料记载，大雷水发源于湖北黄梅、安徽宿松，进入望江地界，在县城东南约十五里的地方积而成池，史称雷池。《辞源》上更是清楚地注释：大雷水，即杨溪河。由此可以推测，古雷池的确切位置，就在今天已被开垦的金盆湖。换句话说，历史上作为水域存在的"雷池"已经不再。那么，杨溪河呢？

到2016年秋季，我从事水利工作将近三十年了。城东通往金盆湖的乡道，我也不知跑过多少次。从县城南部穿过，一直流向东边县域腹地青草湖的那条河，本地人习惯称之为宝塔河。这条河显然与望江历史渊源颇深的杨溪河有交集，但又相去甚远。

传说中的杨溪河到底是一条什么样的河流？

深秋的一个晚上，我再次动了这个念头。去杨溪河，就在明天。

早晨，拉开窗帘，天是阴的，地面有些湿潮。显然，昨天晚上是下过雨的。再查阅一下天气预报，今天白天还有小到中雨。这使我有些懊恼。

今天要不要去杨溪河？这个疑问因为天气，突然就冒出来了。

我一边在书架上寻找一份本县的地图，想给此行规划一个清晰的路线图，一边还在纠结着去不去杨溪河的问题。这时，隔壁房间传来了女儿的声音：老爸，我的表不走了，你去帮我找人修理一下！

修表？这个表为什么早不停迟不停，偏偏在这个时候停下来了？

一个本来很寻常的问题，我突然觉得有几分诡异。

那么，今天到底是去杨溪河，还是去修表？

当然，我也只是稍微犹豫了片刻，脑子很快就冷静下来了。

我必须去修表！

我看了看外面阴沉的天气，似乎有几滴雨飘落在屋后一棵枇杷树上。我下意识觉得自己改变想法是对的。去杨溪河的时间完全可以往后调整，但手表必须得去修，不可以讨价还价的。

深秋的雨和女儿交代的任务，使我原本很纠结的心理暂时得到了解脱。

对，去修表！

女儿的这只表是她妈妈去年夏天和她一道去买的。虽不是很名贵，但女儿很喜欢。我很奇怪，一个手机须臾不能离身的年代，要手表干什么？因为女儿貌似很宝贝它，所以，必须得修。我判断，最大的可能，应该是电池没电了。

出门，在下小雨。我找到当初出售手表的那家黄金老庙珠宝店，被告知质保期已过，不能保修。柜台里的女孩也说应该是没电了，找个修表的换一粒电池就行了。出了店门，我一下很茫然，哪里能找到修表的？

黄金老庙珠宝店的对面有一条很窄的小巷，穿过小巷可以看到一条沿河的老街。前几年，我在参与编修《县水利志》时知道，城区这段叫作新桥河的河道，古称县步河，长大约一公里。再往南，距新桥河四五百米，就是杨溪河故道。历史上的杨溪河自上游吉水古镇流经县城的这一段，因为近百年间修路筑堤，已经面目全非。如果没有人提起，你根本就不知道，这里曾经是古雷水的主要通道。

雨好像大了些，沿河的一排店铺有些清冷。去杨溪河到底还有多大意义？有没有必要？我忽然对这个经常在我脑子里徘徊的念头产生了怀疑。

我还是要去杨溪河。当然，不是今天。

城区本就不大，靠近河边这一片我很熟悉，每一个路口，每一家店铺。新桥河的中段有一座桥，叫化龙桥。离化龙桥头不远，过去有一家老店，专门修表，但已关门好多年了。

从黄金老庙珠宝店西行到十字街口，再右拐弯，就是雷池市场。印象中，笔直穿过市场，走进一条小巷，路边好像有一个钟表匠。

我必须找到这个修表的。杨溪河可以不去，但女儿的表不能不修！

这条巷叫方家巷，宽不过六七尺，一眼就能望到头。这一带街巷都挤满了摊位，算是城区内人员流动比较密集的地方。在一家布草店门口，我看到一张旧木桌，显然是用

089

作钟表修理的。但修表的人不在。

店里的老板娘告诉我,师傅家在黑鱼沟,下雨天有时来有时不来。要不,你等会儿再来看看?

黑鱼沟?听到这个地名,我脑子很快就转动起来。县志记载,杨溪河和县步河这两条沿城南蜿蜒东流的河道就在这里合二为一,再往前三四十里入青草湖。确切地说,民国十五年(1926年),九成圩(后称合成圩)围垦,截断了杨溪河。古雷池,也即金盆湖,沧海变桑田。

好,等会儿再来看看。

方家巷旁边,有县城唯一的古寺——青林寺。我毫不犹豫地选择了这个消磨时光的所在。

这座寺庙规模不大,像过去大户人家的四合院。门匾"青林寺"三个字系佛教协会原会长赵朴初所题。有人说"青林寺"的得名,是因为"开门见青林"。但遍查史料,没有更多关于"青林"的记载。我故而对这个说法心存疑虑。

青林寺地势在城区原本是比较高的,现在已经被周围的楼房包围。它初建的时间距今已有近700年了。我想,早些年,登寺望远,应该能清楚地看到县步河和杨溪河,还有不远处的吉水古镇。杨溪河就是从古镇绕过,水流两三华里后进入望江县城的。吉水再往西,蜿蜒数十里,就是大雷水的发源地——泊湖。

泊湖,历史上属于古彭蠡(指湖北黄梅、安徽宿松与望江沿江的一大片水域)。湖水进入望江地界至雷池乡金盆湖的河道,名为杨溪河。而宿松以上的河道,叫作青林河。青林河,它与青林寺的得名是一种巧合,还是确确实实存在着某种关联?

这一切,当然不得而知。

秋天的雨,还在下,落在寺院琉璃屋顶,落进青烟缭绕的香炉,落在安静的芭蕉叶上。

此时的雨,模糊了一条河。一条在与不在的河流。我曾经码过一首《雨后青林寺》,依稀还记得后面几句:

  你信也罢 不信也好
  青林寺
  就打坐在

城中的一把伞里

　　无雨　撑开
　　有雨　放下

　　这段稀疏、静穆的时光,似乎什么都可以放下,但我就是放不下杨溪河。
　　在青林寺,我逗留半个多钟头,便起身回返方家巷。
　　巷里这会儿人并不多,远远地,就能看到那个钟表匠。这是个五十多岁的男人,穿着朴实,腿脚有点残疾,左眼上用绳子套着一个图章大小的黑色放大镜。
　　我把表递给他,并告诉了我的判断。似乎没有费多少周折,他打开表壳,取出电池,然后摸索着,换上一粒新电池。我接过一看:走了！这使我很高兴,更坚定了我今天没有去杨溪河是对的想法。
　　我把手表贴紧耳朵仔细听了一会儿,那种失而复得的嘀嗒声,给了我一种莫名的兴奋。
　　这中间,我跟钟表匠也有过短暂的交流。从他那我知道,杨溪河的下半段在黑鱼沟被圩堤隔断以后,早就被淤塞。20世纪50年代末大兴水利,沿着杨溪河故道开了一条排涝沟,名叫杨溪沟,直接通向金盆湖。
　　也就是说,所谓的杨溪河,已经不复存在。它跟古雷池一道,成了传说。
　　那么,我还有必要再去杨溪河吗？
　　傍晚,女儿下班回来,我把手表递给了她。女儿看了一眼,奖励了我一个飞吻。
　　我想,今晚我能睡一个好觉。我不用再纠结去不去杨溪河。
　　雨,早已停止。院子上面的一方夜空,隐现着几点星光。
　　是夜,我做了一个梦,梦见女儿那只手表两根金黄的指针,嘀嗒嘀嗒地划过一片古老的水域,划过一片广袤的土地。那声音很空灵,很清澈,若有若无,如梦似幻。
　　我彻底打消了去那条河的念头。
　　但第二天早起,推开朝南的窗户,我再次想起了杨溪河……

表　　格

　　遇见 k 是在一栋老旧的楼房。因为这栋仅有两层高的楼房造型像艘船,人们习惯称之为"船楼"。楼的墙面是用石灰粉刷的,能看到不少剥落的痕迹。木制的窗户,都漆成单一的草绿色。我不能确定这栋楼建造的具体年代,估计是20世纪五六十年代的产物。

这栋楼在二十年前就已经拆除,但我分明记得那晚遇见k就是在这栋楼。

楼里过道的光线很暗。k的手中拿着一张表格,表格上有我熟悉的栏目,籍贯、年龄、家庭出身、政治面貌等等。k是我小时候的玩伴,我们常常一起钓鱼,一起捉泥鳅,一起光着屁股划船。因父亲在县城某个大机关工作,k小学没毕业就离开了农村。他见到我只是笑了笑,什么也没说。从他的表情看,他手中拿着的不是一般的表格。

顺着他走来的方向,我试图去寻找发放表格的地方。在昏暗的楼道尽头,有一间亮着灯的宽大的屋子。屋子正对着门的墙上,挂着几幅伟人的画像。一群人围着一张大大的桌子,神态紧张急促。这会儿又出来几个年轻人,他们手中都拿到了一张和k一样的表格。从这些人的神态中,我似乎猜出了这是一张或许能改变个人前途命运的表格。我赶紧挤进人群,也急着想得到一份这样的表格。发放表格的是一个中年人,长着一张大大的国字形脸,上身穿着的确良衬衫,胳膊上套着一个红袖标。我费了好大的劲,才挤到桌子前面,嘴里也不知道嚷嚷了些什么。"国字脸"只是斜着看了我一眼,便从桌子里面拿给我一张折叠着的方方的白纸。从人群中挤出,借助昏暗的灯光,我反复察看这张白纸。纸张很旧,折叠处已经破损。与k手中的表格明显不同的是,上面一个字也没有。我怔怔地看了又看,心里很是茫然,又有几分气闷。我把白纸又原样折叠好,在手中攥了半天,想上前咨询点什么,但只是在人堆后张了张嘴,什么也说不出来。

走出这间屋子,我顺着狭长的来路往回走,心中说不出的沮丧。在楼道出口,我居然看到k还站在那里。他看了一眼我手中折叠的纸张,似乎没有察觉到有什么异样,或者早有所料。我们在昏暗的楼道里相对着站了一会儿。k高中毕业以后,一直在一家加油站待业,业余也在自修。这回,他告诉我,下一站他可能去政府的某个部门。说这话的时候,他下意识地掂了掂手中的表格。我似乎没有什么要说的,只是点了点头。目送k走开以后,我准备下楼。在楼梯口,我感觉像踩着了一块碎砖头。这才发现,我竟然还光着脚。我记得我从家里出来的时候是洗过脚再穿上鞋的,而且是一双平时舍不得穿的回力鞋。但不知什么时候,鞋给弄丢了。

从那个还亮着灯的房间,不时有黑色的人影出来,打我身边飘过。他们有的异常兴奋,有的则跌跌撞撞,神情恍惚。

下楼的时候,那张白纸不经意间从我手中滑落。忽然,楼下刮起了一阵风,那张纸竟晃晃悠悠地飘起来了。我伸手想抓住它,就见它倏地一下蹿过了头顶,径直穿过窗户向外飞去。窗外,是小县城苍茫的夜色。

　　我不知道是什么时候到家的。我只知道返家后还做了一个梦。

　　我很惊讶大梦醒来,自己已置身在几百里开外的省会。女婿早早就上班去了,女儿轻拍着才几个月大的小宝宝。两个小家伙早早就睁大了眼睛,一个手舞足蹈,一个咿咿呀呀。

　　老伴正忙着张罗新的一天的早餐。我发现,那张寻觅许久的白纸竟然出现在餐桌上,折叠和破损的痕迹依旧,但这回上面是打着清晰的表格的。表格的设置与过去似乎没有多大区别,只是少了个"家庭出身"。

　　我看到"填表人"一栏工工整整地填写着女儿的名字。显然,这表格已与我没有多大关系。

　　(沙瓮,安徽望江人。1983年毕业于安徽师范大学中文系,先后从事多年教育和水利工作。作品散见于《诗歌报》《诗歌月刊》《安徽文学》《诗潮》《安徽日报》《诗歌周刊》等多家纸媒和网络平台,并被收入多个选本。)

皖地风

行走青弋江

唐玉霞

查　济

行走青弋江，这一站是查济。

第一次到查济是 24 年前。24 年，我就这样莫名其妙地将自己的年龄翻了一番。那也是这样一个秋初的午后，淫雨霏霏，虽然不大，因为下得够久，伞、鞋子、衣角、路面、墙脚都湿透了，心也是湿的，饱含雨水的积雨云一样又空又重。年轻的时候，一点风吹草动都能引爆情绪泛滥，何况这连绵不休的秋雨。

我记得那时候的查济旧得支撑不住要散架的光景。老房子沿着许溪铺陈开，一溜儿高矮错落的马头墙，粉墙黛瓦，水渍氤漫，青苔密布。走进一家，在幽暗里站一会儿，方能看清天井上一方灰白的天宇，雨水沿着屋前脊四水归明堂。雕梁画栋在暗淡的光影里渐渐被勾勒出来，桃园三结义或者笏满床，凑近了，木雕的头脸已被铲掉。汉白玉栏杆上一排精致的小狮子也被砑了头，留下的部分被时间和摩挲包了浆，油润光滑。漏雨，沿着屋顶延伸到墙上，鱼鳞瓦的坏处就在于隔两年要爬上去捡漏，否则鲜有能架得住这多日雨水渗透的。查济的落魄感也在于此。断了、漏了、残了，还在用，也不修复，就这样凑合着。并不知道要凑合到什么时候，也就这样凑合下去。

我记得站在红楼桥上看风景。因为沿着溪流居住，查济桥多，据说最多的时候有108座。红楼桥可能是最高处的桥，雨疾时可以看到有低矮的屋顶腾起淡淡青烟，溪流嘈切，两岸人迹全无。我的鞋子湿透了，又黏又重，让人莫名烦恼，正是烦恼的青春时光。

我还记得，许溪尽头，是许溪路一号。木门又厚又旧，半掩着，轻轻一推，吱呀一声开了。门角横着竹竿，一件蓝布褂子滴着水。几只鸡将头反插在翅下，单腿静立。院子里一大丛美人蕉热烈地开着明黄的花，还有一根根雪白的玉簪花，一串串通红的爆竹花。铺了一条石板路通向屋子，湿漉漉的水磨青石散出幽幽的光泽。

午后的查济，寂静得只有流水哗哗作响，连我的脚步声也被麻石路一口口吃进去。溪边踏石上散置着碗筷和筼篮，还有棒槌和衣服，清脆的捣衣声仿佛尚未散尽。一定是雨大了，浣洗的女人先自避雨去。

浣洗的当然是女人，直到24年后的今天，我在查济的许溪边，见到浣洗的也都是女人。下午的阳光投到许溪的流水中、流水的桥上，披挂在桥上的枝蔓中，明亮温暖，我分明记得24年前这些桥上并没有这么浓密茂盛的枝蔓。一只狗跟着游人快活地跑来跑去，它是路边店里的。现在的查济有很多店铺，有本地人开的，更多是外地人开的，卖小情趣的旅游纪念品，卖起了名字很风雅的果酒，卖一些我们陌生或者熟悉的情怀。情怀是可以买卖的，情怀并没有那么孤僻。查济的旅游说到底也是满足现代人的情怀，满足一些人的怀旧，另一些人的猎奇。熟悉了，有些猎奇也就渐渐沉淀为情怀。

当年的落魄是看不到了。断的接上，漏的补起来，即使有些残破无法修复，三言两语的粉饰后，也就成为情怀的一部分。沿着许溪上上下下走了好几个来回，试图唤起一些当年的记忆。这是查济商铺与风景比较集中也比较成熟的路线。背对许溪，也是一条条整齐干净的麻石路，有各种小众风格的咖啡馆或酒肆。不知道是今年的疫情所致，抑或我们来的时间不对，店铺多关门闭户，偶然一两家开着门，店主闲坐着，是不是在等待夜色降临？在查济古老的粉墙黛瓦、砖雕木刻里灯火璀璨、音乐流淌，这是另一种情怀，如果遇到，不管是咖啡还是酒，我想我一定会喝几杯。

我记得24年前，在查济，屋顶或者矮墙上长着一朵朵瓦松。瓦松有一种拙朴的美。摘了几朵，在南陵换车的时候丢了。这一次没有看到瓦松，屋顶墙上收拾得很干净。有些东西注定要消失，有些东西虽然被改变，但是未必会消失，只是被时间一锤又一锤夯到深处。

这个世界,总有些东西是不会退场的。我希望他们永远不退场。

桃 花 潭

桃花潭。打出这三个字,我想起的不是李白放歌纵酒诗千篇,或者汪伦的所谓十里桃花万家酒店。虽然这个故事广为流传,成为一段历久不衰的佳话。佳话也可能是假话,如果不识趣去勘误的话。

我想起的是 24 年前初到桃花潭,暮霭晨岚中,踩着嘎吱作响的木楼梯上上下下,在鹅卵石铺就的狭长老街走走停停。皖南的很多古镇多是这样,灯火可亲又残旧凋零,像白发皤然的老祖母。踏歌岸阁被风雨剥蚀得黯淡不堪,对岸一座亭子孤零零站在山头。大家都笃定地说汪伦就是在那边踏歌送行,于是与泾县的老师们一叶扁舟过渡,捡拾文人雅士的脚印子。秋阳窸窸窣窣爬满划桨老人的脸,桃花潭上穆穆清风带着丝丝缕缕的水腥气,潭水清碧见底,水边的鸭跖草开满蓝色小花。老师们在念诗,是的,他们坐在船舷上,低眉看水,抬眼望山,他们一递一人地念诗,都很认真。轮到我了,我说:李白乘舟将欲行,忽闻岸上踏歌声。老师们微笑着看我,我赶紧说,还有两句,扑通一声掉下去,捞起一看是汪伦。

突然阒无人声,只桨声欸乃。隔了 24 年的寂静,今天已经不再尴尬,而是丝滑如波地漾过。

24 年前,我们登顶了桃花潭边的文昌阁,踌躇四望,远山近水,甚是有点小感觉。这一次先绕阁转了几转,等桃花潭景区的管理人员拿文昌阁的钥匙。这种管理模式虽然不专业,但是很可爱。管理员说楼梯老朽,最好不要上去。我很认真地俯首膜拜。写了这些年字,越写越捉襟见肘,深觉很需要请坐镇文昌阁的魁星关照。

踏歌岸阁还在老地方,吴作人的题字碑也立在老地方。林木修葺了,景致增添了,并没有画蛇添足。到桃花潭,毕竟是来看水,看一泓碧水如何波光粼粼出一池碎金碎银。秋天是看水的最好时节。庄子写道:"秋水时至,百川灌河;泾流之大,两涘渚崖之间不辨牛马。"这样一看,显然桃花潭精巧玲珑,于盈盈间,夹岸历历分明。一群白色的水鸟在潭上盘旋往复,秋阳下有些炫目,不知道它们是不是在猎捕潜鱼。

木船如今换成游轮,只几分钟便到了对岸的万村,也即传说中的万家酒店所在村落。村子正在发展旅游经济,这样的古镇老街要发展,旅游是首要任务,却也是不容易出彩的。体量都不是很大,特点也不是很鲜明。当然,桃花潭得天独厚的条件是李白和汪伦的一段佳话,简直是老天爷赏饭吃。当地整理出了老街,也在保护、修葺老房子。虽然说修旧如旧,我也不太清楚记得当年万村的样子,但是眼前的很多房子显然做了调整,观赏性与合理性都得到改善。很多空置着,计划引进商铺,计划发展民宿,一切都在计划中。相较于24年前,已经大为改观。我记得彼时很多老宅倾圮,屋顶半掀开,地面杂草丛生。若说有主,显然很久无人打理;若说无主,门上勉强挂了把锁。暮色四合之际,格外苍凉,犹如荒村野店。偶然见到一家门缝里露出晕黄的光,满心想推开门,进去跟灶下烧火的老人饶舌几句。

当年没有看到的万家酒店,这次看到了,也是托发展旅游业的福,不知道从哪里挖出这一处。说酒店的老房子已经不在,这处是遗址,正在建民宿。门口青石上一个脚印,说是李白的,巨大无比,充满喜感。和巷口坐着的一位老奶奶闲话,她正在择菜,中午她家要烧鱼吃。一小把纤细粉嫩的芜荽,散发出浓烈的清香,走出去老远,香气还跟着。

记得当年到桃花潭,我一口气写了三篇文章,先后在《安徽日报》的副刊发表了,着实雀跃了几天,现在却连回头再看一遍的勇气都没有。阿城说:看到自己年轻时候的文字,会脸红。确乎如此。当年的真诚今天看是矫情,当年的感慨今天看是幼稚。也着实惊诧怎么会有那么多感慨,像刚从水里捞出来似的,淋淋漓漓拖泥带水。现在,被时间风干了,想抒情,酝酿了半天,却无话可说。

回家,找出《秋水篇》。读,又读。风雨敲打,江河婉转。文字的流水,渐渐漫过。世事漫随流水,算来一梦浮生。不说也罢。

章　　渡

章渡老街是我们行走青弋江以来感觉最为不堪的一条老街。美坑老建筑虽也多不存,残留了一点地基,好在村庄有人住着,还有新的楼阁在建,只是不复想象中阑风伏雨的徽风皖韵而已。章渡不是。一来是20多年前来过,对比过于鲜明;二来这里少人居住,只三两家门口老人佝偻守着,看上去更凄惶。

老街一家百年中药铺子。店主是个六十多岁的女子,从父亲手上承继来,后面已没有人接手,只等她不能做就关门。暗红色的百子柜药香扑鼻,还有些坛坛罐罐,不辨年头。东旭老师颇谙此道,指点说给我听。又抱怨说,当年他看到古董想买,屡屡被李老师拦住。李老师是东旭老师的妻子,又能干又热情,很漂亮。记得24年前来桃花潭,东旭老师和李老师相陪,我们渡船过桃花潭,她穿着红色开衫坐在船头照相,碧水红裳着实惊艳。

走出药店，对面又是一幢只剩几面墙、几级台阶的破房子。东旭老师环顾了一下，说这栋整体建制比药店大很多，指给我看塌了一半的屋脊。这趟行走青弋江，东旭老师特意从铜陵赶回泾县，和东辉老师一起陪我。20多年前，也是跟着他们在泾川大地游历。当时是浮光掠影，却也在心中存下一粒种子。

和两位老师失去联系也有小20年。东旭老师退休后在铜陵和儿子一起生活，虽然知道泾县历史文化积淀深厚，他本身就是作家、文史专家，只是不好意思打扰他。但是从桃花潭、查济一路走过，发现泾县这个人文历史底蕴深厚的地方，资料匮乏，想找当地文史方面的专家，镇子里负责宣传的人一脸茫然。也难怪，都是刚考来没两年的公务员，二十出头，热情是热情。

不得已，联系了东旭老师，立刻答应帮我搜罗资料，一再说下次到泾县，提前跟他说。这次行走青弋江计划走章渡、茂林两地，特意排出档期。临到出发，当地镇政府要迎接某个验收，希望我们延期。实在是难得倒腾出两天时间，不想浪费掉，也是不晓得下次能不能腾出空。和东旭老师说，东旭老师一口答应帮我安排。

东旭老师很快回复安排好了。我没有及时看微信，东旭老师也没有我的电话，看我半个小时不回微信，辗转找我。我原先是有点畏东旭老师的，他严肃内敛又博识，其实心热。

如期到章渡，东旭老师和他的弟弟东辉老师已经在章渡等着了。东辉老师开车陪我们。东辉老师外向热情，有他在，气氛活跃了。还有一位潘老师，是章渡人，也热心得很，是东旭老师、东辉老师的老友，特地请来给我们做向导。

20多年没有见了，东旭老师还是当年那样不苟言笑，我也不知说什么好，只讷讷说好些年没有见。东辉老师后来见过一次，他有一段时间在泾县县报工作，我到芜湖日报社取经，正好遇到，有十多年了。

东旭老师是中国作家协会会员，出版过多部长篇小说，对泾县的文化历史了如指掌。东辉老师也是作家、文史专家，退休后住在泾县，经常自己开着车子往乡镇跑，拍一些古村落留作资料，跟我说再不拍，以后一点东西都没有了。他们都是有历史责任感的人，真诚地热爱着家乡，热爱着家乡的文化，一路上如数家珍，又是骄傲又是惋惜。

我们说吊脚楼，章渡人称吊栋阁。上次来已经是残旧，这次已至不堪，很多沦为垃圾场，幸而木柱还支撑着。我暗暗称奇，这些木柱还能撑得住。看是真没有什么看头了,即使能够从废墟中感受到沧桑之美。这里不是废墟,是破败,是放弃,没有比这样一片狼藉更不体面、更令人沮丧的了。

但是从下河口到青弋江边,章渡段的青弋江沉静深碧,令人流连。尤其是走到老街头,青弋江与章渡老街之间一片滩涂,视野却更见舒阔。一位奶奶在水边洗衣,看我们没有穿雨靴,很担心我们会把鞋子弄湿。问我们中午有没有地方吃饭,邀请我们去她家吃饭。老人粗糙有力的手从水里捞起衣服,回头看我们,笑容在脸上像一朵纷披的菊花。

站在章渡的青弋江边,看着杂草疯长弥人高的沿岸,看着摇摇欲坠的吊脚楼,看着支撑吊脚楼的一根根陈旧、衰朽的木柱,一时之间说不出话来。

东旭老师陪我站了一会儿,说,玉霞,我们在这里照张相。我站在东旭老师、东辉老师身边照相。阳光照在青弋江上波光粼粼,阳光照在吊栋阁上一片轻黄,阳光照在我们身上,我晓得,这是人间情分的温暖。

茂林烟雨

一直喜欢一句诗"茂陵烟雨病相如"。李商隐写给当年令狐绹的《寄令狐郎中》。彼茂陵是汉武帝的墓地。上网查了一下,发现几十年都记错了,是"茂陵秋雨病相如",并不是"烟雨"。想一想,李商隐在秋雨淅淅、秋心恻恻的老坟地边,病骨支离,怊怊惕惕,此情此景,一声叹息。

我到泾县茂林这一日,也是雨意阑珊。"小小泾县城,大大茂林镇",茂林之大,不仅在地域上,也因明清两代茂林人出仕为官和经商致富齐头并进,一时势力财力无二。

东辉老师的学生、茂林医院吴院长给我们做向导。兵分几路,一路采访茂林美食十二碗,一路采访河帅潘锡恩,一路采访泾县独有的花砖。东旭老师陪我看老宅旧居古建筑。先参观"三吴纪念馆","三吴"即同为茂林人的吴组缃、吴作人、吴玉如。从纪念馆出来参观建于明崇祯年间的吴氏大宗祠。吴是这里的大姓,历史上有"茂林吴氏"之称。祠堂当然建得恢宏。门口的花砖墙壁雨后清明,花砖是由黄黏土和高岭土混合烧制,上有青白两色的圈点线面曲直断续花纹,如泼墨山水,每一块绝无雷同。东旭老师要我摸摸墙,花砖温润,砖与砖之间虽勾着白缝,触手平整流利。东旭老师说这是老花砖墙,砖平墙正,新的花砖墙砌得不平整,摸起来拉手。

东旭老师说像茂林这些地方他每一年都来几次,他带我去看老街老宅。茂林还是比较繁华的,小雨天里街上人来人往,骑电动车的快速在人群里穿过。东旭老师打听一所故居忘了名字,他一连问了几个人,都摇头,摇得东旭老师发急:明明去年来看过的。

关心则乱。我只跟着到处走,水泥路边上,荒烟蔓草中,一条蜿蜒的青石小径,走下去,别有洞天。一幢一幢花砖砌就的高宅大院连绵伸展,墙上挂着泾县文保单位的牌子。吴荫堂、尚有堂、树德务滋,我们在查济、章渡少量看到的花砖,在这里到处都是。吴庆元故居,如果有猪圈,我怀疑猪圈都是花砖砌的。三四十厘米高的黟县青砌墙基,令人震惊的是这些黟县青长过一两米。茂林的老宅虽然从外面看都是方方正正一扇门楣,并不轩敞,但这才叫包子有肉不在褶上,螃蟹有肉不在腿上。

东旭老师领着我在甘塘巷、运动巷、五十里等巷子里进进出出,随便推开一家老宅,并无人阻挡,有人在吃午饭,笑着看我们东张西望,有人跟过来,解释地上各色卵石镶嵌的"鹿回头"为什么少了一块,汉白玉门匾上凿掉的是什么字。说话的多是老人,年轻一点的人倒是来问我们房子的历史,门口牌子上的人是谁。

我以前看过一本书,是梁晓声的《真历史在民间》。当时就疑惑,怎么会?亲历的是不是算真正的历史都难说。放到此情境,不要说历史,连传说和故事都在断片儿。

雨下下停停。灰白的天际下,这些水渍浣漫、苔痕深重的老宅在茂林的初冬简洁地沉默着。走进去能发现很多故事,但是也明白,故事都在随着时间流走,已经流得差不多了。

行走青弋江,越走越有一种人事代谢的萧条感。

东旭老师送了我一块老花砖,泾县的老花砖少说也有百多年历史,采访花砖厂的记者带回几块裁余的新花砖。东旭老师要我拿到一起来比对着看。新花砖花纹清晰、成色新亮。这一块老花砖陈旧黯淡、蒙尘藏垢。临别,东旭老师又叮嘱,嫌脏可以拿水冲冲,不能拿刷子刷,把包浆给刷了。他说,你们女的,就喜欢把什么都刷干净。我怀疑他是在内涵他的妻子李老师。

摩挲着花砖,感受着粗糙中的沁凉,我想人生所有的经历,都会是这一层包浆吧。

(唐玉霞,中国文艺评论家协会会员,芜湖市文艺评论家协会主席。曾出版文艺评论集《和张岱一起看雪》,随笔集《城人之美》《悠然岁时迁》《陌上芙蓉开正好》《回味:低头思故乡》《回味:美食思故乡》《千古红颜:她们谋生更谋爱》等。主编《记住乡愁》《行走青弋江》。现供职于芜湖传媒中心,高级编辑。)

路迢迢，水长长

欧阳冰云

小 池 驿

小池驿，是一条古道，横贯东西，东经潜山、桐城至合肥，西经宿松至湖北，为南北交通要衢。

路迢迢，水长长。一条古道，从岁月的长河中延伸，历经沧桑，风雨兼程，今天，我们叫它105国道。

旧志载，小池驿是从唐代开始建驿站的。明嘉靖年间，有屋37间；清代嘉庆年间，有马90匹，马夫72名。有一条小街，临街有一条小河，相传原是小湖，后淤为陆地。虽不足百户人家，但是个非常重要的驿站。历来为兵家必争之地。

今天的小池，已经发展成为人口密集、市场繁荣、交通发达的集镇——小池镇。小池镇原有一条青石板老街，街道两边都是住户，家家户户做点小买卖，热闹得很。近年来，沿着105国道兴建了许多店铺，商家纷纷迁到新店铺营业，105国道小池新街上一天到晚人来人往，川流不息，老街慢慢冷清了。

从小池驿，向历史的长河漫溯，早在五六千年前，我们的祖先就在小池这块富裕的土地上繁衍生息，创造了辉煌灿烂的古代文明。位于小池镇南的王家墩文化遗址，出土了大量的玉器、陶器、石器等珍贵文物，内涵丰富。我们的祖先在征服自然、改造社会的长期艰难斗争中，为整个人类文明做出了不可磨灭的贡献。

在这条古老的道路上，记载了多少欢乐与悲伤，留下了多少诗篇与赞叹。历史的车轮在道路上一遍遍碾过，留下一道道辙，又被风沙掩埋。但历史会清晰地记载风云变幻,悲欢离合。

清咸丰九年(1859年)年底至十年(1860年)年初,曾国藩的湘军与太平天国英王陈玉成的义军曾在此展开了一场震撼山岳的激烈战斗。

咸丰八年(1858年)秋八月,湘军在安庆战败,曾国藩的胞弟战死。曾国藩闻讯,除为痛失爱将、胞弟而流泪外,还深为皖鄂形势担忧。咸丰九年(1859年)八月,清政府令曾国藩援皖。

曾国藩率军由湖北进驻宿松,令福州副都统多隆阿、总兵鲍超从宿松进军太湖县八里冈。十一月,多隆阿移营太湖新仓,鲍超由太湖棋盘石渡河,移营岔路口,互为犄角之势,以困太湖城内的太平军。先前已由唐训方的训字营3000人围住了太湖城。这样城内太平军形势更加危急,英王陈玉成只好亲自率军从安庆驰援。

十二月十五日,陈玉成率军6万余人赶到。同日,清军方面,新任战场统帅多隆阿命令鲍超之霆字营急趋小池驿抵御。在太湖和潜山之间的小池驿,方圆几公里,全是营盘。在白天看上去,那就是人头攒动,有运东西的,有在营盘里操练的。白天看着很热闹,但是一到夜里,双方都不出声、不点灯,一片死寂,就隐隐约约看见,好像有些帐篷啊墙啊,但是你看不到人,也听不到人声。曾国藩说:"己无声,而后可以听人之声;己无形,而后可以伺人之形。"

鲍超被陈玉成围攻,在这期间,有很多凶险,有恶战,有血泪,但是也有笑声。太平军驻扎那么多人,要补充粮食,有一天,运粮队往各个营盘去送粮。夜里太黑了,又没有什么标志性建筑,没有指示牌,不小心,这运粮队就送到了清军这一边。当然,如果平常的话,误入敌营,那没有什么好说的,直接把你干掉就行了。那一天的夜里,正好是鲍超亲自去巡营,巡到这个地方,听到墙外有人悄悄地问,这是不是英王的营盘?士兵刚准备冲出去,鲍超就示意不要动,然后示意手下说一声"是"。那边一听,就说,赶紧开门,我这边送粮来了。鲍超就赶紧做了一番布置,然后把营门一开,一个一个放进来,进来一个就撂倒。送粮的发现,怎么粮进去了,人都不出来?所以害怕了,就不往里送了,赶紧跑。刚才是到中营,这么一跑一绕,又绕到了霆军的左营。又往里问,这到底是不是英王的营盘?这时候,鲍超已经传令全军了,当然也是那种悄无声息的走筹的方式传令,意思就是,今晚不管什么地方,只要是送粮的,全部收下来,人拉到营里给他干掉。到左营一问,这边早已经收到命令,也说"是"。营门一打开,又是有进无出。这送粮的又急了,一下进去这么多人,突然又都不回来了,赶紧又跑,绕了大半天,以为这回总算找到自己的队伍了,见到一营又问,里面又说"是"。之后,一下又进去一个小队,又全部都不出来。原来那是霆军的右营,也就是三个营被他送遍了。当晚统计,霆军共收得太平军的粮食320多石,本来被围困了这么多天,粮食眼见不够吃,现在突然收到这么一份厚礼,霆军的将领怎么能不高兴!

咸丰十年(1860年)正月二十五,这是约定大反攻的日子。多隆阿卷土重来,选精骑从新仓渡河,与英王军战于余贯嘴,多隆阿佯装失败,引诱英王军进攻,候补道蒋凝学、总兵朱品隆的伏兵从两翼杀出。曾国藩又派候补道金国琛、天头山总兵余际昌从潜山红土山袭击英王军背后,鲍超军此时亦突围而出,几路清军与英王军展开了一场血战。清军组织兵力,专攻山上英王军。时值东南风骤起,清军火器"触处立燃",山上树木起火,风助火势,冲向英王军。英王军大小营垒"百有数十"都陷入火焰中,"烟尘不绝者十余里",林焦山赤。英王军虽英勇奋战,无奈寡不敌众,前后受敌,伤亡2万余人。陈玉成不敢恋战,于当天傍晚撤出小池驿,率余部回安庆。第二天,太湖城内太平军亦撤走。

小池驿之战,霆字营虽未覆没,但已受重创,鲍超死里逃生,战后常存余悸,"见军士必垂涕"。湖北巡抚胡林翼在奏疏中陈述:小池驿之战,实为"军兴数年以来仅见之大战"。

小池驿,在烽烟战火中被载入史册。

枫 香 铺

"老枫知时节,枝繁叶茂遮风雨;古铺添秀园,花香果熟乐康庄。"这是枫香铺农庄上的对联。走进农庄,可见苗木、蔬果等现代化农业园。红叶石楠、香樟、油茶等苗木长势喜人,郁郁葱葱,成为105国道上一道亮丽的风景。

在105国道小池段,有一处古树掩映的村庄,叫枫香铺。105国道改建前,我曾多次去枫香铺。沿着105国道边的一条小河,穿过一座石拱桥,桥畔立有石碑,写有碑文,碑文记载了枫香铺的历史。可惜,岁月变幻,石碑已无处寻觅。

县志记载,这里叫枫香驿。古时候,这里是南北交通要衢,也是重要的兵备防守之地。105国道边的古枫树群,现存的有六七棵,有几百年的历史了,树身上缠满了老藤,树枝茂密昌盛,郁郁苍苍。树下有石墩,有拴马桩,有一小段石板路,掩埋在一堆荒草里。

老树在默默讲述着岁月的往事,就像路边那条小河,奔流不息。

从枫香驿路口一直往北,是枫香铺牡丹园,每年春天,几十亩牡丹争奇斗艳,南来北往的赏花人川流不息。怪不得古人赞叹"唯有牡丹真国色,花开时节动京城"。走进牡丹园,更是春心撩动,倍加喜爱。"绿艳闲且静,红衣浅复深。"让人爱得不能自拔,真是"牡丹花发酒增价,夜半游人犹未归"。

离枫香铺最近的怀乳山安置点,是105国道上一道崭新的风景线。走进安置点,一栋栋庭院式的小洋楼拔地而起,搬迁的人们正在忙碌着,说笑着,幸福洋溢在他们脸上。

古 凉 亭

105国道旁的凉亭村因境内有穆家凉亭而得名。穆家凉亭是一条小巷,东西走向,决定了它一年四季总是与西风为伴。小巷西口便是古驿道与驿站。走进去,是青石板,粉墙黛瓦,井台街铺,格子窗,木板门。炊烟袅袅,在长有青苔的旧瓦片间起起落落,飘浮不定。人们在小巷里起居,忙碌,繁衍,代代相传,生生不息。马路河紧邻穆家凉亭,是人们夏季纳凉、休闲的好去处。绿树成荫、溪水潺潺、鸟语花香、古意盎然,马路西风成为太湖四景之一,被人们津津乐道。

凉亭村地处太湖县老城西门,位于城西乡东部,与天华镇、晋熙镇相邻,由原徐宕、王岭、春光三村合并而成,属山畈结合村。境内太徐渠道穿境而过,畈区地势平坦,土壤肥沃,水源充足,山区山高林密,空气新鲜。

凉亭村自然生态环境优美,气候宜人,交通区位优越,境内新、老105国道横穿而过。村结合易地扶贫搬迁、危改、105国道拆迁、地质灾害点搬迁等重点项目,在河西畈征地60余亩,安置扶贫户、国道拆迁户、危改户、地质灾害点户以及农民自建房。走进安置点,一栋栋崭新的楼房,门前鲜花盛开,屋后碧草茵茵。在龙潭湖畔,修建了茶亭,供人们闲聊、观光、喝茶,欣赏龙潭湖的湖光山色。村民们个个喜笑颜开,乔迁新居。村前的大广场上,人们在农闲之余,载歌载舞,歌唱美好新生活。

近年来,凉亭村大力治理环境,改变生态,发展休闲农业,将凉亭村建成太湖县的后花园,让人们在繁忙的工作之余,去享受田园之乐、山水风光。"晚凉卧听竹林风,月升静闻虫琴鸣。丝弦阵阵不绝于耳,鱼戏荷莲啄绿萍。临水方品蛙鼓声,登阁凭栏阅盛景。亭下阔论谈稻黍,捻酒吟诵赏花藤。"这正是凉亭村现代化建设的写照。

凉亭村对面的喜乐田园现代农业园,是一家新兴的现代化农业物流园。以后,太湖县的农产品,将通过喜乐田园从105国道走向世界。

界 址 碑

界址河原来是一条大河,船来舟往,帆船竞渡。岁月变幻,它现在是105国道旁一条小河沟,长满了水草。河的这边是太湖县城西乡,对面是宿松地界,河岸有界址碑。

改建后的105国道,双向都是三车道,标准化的建设,让人仿佛置身在高速公路上。

105国道城西界址安置点,人们正在忙着搬迁。我们走进一户农家,三层的洋楼装潢一新,气派得很。女主人热情地带领我们参观。女主人介绍,她家住在105国道附近,刚开始不愿意搬迁,因为田地、菜园都在对面。她后来想明白了,住进新居后,整天乐得合不拢嘴。她不停地说,感谢党,感谢政府,让她全家住上了宽敞的新房。

界址碑曾经在中国近代历史上写下了辉煌的一页。签订《辛丑条约》后,清政府倡办"新政",在中央设练兵处,在各省设督练公所,正式改编军队。1908年11月,太湖秋操正式开始。太湖秋操主要是检阅南洋各镇新军,包括湖北第八镇、江南第九镇、安徽第三十一混成协等。检阅大臣为陆军部尚书荫昌、两江总督端方,原计划光绪皇帝也将亲赴太湖阅兵。在此次秋操中,新成立的气球队正式参加军事操练,这也是中国近代军事航空的发端。

太湖秋操并没有因光绪帝、慈禧太后相继去世及熊成基安庆起义而半途而止。作为新军首次在南方区域举行会操,太湖秋操顺利进行了3天,只是未举行阅兵式而已。

1908年11月15日,南、北两军马队冲锋;11月16日两军遭遇战;11月17日,南北攻守战。两军对垒,杀声震天,硝烟弥漫,各显神通,变幻无穷。一时间,太湖县城西境内方圆几十里人山人海,山坡下、田间地头到处驻扎了军队。

今天的105国道城西段,道路两旁都是稻田,整改规划后,是一望无际的优质水稻示范区。更远处是连绵起伏的山脉,山脚下是一户户农家,炊烟袅袅,乡愁浓浓。花凉亭水库灌区主渠道及古路河、棠梨河、柴家河环绕农田村庄,一年四季流水潺潺,奔流不息;村级水泥路从105国道往两边延伸,纵横交错,车水马龙。

路迢迢,水长长。105国道改建工程的建设者埋头苦干,默默奋斗,无私奉献。他们的丰功伟绩将载入史册,成为一个时代的强音,成为人们赞美和歌颂的对象。而他们自己,又开始了新的征程。

(欧阳冰云,中国作家协会会员。作品散见于《清明》《芳草》《安徽文学》《文学与人生》《牡丹》《青海湖》等,多篇作品获奖。)

岁月悠悠是西河(外二篇)

唐 红

"芳草萋萋鹦鹉洲",是唐代崔颢写黄鹤楼所观景致,而我于闲暇中,走进芜湖西河古镇时,也偶有此般感受。

当地县志记载,这座古镇有600年历史。明洪武年间,挑圩筑堤,百姓开始徙此安居,已成小集镇,因其坐落青弋江西岸,故得名"西河"。这名字起得安安逸逸,也符合小镇的秉性,温和、恬淡,处处体现的是一副与世无争的寻常。就好比到处都是"桥头""临水""西塘"这样的小镇名,简单,或许并不随意。

穿过一些簇新的建筑,就是西河古镇的老街。老街并不大,街心是青石路面,曲折蜿蜒。街道南北走向,宽窄不匀。两旁店铺门面飞檐对峙,就建筑风格而言,基本是典型的徽派民居风格,讲究飞檐、斗拱、山墙的造型与呼应。老建筑几乎都是雕花的格子窗,可卸载的门板,门槛被踩得锃亮,还有青石的门槛。这样沿河而建的屋子,是有其特色的。

老房子、老物件,每样看起来都特别亲切,皆因我们小时候家里几乎都有过,看到它们就想到那时的人、那时的事。

那种老式雕花床,是儿时藏猫猫时的最爱,躲在床角的暗影里,又紧张又害怕,小心肝扑通、扑通直跳,生怕被小伙伴们发现。夏天,床的四角可以直接拉起细纱的蚊帐,硬硬的床板铺上了凉席,每天傍晚,妈妈总要用热水擦一遍,晚上躺上去凉冰冰的,特别舒服,酷暑就不再难熬,夜里睡得特别香。还有四方桌、长条凳,家里来客人时,那是大人吃饭、喝酒、摆"龙门阵"的地方。尤其是竹椅子、吊在房梁上的竹篮子特别有年代感,记得小时候我奶奶时常靠在竹椅上,夏天拿一把蒲扇,冬天手捧手炉,盖在围裙里,坐在那里也不说话,偶尔打着盹,安安静静的,就像雨天的西河。

老街两边还住着人家,都是西河的原住民,天色尚早,他们就开始吃晚饭了,一碗清香的白米饭,一盘清炒小菜,一碟青弋江小鱼,简单、清爽、家味十足。大黄狗慵懒地趴在地上,主人扔一条小鱼,它立马跑过去衔起,欢快地摇起尾巴,眼睛却盯着主人,期待着再有"漏网之鱼"。

给我印象最深的是街上一处"风氏草堂"。据说是中医世家,老人今年已是九十五岁高龄了,每天上午给人看病,下午在家歇息。我不禁停下脚步向屋里看了一眼,老人正坐在椅子上安闲地喝着茶、抽着烟呢!看来心境闲适、道法自然,才是长寿的秘诀。

我比较喜爱的是西河老街下面的河滩。沿着几十级的青石台阶下到河滩,极目望去,是蜿蜒曲折的河水,河岸边树木葱绿。水是清澈的,也是安静的,仔细看向水中,几尾游鱼正在水草边觅食,偶有谁家的几只鸭子游过,鱼儿惊吓得四散而去,水面上留下几圈涟漪,打破水面的平静。河边还有那种浣衣洗菜的跳板,有丰腴的村妇在洗刷,熟悉而又亲切。河滩上,开满了各色各样的野花,密密匝匝地鲜艳着。白色的、黄色的、粉色的,都是记忆里的样子,只是许多花我叫不出它们的名字。就如这西河古镇人,质朴、热烈,这些绚烂的花朵,映衬着斑驳黝黑的古镇老屋,就好似一个徐娘半老的妇人,簪花描眉,也是别有风韵的。那是成熟和丰腴的美,是岁月悠悠沉淀下来的很耐咀嚼的美,能让你内心九转地悸动,有别于看见青葱女孩的那种赞叹。

文字记载,西河古镇是天然水运码头,古往今来商业极为发达,南来北往的商家络绎不绝。特色小吃也闻名遐迩,特别是古镇上王家腊肠、王家腊肉等秘制腊味,有近300年的历史,肉香醇美,回味无穷。还有诸如馄饨、羊肉、蛋糕、油炸臭干子、方片糕、青弋江小鱼等,是那种地地道道的水乡美食。由此,感觉就是螺蛳壳虽小,但道场一样可以齐全。

古镇木牍上刻有谈正衡的《西河赋》,他是芜湖资深作家,听说他在西河做过语文老师,在他的文集里,关于西河,他主要是写一些美食,是那种地地道道的水乡美食,如螺蛳、菱角菜、河蚌等,如何清炖、爆炒、腌制,然后能在舌尖上跳跃,再滑入肚内回味绵长的感受。

漫步在西河古镇的青石板路上,所有城市里的喧嚣、焦虑都荡然无存。岁月悠悠的绵长和宁静,此刻就是一种真实体验。虽不是陶渊明的"采菊东篱下",也不是"最喜小儿亡赖,溪头卧剥莲蓬"那种田园小趣,却是真实的松弛,好似岁月静止了一般。若找把竹椅躺着，就在古镇的老屋边做个清梦，也是绝美。

西河古镇的闲适与安静，掩藏着我们无法忘却的过去，那魂牵梦绕的滋味，如缓缓东去的西河之水，余韵悠悠，连绵不绝。

梅子黄时雨

我比较喜爱一个词——江南。总以为江南是吴侬软语里的那种你侬我侬的黏糯，是诗笺里的似有似无的一缕清愁，是"一蓑烟雨任平生"里的微醺江湖……似乎始终活在唐风宋韵之江南的我，虽然觉得有点不太真实，却仍然有一种近乎痴迷的执着。

江南，是我的一种情结。记得当年山西说"牧童遥指杏花村"里的杏花村在他们山西，我固执地认为在我们安徽。理由有二：一是杜牧当年是安徽池州太守，为民谋福祉，以至于被奸人所害要调离，池州百姓以万言书挽留，这是史实；二是从气候特征而言，"清明时节雨纷纷"这样的景象，也只能是江南有之，清明时节的山西是少雨的。

而江南，除了清明时节的淫雨霏霏，还有梅雨季节的"梅子黄时雨"。贺铸《青玉案·凌波不过横塘路》中"一川烟草，满城风絮。梅子黄时雨"写的是春景，我却不以为然。我以为"梅子黄时雨"通常指的是夏季的梅雨季节，这里的梅子，我想该是杨梅。六七月的梅雨季节，杨梅成熟，个儿大，汁多，清甜，不知不觉中能吃个不住，也不怕伤了胃。甚至我还在朋友的陪伴下，爬上山坡，看过那密密匝匝的杨梅树，低矮茂密的树上，结满了一颗颗红得发紫的杨梅，甚至不用手，嘴凑过去就能吃上一颗，甜到了心底。

然后，每年都想念，想念那一颗颗大红的杨梅，想念那时湿漉漉的雨，和那湿漉漉的紫，甚至是湿漉漉的甘甜。

因为各种忙碌，抽不开身，所以，每年的梅雨季节，当滴滴答答不休不止的梅雨泛滥时，衣服总是晒不干，湿润、闷热，我就觉得江南似乎在这个季节病了。但由于固执的江南情结，也没觉得有多么不好。稍有点闲暇，就在纸上涂抹一些记忆中的诗句，比较喜爱的有"黄梅时节家家雨，青草池塘处处蛙""凭栏望处是云烟，湿透窗帷雨线连"。这时节，但凡有一两天时间，是可以去徽州感受一下的。因为，阴雨绵绵的徽州才是最显其魅力的，草木、庄稼湿漉漉的绿色中，徽州村落的房屋如水墨画，两相映衬，湿润、厚重，饱含诗情画意。

农历有"五月黄梅天"一说，阳历5—6月份，徽州歙县的"三潭枇杷"正是成熟的季节，6月就擦上黄梅季节了。记得那年的6月去徽州，车就在烟雨蒙蒙中穿梭，两侧的山峦绵延叠嶂。雨中,云缠绕在山峦之间,氤氲开合,辗转腾挪,山色淡青,翠绿荫翳,满目皆如大幅山水画卷,随着烟雨不停变幻。在这样的山水画卷中穿行,真若仙人,优哉游哉。

歙县的深渡码头,熙熙攘攘的忙碌,果农们船运、肩挑,箩筐里满载黄澄澄的枇杷,一个个晶莹剔透的果子,让人好生喜爱。轻轻剥去外面的薄皮,黄澄澄的果肉透着水灵,一入口,软软的甘甜沁人心脾,满口都是清甜。这才觉得,"三潭枇杷"不是浪得虚名。新安江画廊,本身就山清水秀,两岸密密匝匝的枇杷树中还掩映着黑瓦白墙的徽派民居。画廊,是天然的美,是天然的妩媚。即便是黄梅天,阴雨绵绵,新安江水依旧是舒缓清流,清冽甘醇。

沿着新安江画廊慢慢游历,沿途,经过所谓的"三潭"。民国就有记载,三潭枇杷主产于歙县境内新安江沿岸的漳潭、绵潭和沦潭三个自然村,故名。这三个自然村一带,群山环抱着三个大面积的深水潭,冬暖夏凉,山峦环抱。"三潭"终年云雾萦绕、雨量充沛的气候,为枇杷的生长提供了得天独厚的条件。

车停路边,挂满果实的枇杷树就在眼前,有果农在辛劳采摘。即便是无人看管,我们也不好意思去摘,君子乎,瓜田李下之嫌。

细细想来,这湿漉漉的黄梅天,可以临窗听雨打芭蕉,可以弄些杨梅小酒微醺,生宣上涂抹几句宋词。一夜无梦,醒来,放眼望去,一片清明,依稀记得,昨夜,应是下了雨的。

秋　日

一场秋雨一场凉,随着这几日的秋雨降临,秋意更浓了。

秋日里比落叶来得更早的,是山村乡野间漫天遍地挥不去的桂花香。淡黄色和金黄色细碎的花朵,挂在厚实的墨绿叶片间,金灿灿、俏生生的。桂花的香气与别的花不太一样,如兰花、梅花之类的,在香气里总要掺些清冷,脊梁骨挺得笔直。而桂花却早早就从枝叶间探出头,花穗也略略朝下弯着,仿佛向人们传递着丰收的喜悦。微风拂过,它们的花朵在风中摇曳,香甜的味道在空气中弥漫。

说到桂花,总是让我想到桂花糕。小时候,总爱看妈妈做桂花糕,采摘,晾晒,撒在米糕上面入笼,桂花糕蒸熟了,香甜软糯,入口即化。所以,现在看到卖桂花糕的,总忍不住去买了吃。当然,还有桂花酒酿水子。不撒桂花的酒酿水子定然是没有感觉的,桂花很重要。

比起桂花，山茶花要矜持得多，圆形的洁白花朵缀满枝头，花瓣圆润莹白，香气清幽自然，在山野中平添几分淡雅高洁。

去年我随芜湖市文艺评论家协会走进南陵霭里，随我同行的记者田琦在外拍片，傍晚，她手中拿着一朵带绿色枝叶的白色山茶花回来了，清新淡雅，好像不染尘世的女子，那个黄昏在我眼里多了一份美好。

秋天里最有代表性的还是金色。虽然天气转凉，草木萧条，但对农人们来说还是充满喜悦的。田野里的稻谷已经成熟，金灿灿的，密密麻麻挤在一处，压得稻穗沉甸甸地弯着腰。稻草叶细长，早已从绿色长成黄色，秋风吹过，整片稻田便如同金色海洋般泛起阵阵稻浪。

大豆绿色的豆荚也被秋风吹成了金黄色，豆荚变得饱满干脆，风吹过时发出哗啦哗啦的响声。偶有成熟的豆荚被撑得爆裂开来，圆滚滚的豆子散落到地上，蹦蹦跳跳的，给田野里带来几分活泼。秋收是一点都耽搁不得的，春天播下的种子到了秋天都成熟结果，趁着秋高气爽，得抓紧时间采摘收割进粮仓。农人们早早就准备着开始一年中最后的忙碌，割稻、打稻，收割着一片一片的庄稼。有的要摊平晒好，有的要脱壳磨碎，丝毫不能马虎。劳作虽辛苦，但喜悦之情难于言表，红红火火，像枝头火红的柿子，甜得能冒出蜜来。

秋意渐深的日子，若是能够偷闲，寻一处古风的茶舍，沏上一壶明前的碧螺春，窗前须有一池塘，还需有些残荷，滴滴答答的秋雨敲击着鱼鳞瓦的屋檐，临窗把盏，想着些有的没的，思绪飘得很远很远。

"远上寒山石径斜，白云生处有人家"。曾记得秋日里，乌桕树叶子红了的时候，去过婺源石城。那里，清一色的徽派建筑，黑瓦白墙，掩映在通红的叶子里面，露出翘起的马头墙。晨光熹微中，农家灶屋的炊烟悠然升起、飘荡，雾缭绕在山村和密密匝匝的红叶梢上，又缠绕在那些山墙和女儿墙间。初升的太阳透过薄薄的晨雾，白雾便成了青色，实则是那种天青色，不由得想起那首《天青色等烟雨》，那样的缠绵爱情用在此处，可能是最适宜的吧！

喜欢这样的秋日，风轻云淡，稻子的灿烂金黄，桂花的清香淡雅，仿佛一份简单明了的心事，在枝头和树梢间随风而动，空气里流动着淡淡的香气。

路遥在《人生》里写得好，"大地的胸怀是无比宽阔的，它能容纳人世间所有的痛苦"。或许从小在农村长大,我对大地上的一草一木都有着特殊的情感。小时候,傍晚放学回家,我经常去地里帮母亲抬水浇菜。我喜欢这样的时光,旧旧地流淌,却那么温暖。如今母亲已去了另一个世界,我也只能细数从前的光阴,回想有关母亲的点点滴滴。

我喜欢在大自然中行走,看纵横交错的田间小路,远山如黛,大地苍茫而辽阔,让我暂时忘却世俗的沉重。站在明净的天空下,看天空飘浮的云朵,在清风的拂动下缓慢移动,那些洁白柔软的质感,会让我想起小时候母亲采摘的棉花,我似乎看到母亲亲切的面容,在秋日的田间绽放着特有的温暖。

(唐红,安徽省作协会员,芜湖市文艺评论家协会会员。散文、诗歌作品发表或被收入《安徽文学》《情诗经典》等。有作品获奖。)

乡居徽州

汪远定

一

我老家在徽州休宁,一方山水绝美的江南。

江南。皖南。"南"是老家的方向,徽州之地,蕴含着水土、气候以及氤氲其间的山水性格。

乡野满是缤纷的花草,是无人顾及的处女地。

从率水河畔溯流而上,六股尖飞湍瀑流,丝丝缕缕,悬笔摹写新安江的源头奇景,大可洗去厚厚的夏日的燥热。

横江漫漫,途经登封桥,云霞仙境铺开秋日长卷,张三丰羽化登仙,徐霞客梦笔直抒,白岳胜景,一览而无余。经卷上的人物踏雪无痕,乡居徽州日久,山在心底熠熠生辉,道在笔下纵横千里。

养生。道乐。罗盘。俯仰之间,摩崖石刻镶嵌岁月的疼痛,万安罗盘镌刻下先民求索人生的履痕,中华智慧与大国工匠熔铸一种历久弥坚的品质,它在坚硬的事物的内心雕琢。

文饰。线条。黄白。墨迹。所有观感,随演绎生命的符号沉浮,仓颉笑罢,周公梦见黑色的蝴蝶,扑腾起轻盈而笨拙的翅膀,遥远的河流从身边一晃而过。

花开,花落,转念间,酸辛过往已然发酵成一勺勺酒曲佳酿,醇美之味,令人心平、心悦、心喜。

二

乡居是野鹤，是闲云，伴着新安江游走，借草木虫鱼的明眸，管窥徽州大地的姿容与脾气。瞧！大好山水清凉了7月的天空。

万里晴空，除却蔚蓝的底色，便是铺排在极目处变幻多姿的云朵。

新安江源头率水汇聚点点滴滴的诗韵，终成饱满磅礴的江河。

五城。五丰。遇见她，休宁南部的云，清浅、洁白、淡雅、纯粹、缥缈，如天成的画卷，徐徐打开诗意丰赡的美丽江南。

五丰之名，让人欢喜，这是一代代农人对丰收的向往，更寄寓了当地人民美好生活的祈愿。她们与周边的村落交相辉映，如一颗颗珍珠，以新安江正源率水为线，串联成天然的山水画卷，而这般精致清雅的风景是绝美的新安山居图。

乡民倚靠这片土地，生生不息。她质朴端庄，不加修饰的素颜之美，宛若环绕村庄的颜公河，静谧安详，怀抱着山水和人家，枕着清风入眠。在澄澈的颜公河畔，两座古色古香的亭子——五丰亭、高仓亭，像两个英俊的少年，守护江风与丽景。

我们驻足五丰亭，邂逅了一场青山绿水的盛宴，微风徐来，颜公河的碧水轻柔，诉说着徽州不尽的乡愁。

从五丰往休宁县城方向骑行，迎面而来如星星般闪耀的星洲。一块因陨石落于洲上而得名的神奇村落。她灵性十足，沿着率水河而建，每年春季，金黄的油菜花无边无际，伫立在青山绿水之间，宛若仙境。

三

黄村在山那头，隔着渔火，洞见一座春天。

古色古香的镂空窗棂，抛光了数百年积攒的晦涩黯淡。一粒尘埃折射的光芒，在灯光里苏醒。

徽州石雕上的明朝有点分量，旧时光被凹凸有致的线条勾留下来，融在粉墙黛瓦和飞檐翘角之间，融在斑驳的古桥古道上。

这片静谧的乡土悠悠冒着热气，收拢天南海北的游子的漂泊。

我们在路上相遇，遇见进士第的嫡系子孙，遇见荫余堂易地搬迁后空余的乡村。它深处群山环抱，黄炎培盛赞"知君所学随所进，许我重游到皖南"。文脉绵延千年，众多贤达欣然题词,留下馨香的翰墨,迄今传为佳话。

漫步万安老街,行走水蓝桥,悠悠往事,浮现眼前。新安从白云深处轻轻地落在万寿山,凹凸的世界,从此回旋。老街的青石板布满皱纹,夕阳下依然静美天真,丝毫不隐藏岁月的斑纹,不夸耀历史的余晖。

一滴静美,一片纯情,流动在水的内核,贮藏在青石板的脊部。

一札札新安竹简和篆书浮出水面,光影模糊而历历在目。

万世万安,了无杂念。古城岩下,浮动的悠悠水蓝桥,漫漫行知路。在千年古镇的地标上,屹立着一方小小的罗盘,它把深厚繁复的历史封存于细小精微。

指针的方向,不是东,不是西,不是南,不是北,是匠心,是匠魂,是志趣和精气神融于一物的浑然。

春天,乡居草野,心已抵达。

(汪远定,1984年生,安徽省作协会员,安徽省赵朴初研究会理事,黄山市作协副秘书长。作品散见于《人民文学》《星星》《诗歌月刊》《散文诗》等,曾出版散文诗集《山水之遇》,与谷卿合著《赵朴初书法精神探论》《赵朴初传:行愿在世间》等。)

美在民间

钱续坤

窗牖之美

常常听到这样一个比喻：眼睛是心灵的窗户。那么窗户呢？类比推知，窗户是房屋的眼睛。从修辞学上看，这不存在任何问题，但是如果从建筑学上来分析，这里面就有值得推敲的地方，因为古人所谓的"窗"，原来是专有所指的。

古院落由外而内的次序，分别称为门、庭、堂、室。进了门是庭，庭后是堂，堂后是室。室门叫"户"，室与堂之间的窗子，叫"牖"，室的北面还有一个窗子叫"向"。上古的"窗"专指开在屋顶上的天窗，那开在墙壁上的则叫作"牖"。古人就是这么分类精细又特别较真，因此回过头看"窗户是房屋的眼睛"，是否形象又妥帖呢？诙谐一点来形容，那简直就是"向上翻的白眼"了，何来美的愉悦？好在古人又是极其聪慧的，创造了偏义复词，将"窗"与"牖"连在一起，强化其透风采光的功能和整体合一的属性，并将其统称为"窗户"，看似牵强，却并不附会。

古代的窗牖做工十分考究，形式上多采用雕花、镂空、描金等工艺，内容上更是主题鲜明，寓意深长。有的用松、竹、梅、荷造型，有的用渔、樵、耕、读点缀，有的用琴、棋、书、画铺垫，龙凤呈祥、松鹤延年、喜鹊登梅、福禄双全等图案比比皆是，岳母刺字、孔融让梨、程门立雪、囊萤照书等故事数见不鲜，这既彰显了宅院主人儒雅清秀、稳重持家的风情雅致，又寄托了世代祖辈教化儿孙、祈盼康宁的美好愿望。

正是由于古人对窗牖的功用十分重视，每至一处深宅大院或古典建筑，我好奇的目光总是逡巡其上，有时还停下脚步久久地欣赏，甚至还放飞想象的翅膀，猜测那木制的窗牖后面,一定有大家闺秀在优雅地抚琴,有小家碧玉在快乐地煮茶,有哀怨仕女在慵懒地簪花……只是这些窗牖多是明清建筑的附属物,且不易多见,心头未免留下些许遗憾,进而徒生一丝惆怅与几多感叹:此刻推窗是否可以望远?现在隔牖能否直接览胜?

答案也许并非至关重要的,但是于我而言,还是十分羡慕古人的窗牖情结:"柳绵扑槛晚风轻,花影横窗淡月明",如此清新淡雅;"从此静窗闻细韵,琴声长伴读书人",多么恬淡闲适;"何当共剪西窗烛,却话巴山夜雨时",难得甜蜜温馨;"我歌白云倚窗牖,尔闻其声但挥手",何其洒脱豪放……现代的文人墨客中,新月派诗人卞之琳对窗牖也许倾注了更多的情怀,其《断章》云:"你站在桥上看风景/看风景的人在楼上看你/明月装饰了你的窗子/你装饰了别人的梦。"此诗把浓郁隽永的情思、独出机杼的题旨,通过桥、窗、月的高度融合来和谐地表达,读来确实别有一番滋味在心头。

由此不难发现,窗牖虽只是一种装饰、一种载体,可由于它被注入了人类智慧与人文情怀,就成为一种艺术的符号,一种文化的象征,这也难怪看到"当窗理云鬓",就容易让人想象窈窕身影,提到"窗中月影临",就容易让人引发淡淡愁绪,念到"举头望明月",就容易让人产生思乡之情……所以把窗牖之美归结为人文之美,在我看来,一点也不为过。

我也常常附庸风雅,或推窗远眺,或临窗兀立,或倚窗而坐,虽无法神游万里,倒也能洞察内心。尤其是在万籁俱寂的深夜,或一卷在手,或一盏香茗,或一曲清音,真的能远离喧嚣,涤荡心灵,故而有人这样总结:窗,房屋外在的点睛之笔;牖,心灵内在的清雅之韵。正所谓:推窗掩牖意境美,人间有味是清欢!

砖雕之美

我以"美在民间"作为系列名,曾经写过一篇名为《窗牖之美》的散文,并在文尾如此感叹:"推窗掩牖意境美,人间有味是清欢。"可是每每行走在村庄之内,或者漫步在栋宇之中,总觉意犹未尽,余韵尚存,于是一双猎奇的目光常常停留在木雕、石雕或砖雕之上。特别是在砖雕面前,幼时就喜欢画画的我,一站就是好长时间,稚嫩的眼神发现这"砖"中大有文章在,这"雕"里自有风情浓。

我之所以对砖雕情有独钟,很大的原因还是由故乡所处的特殊地理位置所决定的。从宏观的区位来说,享有"徽黄故里,戏曲圣地"美誉的千年古镇石牌,位于吴头楚尾的交接之处,其建筑风格深受徽派民居的影响;从微观的位置而言,故乡属于圩畈地区,自古以来就缺苍劲的古木,少嶙峋的怪石,这就从客观因素上决定了木雕与石雕在故乡的建筑艺术上难以登峰造极。而盖房子所需的砖块是不可或缺的,于是一些名门望族或达官贵人,便在熔冶古今、精工秀逸的砖雕上打起了主意,动起了脑筋。即使是灰头土脸的一介布衣,出于房屋实用和美观的初衷,也会请当地的能工巧匠,采用写实或写意的方式,在青砖之上雕刻龙凤呈祥、三阳开泰、麒麟送子等富有寓意的画面,以此传达一种诚挚的祝福,表示一份热切的期盼。

最能体现故乡砖雕特色的地方,是民居的门楼与门罩——如果借用比喻的修辞手法,这就相当于人的脸面与眉毛。门楼造型以八字形为主,也有双柱式、垂花式、四柱三间五凤式的,还有的门楼下有抱鼓石,样式与牌坊类似。其结构总体上左右对称,飞檐翘角,气势恢宏,并且上下枋的装饰多采用满构图的手法,使得观者的视线能以游动的状态在画面中逡巡前行。门楼上面用平雕、浮雕、透雕、圆雕、镂雕甚至捏塑等技艺,所雕刻出的独幅或成组的生动画面,在黛瓦粉墙的映衬下,显得光影变幻莫测,与中国古典园林的借景手法有异曲同工之妙。而门罩其实就是较为简单的门楼,只不过在结构和造型上显得较为简洁一些,其上常置屋檐,檐下有瓦,可以遮风挡雨,以保护檐下构件和门头上方的墙面。从总体效果上看,无论是立体化还是平面化的门罩,都能对门楼起到画龙点睛的作用。即使是砖雕的漏窗也是形态各异,方圆兼备,另有扇面、菱形和叶状,用松石、梅竹、福寿的图案雕刻漏窗,可将房子装点得古朴典雅,有一种浓浓的书香气渗透出来——砖雕之美,美在独特的表现形式。

故乡的砖雕具有浓郁的民间色彩,取材不拘一格,形式丰富多样,内容有戏剧人物、园林山水、奇花异草、飞禽走兽等等。小时候,我最感兴趣的还是以人物题材为主要内容的民间传说和名人逸事,八仙过海、武松打虎、惜春作画等等场景,在门楣、额枋、华板、照壁之上,都有生动而又形象的描摹,这也使得我在混沌初开之时,便不自觉地在懵懂的世界里埋下了好奇的种子。及至后来读书识字,这才发现砖雕艺术与我国传统文化中的诗文艺术一样,也是博大精深,足以彪炳史册。其诱人的魅力之一,就是大多采用象征、比喻、双关、谐音等修辞手法,或直抒胸臆,或托物言志,或借物抒情。例如:雕刻五只蝙蝠,寓意五福临门;将石榴与莲蓬组合在一起,借代多子连孙;龟与鹤构成的图案,暗喻龟鹤齐龄……更为重要的是,这些彰显深厚文化积淀的砖雕,所表现的主题深受儒家思想的浸润,在社会层面和人伦层面提出了传统的道德标准,具有极其重要的教化意义和启迪作用——砖雕之美,美在深刻的文化内涵。

斗转星移，白驹过隙。故乡的老屋大多被鳞次栉比的楼房所取代，蕴含着丰富文化信息与独特审美意趣的砖雕艺术，尽管还能被零星地发现，但是已经很难构筑一种自成体系的文化形态了。好在许多地方的人们开始清醒地认识到了这一点，正在按照"修旧如旧"和"补新以新"的原则，在对砖雕艺术进行抢救性保护的基础上，不断探索，大胆创新。但愿砖雕之美，美在耀眼的华丽转身！

瓦当之美

在繁华喧嚣的现代都市，除了那些保存还算比较完好的古代建筑，很难看到瓦当的身影了。很难看到并不意味消失，更不代表匿迹，只要你有心或者带着一种专注的姿态去搜寻，那毫不起眼的瓦当，在不经意间定会给予你一份莫名的惊喜。真正不行就去乡下走一走，古村落、古祠堂、古庙宇的屋檐，那圆形或半圆形的瓦当，令人不得不由衷地赞叹起它的古典美来。

中国建筑古典美的表现形式多种多样，或是气魄恢宏的宫鸾、百转千回的廊庑，或是诗情画意的轩榭、巧夺天工的楼阁，或是简约古朴的亭台、清心雅静的斋房。小小的一块瓦当，何以呈现那独具匠心、高标卓识的美呢？

首先不妨从它的主要功用上来看，瓦当俗称"筒瓦头"或"瓦头"，是古代中国建筑中筒瓦顶端下垂的部分。瓦当文字中有自名"当"者，如蕲年宫当、兰池宫当、京师庾当、吴尹舍当等。古人训"当"为"底"，并解释说："瓦覆檐际者，正当众瓦之底，又节比于檐端，瓦瓦相盾，故有当名。"由此不难理解，瓦当与椽子、桁条、窗牖等一样，是中国古建筑的重要构件之一。由于瓦当的下面就是椽头，从实用的角度出发，"当"既可以抵挡风吹霜打，又可以防止日晒雨淋，从而起到保护椽头免受侵蚀的作用。故而，瓦当的名称大概是由其所处的位置和作用而得来的。而从美学的角度考量，那排列有序的瓦当，无论远观还是仰视，犹如错落有致的鱼鳞或者传说中的龙鳞，在一定程度上能起到美化屋面轮廓的作用，可给人以赏心悦目之愉和锦上添花之感。

其次不妨从它的形制构造上来言，瓦当在开始制作时几乎都是素面的——素面是一种"清水出芙蓉，天然去雕饰"的朴素美，这种制作技艺充分体现了东方智慧的高超之处，且在有意无意间营造出与泥坯相似的厚重和拙朴，让人的心灵在瞬间漾起一阵贴近天然的驿动。随着时间的推移，而后瓦当出现了动物纹、昆虫纹、飞禽纹、植物纹等五花八门的饰样。专家考证，秦代瓦当纹饰取材广泛，山河湖海、禽鸟鹿獾、鱼龟草虫等比比皆是,图案写实,简明生动。汉代瓦当在工艺上达到顶峰,纹饰题材有翼虎、鸟兽、昆虫、植物、云纹等,并且出现了象征四方之神的"四神"(即青龙、白虎、朱雀、玄武)瓦当,图案出神入化,力度超凡,象征着对神灵的敬畏之心。同时出现了大量的文字瓦当,文辞多以祈福国泰民安、追求长生不老为主,如"百万石仓""长乐未央""与天无极""宜富贵当千金"等。诸如此类,无不显示了中国古代劳动人民的天才与智慧。

再次,从它的艺术价值上来讲,瓦当的造型千姿百态,它不但是绘画、工艺和雕刻完美结合的艺术精品,而且是实用性与美学有机融合的时代产物,是中国书法、篆刻、绘画等方面的宝贵资料,对研究中国古代各个时期的政治、经济、文化等,具有极高的参考价值。当代书法家费声骞《古代碑帖鉴赏》里就有这样的表述:"文字瓦当,多作篆书,结字因势变体,用笔抑扬顿挫,屈曲富变化,具粗犷纵逸的趣味,故为书家珍重,篆刻家也常模拟瓦当风格入印。"

除了很高的艺术价值,瓦当还有一定的学术价值。它的图案、文字有助于了解古人的历史渊源和习俗好尚,并对研究古代的历史、地理与意识形态起到吹糠见米的功效。故而自唐宋以来,瓦当便已引起好古者的重视,清代乾嘉学派更是将瓦当的研究推向了极致。如今,瓦当也走进了寻常百姓家,成为大众喜爱的装饰品和收藏品,这也意味着瓦当的稚拙之美、古朴之美、灵动之美、恬淡之美等等,已越来越为人们接受,越来越被人们喜爱。

"瓦当证沧桑,篆字云纹,犹传禹甸千秋史;杜陵储瑰宝,秦风汉韵,如阅帝都一部书。"这是著名楹联专家解维汉先生的吟咏,联中有形象,有思考,有评价,有推崇,道尽了瓦当的前世今生,描述了瓦当的至极之美,值得慢慢品味,细细思索:经历过风雨的摔打,接受过时间的淬炼,这样才能让质朴的人生更具丰富的内涵!

(钱续坤,曾任淮南矿务局第十九中学教师、安徽怀宁皖河中学教师,现任怀宁县文联主席。曾出版散文诗集《我只是一条河流》,散文集《闲雨轻敲鱼鳞瓦》《民间的红》。)

梦回的路

胡大平

绿　　水

　　满塘满堰,草满池塘水满陂,一眼望来白茫茫。在山洼里行走,不期然就遇到一座水库、一口水塘,或一眼水凼。一蓬连一蓬,阔叶似高粱,肚大"易孕"的是茭白;一团牵一团,碎叶浮莲,生儿养子串串的是菱角。荷叶打伞不稀罕,菖蒲举剑靠岸生,那鸭舌条与恨秧子菜,水生植物,谁不活活鲜鲜？鸭舌条酷似新竹叶,恨秧子即莼菜嘛。竹未出泥先有节,及凌云处尚虚心;休说莼鲈之思,尽西风,归未季鹰。

　　这是长江、淮河之间,俗称江淮之间,古宗子国。地多枞木,河流由大别山发源,经菜籽湖入长江,又名枞川。枞川水库似海,水塘似平湖,水凼像只小腰盆儿。装水都极清的,在岸畔垂丝绿柳的映衬下,水清得稍稍发黑。

　　翘嘴鲳儿驾"驱逐舰",捡拾水面菜屑;一群小鱼秧,小"护卫舰"跟着起哄。我的脚步惊了鱼。黑脑壳铳的胖头鲢便下沉,小白鲢"飞艇"警戒,出水面跃一条银亮亮的"雪刀"。鲤鲫"鱼雷艇",潜下使水面泛花花。那边漩涡底下,还有几条黑脊梁的"核潜艇"大鲲子恐怖沉底了。我立定观摩,这"军演"不久又开幕,在离岸 0.01 海里的水面,好练兵的"兵舰"们你争我逐,更摇头摆尾了。人非鱼,安知鱼之乐？我闻鱼儿叫阵,来呀,有本事逮我,下来跟我打一仗呀！我被惹得兴起,脚心痒痒,真想下水与之做一番比斗,嬉戏。

青　　山

　　山不论大,树不论高,矮矮山上有柴烧。枞川山多矮矮的,少突兀,似性格和蔼的老汉。昨夜一场雨,湿润残留在林子里。东边日头探圆脸,雾霭染着金了,软软地飘,婀娜曼妙,山神女儿献金哈达。铺毯小草深浅着,绿中带一层乳色。人和动物踏过,草头一抖,就卸下晶莹"珠宝"。

松树是伟岸男子,挺拔腰身,亮堂节操。叶似针,针砭时弊;肤如蜕,除旧换新。川栽竹尽双凤尾,山种松皆老龙鳞。迎风雪宁折不弯,忍刀斧柔情侠骨,男儿有泪不轻弹,受刀,感觉痛,也就弹了。《二泉映月》如泣如诉,盲人阿炳的胡弦上,松香永远质朴悲凉。

枞川梓树,孩子们叫它洋辣子树。它家养一款艳美毛毛虫,艳毛触皮,能把小人辣得直蹦。先生讲:辛劳之木,热恋故园者,与桑共舞。山风吹梓树,小雨沙沙响,叶妈妈拍打果孩儿的掌。四五个小铜鼓绿果,调皮着,猴在叶下,摘一个,沾一手乳汁,黏黏腥腥的,一股温热而"有毒"的奶香。梓果老了叫作"白籽",皮可制皂、蜡烛,仁榨油。埋骨何须桑梓地?人生无处不青山。桑梓,父母种的树,家乡的代名词。桑叶养蚕,结茧吐丝,桑果喂伢,茁壮长大。梓木作用两端:阴雨天,人脚下,它俯首甘当木屐;过年祭祀,斫居"天地君亲师"高位,雕作祖宗牌子。风吹乌桕树,日暮伯劳飞。它又是相思歌谣。梓泽丘墟,拙作粗鄙,蒙编辑先生抬爱,呵呵,那又叫"付梓"了。

地多刺槐,在山脚下,谢尽了一树洁白芬芳的"孝意"。素雅清香,别样馨甜,风舞槐花落御沟,袅袅半成实。小鸭蛋形叶,摘一片,贴唇吹,乐音摇颤,赛芦笛。再摘一片,左手握空拳,合个"O",叶面冲下,背朝上,挥掌击之,啪,炸一枚清凉绿炮。槐鼎槐位,槐卿槐衮,槐宸槐望,槐蝉槐府。拿槐木做桌腿儿,把稳;拿它做扁担,结实;拿它做猪圈门,牢靠。"家鸡打了团团转,野鸡不打都是飞。"槐树,是迁民怀祖、祥瑞恋乡的好儿郎。两个空拳握古今,放爆竹还当放手;一根槐扁挑日月,好儿郎也要歇肩。

青青翠竹林里,有仙气萦绕,几根夏笋悄悄探头。年华更有新生者,百丈龙孙绕凤池。褪一地春天笋壳子,起了"老人斑",卷作一个个小筒儿。箬壳筒儿,是天然纱锤芯——奶奶的纱锤芯,妈妈的纱锤芯,亲爱的姐姐妹妹,而今可还用箬壳筒儿摇纱纺线?

田　畈

看这田畈,上帝画家的调色板。

东边一片"早水子"熟了,早稻金得惹眼,黄得喜人。"小暑割不得,大暑割不彻。"东风开战鼓,请向我开刀,向金黄的丰收开镰。金是金宝贝,黄是黄铜锣,"双抢"开场锣鼓快敲响了。

望西一片翠翠碧碧,单季稻秧苗的青涩少年,刚伸了个懒腰,才发育了身个儿,"早养儿子早得力,早插黄秧早生根"。"早秧泥头上垛,晚秧插半刬。"才插下田的秧棵,黄毛丫歪歪扭扭、餐风饮露,便站稳了,有模有样,立定脚跟就横平竖直,胖手胝足似小学生,排队整齐做广播体操。田水浅浅清澈,泥孔咕嘟嘟吹气泡儿,吹到大半圆快爆,倒扣一只只白炽灯,灯畔漂浮点缀,星星点点青萍。田螺蛳,穿青衣,犁碧苔,走它弯弯的人生路。时节一棵棵生命草,秧棵阴凉下,育鱼也育虾;秋来一粒粒丰收籽,稻米营养里,养人又养畜。

南边一片黄中带青,那"迟水子"稻羞惭而谦虚地勾着头。它壳灌浆,青中犹黄,有一缕走向成熟的失落貌;籽半饱,青黄不接,有一颗等待成材的迫切心。它是青年的大龄,大龄的年轻。往前一步,做爸爸;后退一着,打光棍儿。

北野乍看一片绿,绿阵闪动着跳跃音符。绿叶棉树开粉红花朵,到秋季将再盛开一场瑞雪,为人间奉献温暖的树,上帝赐予它两场花事。由红至白,开到荼蘼,红是鲜艳衣裙,白是一片白云。

"甜芦稀(高粱),苦芦稀,甜甜苦苦东又西。"这是唱芦稀呢,还是歌人生?辨识阔叶中心线,白得干脆的是苦,阴中泛绿者为甜。这多像看人的掌纹啊,人世生活的苦甜也这般泾渭分明?"蜊蜊蛄爬芦稀——高一匹篾",高的是豆角扦、扁豆架,扦架上的豆角和扁豆开紫色花,状似振翅彩蝶。番茄直接把果子开成陶醉的酒红、大红,它黄花似海星。辣椒开白色的花,茄子绽雪青色的花……

牧　　歌

春犁田,翻犁花草坂子,牛拉大犁头犁开了丰嫩灿烂的红花草。新土松动了,扯断草根,暄腾腾、酸腐腐有机肥的香里,睡醒的蚯蚓弯曲着伸懒腰,肥肥溜溜的白蚕缓缓爬;红花草青扑扑甜汪汪的味,犁田的大水牛顺便吃个饱。牛嘴咀嚼绿鲜草,露牙像在微笑,鸟唇下颔儿吊一线口水,黏黏地晃,也是鲜草的香味儿。红花草,红秆绿叶,开白花或紫花,学名紫云英。乡村青少年们总与土地、动植物亲,他们在它们的怀抱中放肆打滚。春二三月,满田满畈都是红花草,它们把绿毯铺上田埂,铺上大路,铺过沟涧,连绵浩荡直铺到兔子山的山脚下,那通向长江的义津小河、菜籽湖畔,整个江淮之间都是它了。东风吹,春阳照,绿毯变红毯,变花毯,变又红又花又白的彩毯,猪儿滚,狗儿跳,羊子打角,小孩子闹,都把它当棉被舞。这棉被直铺到天边去,然而仍坐实大地上,被铁犁一犁驰过来,绿化沤作有机肥,肥了田。

旱地里,青年妇女立于耙上,牛把她拉得满地跑,她咿哟咿哟地叫唤,又想蹲着,又想站着,手举棍儿,又想牵牛尾又不敢……真是捉手里怕烫,含嘴里怕化。她在耙上就剩下了咯咯咯的骇笑,把许多农人都引来看。男劳力外出,去城里挣钱去了,家里农活就丢给"老妇幼"部队。这时耙上常出现妇女和孩子,因用的是头小牛,心疼小嫩牛拉不动,就用畚箕装一点土放耙上,由妇人牵着牛一步步地"走耙"。那耙上钉个小人的怀旧画面,像《唐传奇》里夜半捉小人犁耕的三娘子:"三娘子归室,闭关息烛。人皆熟睡,独季和辗转不寐。隔壁闻三娘子悉窣,若动物之声。偶然隙中窥之,即见三娘子向覆器下,取烛挑明之。后于中箱中,取一副耒,并一木牛,一木偶人,各大六七寸。置于灶前,含水噀之,二物便行走。木人则牵牛驾耒,遂耕床前一席地,来去数出。"长安城有旅店,歇店不收钱,书生季和住进去发现,半夜里三娘子竟让木牛木偶人耕地,一会儿撒种,一会儿"花发麦熟。令木人收割,可得七八升。又安置小磨子,碾成面讫",三娘子做成烧饼和点心,同伴客人吃下去,就都变作了什么……

家　　园

夕阳露出老头般的笑脸。天空白云染作少妇的粉霞帔。江淮之间的大地,山峦连绵成少年躲猫猫的绿栅。"绿树村边合,青山郭外斜。""过雨看松色,随山到水源。""山路元无雨,空翠湿人衣。"寻几句古诗,便与眼前山水呼应,至美生态本就是诗。枞川名人戴名世描述:"于是升高而望,平畴苍莽,远山回合,风含松间,响起水上。"古人不见今时景,今景来自古描画。我驾车行驶在乡村公路上,CD放一首养耳醉心的黄梅歌。湿润晚风,开窗随蚊螨扑上脸,心情伴着小昆虫起舞。

公路边,一对小男女卖瓜。不吆喝,不自夸,六月天的西瓜——红到了边。酒香不怕巷子深,小桌搁菜刀,剖开的红瓤是最甜蜜的邀请。自产自销,一斤三五毛钱,任君自挑。我下车试尝一片,水生生、甜汪汪的就买。男孩戴柳缨帽,抱一把吉他,女孩坐小凳上绣花,你耕田我织布,我挑水你浇园,似《天仙配》图景。男孩搬两只大个的,为我塞进车里。女孩收瓜钱,留客说再坐一坐。

他们称是"农家新兵蛋子",头回种瓜。"今年迟了,估计要赔本。"瓜田就在路下,乳绿丰嫩的青藤叶下,稀稀的"花皮和尚头"。地埂搭个吊脚窝棚,茅檐散发着新时代农家的温馨。

年轻人弹唱着:种豆得豆,种瓜得瓜,地边搭草棚,和煦"小家"!

(胡大平,安徽枞阳人,中国作协会员,鲁迅文学院安徽作家班学员。2003年始习作,曾在《山花》《安徽文学》《北京文学》《飞天》《黄河文学》《湖南文学》《散文》《星火》《雨花》《天津文学》《阳光》等文学刊物上发表文学作品。)

剔银灯

读诗深恋玉谿生（外一篇）

徐春芳

在古代诗人里，对我影响最深的是李商隐（字义山）。他用朦胧婉曲的诗风、瑰艳多义的词句、迷离恍惚的情境、真挚缠绵的情感，打通了古与今，开辟了中国古代诗歌的新天地。他的诗的技巧，与现代主义诗歌非常相似，因此他也是中国传统诗人里最自具面目、最有创造力的诗人。他的诗，不同于李白的感慨歌啸、酒香扑鼻，不同于杜甫的沉郁悲凉、花鸟惊心。他的诗，是用一颗颗璀璨星辰般的词语，穿起心灵百般惆怅、千般缱绻、万般感触的珠子，让读者在那些珠圆玉润的意象里漫步，如徜徉在芳林的似锦繁花里，在唯美的享受里慢慢地沉沦而不自觉。

从年少起，我便沉迷于义山诗。我少时家贫，无钱买书，看课外书基本靠借。读书和谈恋爱一样，最重在初见。少年时读的书，对人生的影响是巨大的。我在中学时，读得最早最多的两本书就是《李商隐诗选》和《唐诗选》。当时我有一个女同学，她家里条件比较好，哥哥在上大学，家里课外书比较多。她经常带书到班级里来，带来的书基本都被我借着看了。我记得那本《李商隐诗选》是人民文学出版社的，封面装帧简洁典雅，里面还是繁体字。诗读着半懂不懂的，只是觉得写得太美了，我就用平时写作业的本子把李商隐的诗一首首抄了下来，时常品读。我对李商隐的诗歌从此就情根深种了。

后来上了安徽师范大学，才知道编这本诗选的就是这所大学的刘学锴、余恕诚两位老师,我大学时比较喜欢翘课,但余恕诚老师的唐诗风貌课我一节不落地听了,这也是我和唐诗的一种缘分。如今余恕诚老师已辞世多年,看着我书房里他签名题字的《李商隐诗歌集解》《李商隐文编年校注》等著作,怀想他当年的音容笑貌,有斯人还在身畔之感。幸好刘学锴老师还健在,最近又读到了他皇皇十卷本的《唐诗选注评鉴》。两位先生的研究,让我和李商隐的距离更近了。毕竟李商隐的诗歌好看不好懂,古代就有很多诗人抱怨看不懂李商隐的诗,所以金代著名诗人元好问曾感叹:"诗家总爱西昆好,独恨无人作郑笺。"

作为官员,李商隐是一个人生失败者。他"虚负凌云万丈才",在牛李党争里进退失据,到处依人做幕僚,"一生襟抱未曾开"。他只有写作,借文字逃避政治上的风刀霜剑,借文字浇心中块垒,借文字构建心灵的锦绣山河。那些清词丽句是他人生的安慰,是他的沉醉和酒杯,是他美梦垂下的珠帘,是他孤独时照亮心灵世界的青灯。他是失败者,但他的诗成了大赢家,赢得了世界和万世千秋的鲜花和掌声。

他的诗最好的,应该是那些无题诗中最个性、最现代、最朦胧的表达。正如王蒙所说的,现实主义、浪漫主义、神秘主义、象征主义等等,李商隐的诗里,好像都有。李商隐在千年前就直通现代主义的文学技巧,自然让人看起来觉得突兀,以致有人认为他的诗晦涩朦胧。其实只不过是他善于用曲笔和隐喻,习惯用典故和生活片段来写怀寄托。如对怀才不遇的感慨,他不直说,而是通过一个绝世美女的成长过程,描写他"十五泣春风"的壮志难酬。先写那个美少女,八岁就爱臭美,会偷偷照镜子,画长眉;十岁去郊外踏青,就会穿自己设计的时尚衣服;十二岁会弹筝,才艺无双。这样的绝代佳人,结果落得"背面秋千下"的下场。他不是像李白那样直呼"人生在世不称意,明朝散发弄扁舟",而是慢慢地铺陈铺垫,曲折地展示了他自己才华盖世却英雄无用武之地的境遇。这就是李商隐诗歌的美,婉曲的美,朦胧的美,令人迷醉的美。

他的诗的好,在于那些咏史诗善于放大或摆布历史或生活里的细节,让人体会到不同的感觉。如《北齐二首》里,讽刺北齐后主不爱江山爱美人的荒唐行径,通过"小怜玉体横陈夜,已报周师入晋阳"和"晋阳已陷休回顾,更请君王猎一围"这两个细节,把军情紧急而皇帝依旧醉卧美人怀,导致国破家亡的伤心史,精致而惊心动魄地展现出来。后来,张学良的军队在日本侵华时一枪不放,"博得""不抵抗将军"的称号。著名文人马君武模仿李商隐的笔墨,写下了"温柔乡是英雄冢,哪管东师入沈阳"和"沈阳已陷休回顾,更抱佳人舞几回"的诗句,也算是李商隐在后世得到的最佳褒奖了。

他的诗的好,在于爱情诗的缠绵悱恻、真切动人。李商隐的很多无题诗是爱情诗,或者以爱情诗的面貌表现对理想追求的执着和难以实现的痛苦。写爱情,有追忆,有惘然,有无端歌哭无端笑,有春蚕到死的执着,有共话巴山夜雨的温情,有"万里西风夜正长"的刺骨相思。据刘学锴先生考证,李商隐在婚前已闻妻子王氏美名,并且颇为渴慕,他们的婚姻是很有感情基础的,正如李商隐诗里所言,"相思树上合欢枝"。所以李商隐在与王氏婚前,乃至王氏死后,写了不少忆内诗和悼亡诗。可以说,李商隐的人生,成也爱妻,败也爱妻。他的妻子是泾原节度使王茂元的小女儿,本来李商隐受到老师令狐楚的栽培,结果令狐楚死后不久,他成为王茂元的乘龙快婿。当时唐朝政治上牛李党争厉害,令狐楚属于牛党,而王茂元算是李党。不同阵营的争斗,导致李商隐被人认为"诡薄无行",故不受重用,只能用诗句寄托身世感慨,伤心人别有怀抱了。

李商隐诗歌里的哀婉凄艳之美,确实是动人心魄。如"红楼隔雨相望冷,珠箔飘灯独自归",写的是错过的爱情,你在楼上我在街上,被细雨隔开的距离,是世界上最长的距离;我只能把你留在身后,一个人独自离开。因为错过是世间最美好的注解,解释人生无限恨。

诗人的感情是丰富的,他善于把握伤春伤别的文心,写下内心消磨不尽的万古愁情。李商隐在写给杜牧的诗里说,"刻意伤春复伤别,人间惟有杜司勋",何尝不是给他自己的寂寞和孤单画像!文人多寂寞,文人多不得志,文人多在自己的小径里独自徘徊,采撷生命枝条上开出的锦簇花团。

很多人喜欢把古诗和新诗对立起来,要么觉得新诗不如古诗,要么觉得古诗是应该泼掉的污水。其实,没有古,何来的今?没有前人的艰辛探索,哪有今天文苑的百花满园?我们新诗的起步,也借鉴了不少古诗的传统意境。如著名"雨巷诗人"戴望舒,他的名篇《雨巷》里的名句,"我希望逢着/一个丁香一样的/结着愁怨的姑娘",意象来源于李商隐的"芭蕉不展丁香结,同向春风各自愁",也来源于南唐中主李璟的"青鸟不传云外信,丁香空结雨中愁"。这些古典意象,穿越千年时光,还在影响着中国的诗美。戴望舒在劝告现代诗人林庚不要写格律体新诗时,还曾经把李商隐诗歌翻译成现代新诗。可见,新诗、古诗之间并非楚河汉界、泾渭分明的。

我们不要觉得新诗完全得力于西方的现代诗。其实,当年美国大诗人庞德就是受中国古典诗歌的启发,发动了泽被后世的意象派诗歌运动。意象派诗歌的一度流行,也说明了中国古典诗歌艺术的丰富性、含蓄性、形象性,足以影响西方的艺术思潮,所以我们完全没有必要妄自菲薄,看轻了自己民族的宝贵财富。

李义山的诗,让同为诗人的我觉得羞愧!这么灿烂炫目的珍宝,这么丰厚的文化遗产,我却未能真正消化吸收,未能运用并写出新时代的更加完美的表达,实在是憾事。

风雨江山肠断词

喜欢词的人,不能不谈到李煜词。很多专家学者说李煜是宋词的开山鼻祖,"问君能有几多愁?恰似一江春水向东流""别时容易见时难""自是人生长恨水长东",这样被后人传诵的名句,时常让我们心旌摇荡。李煜,是一个不能守住江山的亡国之君,但他在诗词世界里,被称为"千古词帝",完全可以说当之无愧。

我一直偏爱南朝、南唐、南宋这些偏安南方时代诗人词家的唯美文字。记得以前看过一个报道,说南京被联合国教科文组织评定为世界文学之都。我马上想到,那些定都南京的帝王多少都能写点诗词,特别是南唐李氏后主,更是驰骋诗词江山的帝王。

李煜,是南唐元宗李璟第六子,初名从嘉,字重光,号钟隐、莲峰居士。他出生在南唐国建立的那年,从此,他神奇的一生和南唐共始终。作为中主的第六个儿子,本来皇帝的帽子没他什么事,但皇位幸运地找上了他。除了他的大哥弘冀十九岁时暴病而亡外,其他四个哥哥均早夭,让他捡了个"皮夹子"。据说,李煜少有奇表,广额、丰颊、骈齿、一目重瞳。古人比较迷信,认为骈齿、重瞳为旷世稀有的贵人之相,据说周武王是骈齿,舜和项羽是重瞳。这样的面相,自然让当太子的大哥心生防范。李煜为了避祸,韬光养晦,不问政治,让着哥哥,护着弟弟,把精力放在读书上,用在写诗作词、写字绘画里,这也为李煜搞政治不在行埋下了悲剧的伏笔。

这时候的李煜,身边时时有歌儿舞女相伴,天天享受声色的欢乐。有词《玉楼春》为证:

晓妆初了明肌雪,春殿嫔娥鱼贯列。凤箫吹断水云间,重按霓裳歌遍彻。

> 临春谁更飘香屑？醉拍阑干情味切。归时休放烛光红，待踏马蹄清夜月。

这首词，写尽了他听歌看舞、歌筵舞宴的生活。刚化过妆的歌儿舞女，香肌胜雪，容光靓丽；舞殿中衣香飘荡鬓影晃动，如一条条美人鱼在水中游动；眼前有美人，耳朵里回荡着清歌，鼻子里闻着春夜的香气，口中品着美酒，脚下闪烁着唯美的月光。这是多美的享受，这是多惬意的生活，这是多让人向往的富贵气象。

估计，李煜沉迷在酒色歌舞中，也没想到自己有一天会黄袍加身。太子弘冀在毒死潜在政敌叔叔后，不久也突然病亡，想登皇位的人倒在距离皇位没几步远的地方，李煜这个不想坐皇位的人却顺位成为太子，后来当上了皇帝。李煜继承的江南小朝廷，已经是岌岌可危了。他的父亲李璟已经向北方的后周称臣，到他当皇帝的时候，更是遇上虎视眈眈的宋太祖。李煜没有雄才大略，在"卧榻之侧，岂容他人酣睡"的霸气面前，只能低三下四、忍气吞声，想通过自贬"江南国主"、屈膝纳贡等形式换取小朝廷的苟延残喘。宋太祖怎会理睬李煜的那一套把戏？他要的是一统江山！宋军很快就挥师江南，李煜这个词人皇帝，没有救国的能力，只能束手成为阶下囚了。昔日的荣华富贵，已成为小楼昨夜的东风。

李煜成为亡国奴后，被宋太祖圈养在当时的汴京（今开封）。表面上，他被封为违命侯，享受王侯一级的待遇。但李煜的生活是受尽屈辱的。举几件事就可以看出来。宋太祖在一次设宴的时候问李煜，听说你在江南的时候喜欢写诗，要不要念一首你最得意的诗给朕听听？李煜就念了一首旧作《咏扇》："……揖让月在手，动摇风满怀……"宋太祖听后，称赞道："好一个翰林学士！"这其实是取笑李煜没有本事当皇帝，只能当天天舞文弄墨的学士。

继任的宋太宗，有一次带着李煜到崇文院去看藏书。宋太宗指着陈列满库的藏书说，听说你在江南好读书，这些书有很多是当年从你的宫殿里拿来的，不知道你读过多少，现在还读书吗？李煜一听，顿时满面羞愧，一句话都说不上来。

这样的俘虏生活，让李煜只能每天"以眼泪洗面"。当然，他可以选择蜀汉后主刘阿斗的路子，说"此间乐，不思江南"，但他做不到，他心里有江南，有怀念，有哀伤。在无法与外界接触的府邸生活中，李煜的抑郁和痛苦只能通过填词发泄出来。国破家亡后的李煜,词作的艺术水平迈上了前无古人的高峰,被称为"一字一珠"。写《人间词话》的大学者王国维最称颂李煜的词,他说:"尼采谓一切文字,余爱以血书者。后主之词,真所谓以血书者也。"

古人说过:"国家不幸诗家幸,赋到沧桑句便工。"李煜不幸生在帝王家,不幸无力扭转乾坤,不幸只能生活在忏悔的眼泪里,只能以诗词打发生活。苦难成就了词人,站在人生不幸的高度,李煜词一洗花间词的香艳之风,有了感慨,有了眼界,有了人生永恒与无常的感悟。

如他代表作之一的《破阵子》:

四十年来家国,三千里地山河。凤阁龙楼连霄汉,玉树琼枝作烟萝,几曾识干戈?

一旦归为臣虏,沈腰潘鬓消磨。最是仓皇辞庙日,教坊犹奏别离歌,垂泪对宫娥。

这首词以今昔对比,写尽了心中的声声血泪,道出了人生的无常。生于深宫之中,长于妇人之手,李煜哪里懂什么逐鹿中原、王霸天下?作为俘虏,想起辞别江南的情景,一个曾经言出法随的帝王,如今树倒猢狲散,只有垂泪的宫娥相对,只有送别的离歌钩愁,这是何等悲苦。这是何等凄凉!千载之后,令人读了还是感到哀婉欲绝。

我觉得,李煜悲苦的人生里,唯一的亮色是爱情。李煜收获了一对姊妹花——大周后和小周后。李煜流传至今的三十多首词里,至少有一半是写给她们的。她们是上天送给他的安慰,姐姐娥皇和他结为夫妻十年后早逝,妹妹女英则在李煜被宋太宗毒死后没多久抑郁而终。在娥皇生病的时候,李煜早晚视疾,药非亲口尝过不给她喝,甚至晚上为了照顾她,衣不解带,有几个帝王能做到?妹妹女英在李煜被俘后与他朝夕相伴、相依为命,相互擦拭对方的眼泪,死则追随而去,这是何等的真情?有情人,收获了世间最美的真情。一对苦命鸳鸯,一段断肠词话。

在李煜死的消息传到江南后,不少地方的街巷都传出了哭声。皇座都是由累累白骨铺成,得到民心的李煜,却得不到上天的眷顾。一个人家没了、国没了,心心念念的江南也回不去了,李煜只能把满腔心事和着血泪写进词里。他的词,用最美的语言,将后世的我温柔地刺伤,让作为读者的我,仿佛经受了李煜一生的幸福与断肠、爱与绝望。

（徐春芳,男,中国作协会员,安徽省网络作家协会副主席。出版诗集《颂歌》《雅歌》《江南》,散文集《风从故乡来》,作品被翻译成英、日、意、希腊、阿拉伯、塞尔维亚、罗马尼亚等语种。曾获得意大利梅莱托国际诗歌奖、亚美尼亚2022年度国际文学奖、黎巴嫩国际文学奖、希腊文学艺术院2021年度国际最佳诗人、中国诗歌春晚2021年度全国十佳诗人、中国华语诗歌春晚2020年度十佳华语诗集、安徽省政府社科奖·文学类等。）

灯下录系列

李俊平

我很忙，我不去

人生若有千般苦，雨夜里的孤寂算是其一吧。

《古诗十九首》里有诗句："昼短苦夜长，何不秉烛游？"雨夜秉烛不合时宜，于是读书，不为书里颜如玉，只因读书能让内心安定，了然生命里的诸般苦乐如天气一般，晴雨发乎自然。明了这些道理，苦乐便成人生里的寻常事了。

《我们仨》是杨绛先生九十岁时写的一本书，记叙了他们一家三口的苦乐生活，回忆了她与钱锺书先生的前尘往事，点点滴滴，读来让我辈心生羞愧，甚至是一丝丝的羞耻。

这种刹那的羞耻会在阅读的过程中让杨先生的文字给荡了去。老人家悲悯，不愿带给别人一点不安，哪怕是你自个儿内心里生发的那一丝羞耻感，她也不愿。他们在苦里寻乐，对困难微笑，对生活永远保留着那一份童真与天然，他们相爱。其实有多少人真正懂得相爱的意思啊？杨先生说："我隔着他的肚皮，也能看到他肚子里翻滚的笑浪。"

王国维在《人间词话》里论诗文的境界说到"不隔"，钱先生也写了篇文章《论不隔》。先生说，"不隔"不是一桩事物，不是一个境界，是一种状态，一种透明洞彻的状态。我想相爱就是不隔。

看《我们仨》里的记叙："已经是晚饭以后，他们父女两个玩得正酣。锺书怪可怜地大声求救：'娘，娘，阿瑗欺我！'"钱先生调皮地喊杨绛先生为娘，你会觉得《围城》不是他写的。我没有一点怀疑,心有戚戚,爱到"不隔"妻似娘,这声娘是从心里自由生发的。一个极度"天真"的内心与一个极度睿智的大脑集于钱锺书一身,所以,魔鬼才会夜访钱锺书先生。

黄永玉写了本书,叫《比我老的老头》,看完才知道这十几个老头都是比他老的大师。一个人能与这些大师同时有过交集,不成为大师才怪。他在这本书里写的第一个老头就是钱锺书,书里写了钱先生这样的一件事。

"文革"的时候,上边忽然通知学部要钱先生去参加国宴。办公室派人去通知钱先生,钱先生说:"我不去,哈!我很忙,我不去,哈!"

"这是某某领导点名要你去的!"

"哈!我不去,我很忙,我不去,哈!"

"那么,我可不可以说你身体不好,起不来?"

"不!不!不!我身体很好,你看,身体很好!哈!我很忙,我不去,哈!"

海棠无香

人生不知觉地走到了五十边上,夜里睡不着,陡生感慨。

二十几岁,觉得人生遥远,读书、恋爱、成家、育女,生活像一辆直达车,未曾停顿地到了三十岁。三十岁用季节来比喻,似乎是人生的夏天,该心怀揽月捉鳖之豪情,身如动兔之矫捷,但上天眯眼打盹,带走了大我两岁的哥哥,于是生命的季节陡然坠入秋季。心在夏天里老了下去,人生忽如远行客,我开始飘零与荒废,沉迷于茶烟、牌桌,看相书,浪荡机关江湖。江湖夜雨十年灯,这灯下映照的是我人生的荒漠。

四十岁,有了惊悚感。揽镜自照,脑空肠肥,满面俗容。厌倦了,包括四十岁的自己。于是素食,于是运动流汗,且把中年换少年。在心里为自己点亮一盏灯,不为别的,只是温暖自己。像暗夜里的流星,即使坠落,也要带着那一抹光明。

书看了不少,囫囵吞枣。枣不咬破不甜,书不读破不知其味,于是破枣式读书,读出的不是枣味,而是人生的况味。仿佛茫茫人海,人海里什么也没有,茶烟升腾。亦如繁华街道的转角处,歇脚的旅人轻微的叹息。

守住寂寞,耐住清贫,谈何容易?这不是一个崇尚寂寞与清贫的时代,甚至是排斥寂寞与清贫的时代。板凳已坐十年冷,文章句句还是空。

以致近来颓废、恍惚与懒惰。颓废是忽然觉得干什么都没有意义了。以前曾经傻傻地想过人生的意义,想过之后知道人生所谓的意义只是一种自我安慰罢了,豁然了几年之后,如今这种独自颓废的感觉却又卷土重来。来了也就来了,竟让人忽生恍惚,仿佛所有的努力与坚持只是打发时间的一种方式,亦仿佛那穿越时光的自我在刹那间被否定。于是懒惰。用懒惰来背叛时间,让时光的流逝,一如午后卧在沙发边瞌睡的猫,我不惊扰,它便不动。阳光半明半暗地透过窗纱,不惊心。

烟抽得凶,所有的热烈都化成了淡蓝色的雾,旋转,升腾,而后找到一个方向透迤而去。它去哪了?仿佛一场偶然的相遇。院中的树在落叶了,踏上黄叶,听见碎裂声。凋零其实不是颓废,颓废是沉闷,甚而是无动于衷。

张爱玲说她有三恨,一恨海棠无香,二恨鲫鱼多刺,三恨红楼短篇章。说出来的恨,哪里是恨啊,是叹息,是一个走过长长人生路之后的张爱玲的深深的叹息。这叹息不是哀叹,只是有那么一点惋惜。惋惜什么呢?哪里是海棠无香,哪里是鲫鱼多刺,与红楼又有什么干系?

眼前如有罗成在

院里靠墙的蜡梅开始落叶了。

枝丫底部的已经泛黄,金黄的叶片飘落在地面,我心情不好,拿扫把扫了。抬头,看见枝丫上已长出了如豆的花蕾,忽然觉得人生真是碌碌无为。

晚饭后开始下雨,忘了收回家的鞋让雨水淋了个透湿。冬天的雨静悄悄的,像一只黑猫从院墙上落下来,在屋里不觉是下雨了,除非看见。靠窗边的茶梅由于夏天打了盹,此时的花苞长得不是那么饱满。蜡梅新生的枝条上布满了暗黄的花蕾,雪下来,它就会盛开。梅香和雪同品,让人神怡。同品,我是说,就是那意思。

同事老童说,他家的茶梅开花了,说着还从手机里调出茶梅开花的照片给我看。几朵大红的茶花像遇见喜事一样,开得欢乐。我说,老童,你有喜事,本该明年春上开的茶花,在这小阳春里开了,是好事催的。老童乐呵呵的,他个子高,转脸还在笑,我就看不到了。

我家的茶梅也会开花的。我在想茶梅开花的时候我要不要也拍几张照片。

昨天气温陡降,想着得抽空回趟老家,把母亲的电热毯给铺上。不把母亲安顿好,我做什么都心神不定。夜里看书,书是书,我是我,眼在读书,入眼没入心。窗外的风呼呼地吹,母亲的老屋会有许多的空隙让风穿过。做梦了,梦见从小一起长大的一个叫花的女孩,用笔在母亲的脸上画出了一个圆圈。醒来觉得怪。

母亲怕冷,电能温暖冬天。所有的电器母亲都怕动。给母亲铺好电热毯后接好专用插座,交代母亲只摁插座上的那颗圆形的按钮,灯亮了,就开了,灯灭了,就关了。说完,我看着母亲,母亲的脸上还是为难。我让母亲试试,再试试,直至母亲脸上紧张的表情渐渐地松弛下来。母亲紧张的表情好似绑在我心上的绷带,母亲放松了,我则些许心安。

夜里姐姐从外地打电话给我,说母亲后院的水管在漏水,让我回家看看。一夜没睡好,第二天冒雨回家。母亲埋怨姐姐,我听出是母亲想姐姐。我叮嘱母亲,和姐姐多说安好,好说多了,好就来了。子女于父母,所谓孝,更多的是求一个心安。老母安好,则儿女安心。孝是道,这道里藏有万千子女的不安。

周六又下雨,滴滴答答下了一整天。院里蜡梅树的叶子黄得更快,前几天还是部分在变黄,这雨一落,叶子的绿气也散尽了,满树黄金。一个人在家,忽然想听京剧,听的是《三家店》。这是父亲爱听也爱唱的一个段子。父亲临终时,失言多日,手招着要说什么,围着的亲人们问了许多样,父亲只摇手。我问父亲是不是要听京剧,父亲竟然点头。当时我用手机放的就是《三家店·三家店中上了刑》这一段,父亲听得脸上宁静,左右眼角却滑下两滴泪水。今日听来,我亦泪水盈眶,不禁忧伤萦怀。

"眼前如有罗成在,哪怕杨林有百万雄兵。"戏文栩栩如生,父亲不在已近十个年头了。

银杯与瓦碗

宋朝罗大经的《鹤林玉露》,有《奸富》小文,录如下:

> 本富为上,末富次之,奸富为下。今之富者,大抵皆奸富也;而务本之农,皆为仆妾于奸富之家矣。呜呼,悲夫!

这是八百年前罗大经的呜呼声,现今响得更甚。有些事时代变了,事物也发生了变化;有些事,即使改朝换代已几百年过去了,则一直都不会变。人性难逃自身的窠臼,人类历史会发展,思想与科学会进步,人性则惰性十足,原来是什么样,现在依然是。

《鹤林玉露》有《老瓦盆》一文记:

昔有仆嫌其妻之陋者,主翁闻之,召仆至,以银杯、瓦碗各一,酌酒饮之,问曰:"酒佳乎?"对曰:"佳。""银杯者佳乎?瓦碗者佳乎?"对曰:"皆佳。"主翁曰:"杯有精粗,酒无分别。汝既知此,则无嫌于汝妻之陋矣。"仆悟,遂安其室。

我觉得此文好玩,所以录了下来。既然身为仆人,平时恐怕难得有酒可饮。即使逢年过节,在家中小酌,一定也是瓦碗装烈酒,大口喝。也一定想过银杯饮酒是什么味,也差不多在微醺的时刻想过貌美的妇人。主翁不似仆人,平日里,银杯金盏、三妻四妾,饱汉不知饿汉肚子里是怎么响的,脑子里又是如何想的。忽一日主翁惊闻仆嫌妻陋,他通过实践检验了的真理,觉得有义务告诉家仆,要把他的非分之想扼杀在萌芽状态。道理是那个道理,主翁问,酒佳乎?仆答,佳。同一种酒用不同的杯具饮当然没有分别,但不同的酒呢?好可爱的主翁,富家不知稼穑苦,你喝的酒能和他平时喝的酒一样吗?

"仆悟,遂安其室。"喜欢这句,翻译成白话文就是,我明白了,再也不会去胡思乱想了。

也对,找个理由让生活相安,银杯与瓦碗一个样。

愁心如禅

愁是秋心,是说一个人明白什么是愁,心就入秋了。

心一入秋,才明白世间万事,躲不过的是"凋零"二字。万物凋零则愁心起。

古人写愁,说少年不识愁滋味,爱上层楼。老是上层楼干吗?因为层楼上有白发长衫者在饮酒吟诗,叹江水东流。就像乡间的道场,大人集聚的地方总要钻进几个打闹的孩童一样。上层楼,是少年的春心萌动,无处着落,从热闹里寻寂寥,以为愁是高楼上的香茗。少年连愁的边都没摸到,就从层楼上嗒嗒地下来了。

从层楼上下来的少年,随着年岁的增加,谈过一场轰烈或平淡的恋爱,结婚生子,生活的重担遽然压上双肩,于是不得不为生计而四海奔波。一晃,时光如电,不觉已是人到中年,父母年迈,汝独身在外,秋心渐起,此时,落红万点愁如海。

《诗经》里写得最不落痕迹:"陟彼岵兮,瞻望父兮;陟彼屺兮,瞻望母兮。"意思是:登上有草的山岗,遥想我的父亲;登上荒芜的山岗,遥想我的母亲。为什么想念父亲登上的是草木葱茏的山岗,而想念母亲登上的是草木荒芜的山岗呢?

此时的愁重了,船载不了,海纳不下。李颀说,"请量东海水,看取浅深愁"。女性愁量小点,李清照叹息,"只恐双溪舴艋舟,载不动许多愁"。到了这时候,看花花愁,看水水愁,看自己,人比黄花瘦。瘦是秋风秋雨,愁煞人。

写愁李后主当属翘楚。"问君能有几多愁?恰似一江春水向东流。"丢了江山的人,谁能和他比愁?夕阳楼上山重叠,未抵春愁一倍多。愁心如海。

诗家的愁毕竟是纸本里的文字,只适合闲愁顿生时以慰秋心。

等到世间的事经历个遍,身如昃晚人将老,就什么也不想说了。秋已入心,天就凉了。天凉了,冷暖自知,手笼在衣袖里,缩着颈子走在落雨的街巷里。就是避雨,也尽量选择无人的廊檐;遇见谁,都侧着身子让过,秋心如禅了。

(李俊平,笔名东湖,现居安徽望江。作品主要有《大地上的九座村庄》(与人合集),《散文中国·散文新锐九人集》,散文集《时光的划痕》。作品多刊载于《天涯》《清明》《安徽文学》《岁月》等杂志。曾获安庆市首届作协奖、安徽省作家协会首届散文大赛奖、安徽省作家协会第二届小说大赛"古井杯"江淮小说奖。)

唐朝的树

高晋旭

从没想过，会和唐朝相遇在一棵树上。

或许生活本身就是形而下的哲学叙事，琐琐碎碎，使人无暇顾及许多云蒸雾绕的问题。我想哪怕是遇到，更可能是在一条河、一块瓦，或一段斑驳的古巷，也有可能是一截发白的垛口。没想到，却是守在吕梁支脉马跑泉村古道边的树。这里有很多古树，其中有一棵一千六百多年的树。站在树下，我思索着它是怎么走过这一千六百多年岁月的？活了这么久，我甚为震惊。我想它一定和众多文学的母题一样衍生出许多善男信女的传奇故事了吧。它是否见过隋末的弓弩、唐初的马蹄？它弯一弯腰，一个朝代就翻上了历史的马背，它是否见证过秦王李世民的威武，抑或听过杨玉环和唐玄宗的爱情故事？它的身体是否拴过玄奘和尚的白马……因为这些古树，马跑泉村，这个始建于隋末唐初的古村落有了李唐的姓氏。

在历史的起承转合中，三晋大地行走着一个又一个朝代，李唐就是其中之一。在秦王的马蹄下，从山西杀出一片天，开创了近三百年的盛世。突然，我意识到，那个时候它应该只是棵小树。树不可能和人一样，什么都追寻个印记。人是爱好留印记的，什么千古留名，什么流芳百世，现在的人更是连出生时的脚丫都拿出去印了。一头熊、一只虎从森林里走过去，再正常不过的事，都要量一量人家的脚丫有多大。历史是一棵树，历史上走得最远的和尚要数玄奘，但我想他不可能磨破鞋底子从长安过黄河专门来爬这座吕梁山，来看一棵普通的小树。树没有鞋，树也不能行走，但一千六百年来，白马应该是拴过的，也可能还拴过一头灰驴，或几只云朵似的山羊，甚至一头野猪。谁能给出答案呢？沧海一粟，时间只是一朵浪花。这些繁华千年攀缘巍峨的虬枝，我无法想象它们青年时游弋盛世的模样。可能是"飞流直下三千尺,疑是银河落九天",可能是"两岸猿声啼不住,轻舟已过万重山",总之,金戈铁马气吞如虎,李白的诗寄居在唐朝的树顶,风流倜傥,留给后辈仰望争奇斗艳的名分。唐诗总能给予人韵律,像首歌。这时我跨越岭坡,浓缩在眼前这棵参天巨树,整个唐朝蹲在枝枝权权上。仓廪实而知礼节,饱而歌,仓廪满了,诗歌就结实在盛世的大地,结出精神的穗儿,能不优产精神食粮吗?虽然,我并没见过它开在盛唐的样子。站在树下,我会误以为我也是唐朝的子民。那么多优秀的诗人涤荡着文学的时空,我想,像我这样笨拙的人,怎么可能是唐的子民?儿时背诵唐诗,是件难过关的事。一首《画》背到晚上 9 点半还没背下来,一到严厉的爷爷那儿就卡壳,一首诗背得磕磕巴巴。爷爷有早睡的习惯,熬得受不了,把课本往树上一砸,吓得我像鬼一样缩起肩膀,他大喊,我都背会了,你还没背会,趁早别念了。我对背唐诗等事宜充满了畏惧。初中班里有个爱看小说的长辫子女生,她的辫子过了腰,摔摔打打,她的嘴和辫子一样会背很多课外诗,诗词有韵律地从她嘴里像一窝老鼠一样叽里咕噜地爬出来,摔摔打打,简直是个诗词簸箩。那段时间突然爱上了诗词,经常在图书馆找古诗词,零零散散的。一时间发现了身边有这么个宝贝儿,就央求人家在我的作文本反面那些隐隐约约的绿格子上默写古诗词。"葡萄美酒夜光杯,欲饮琵琶马上催。醉卧沙场君莫笑,古来征战几人回?"得意之时,她还带讲解诗人生平事迹。订婚时,媒人一句"李白乘舟将欲行,忽闻岸上踏歌声。桃花潭水深千尺,不及汪伦送我情",一下子把我带到了一个桃花盛开芬芳馥郁的山谷,李白立一舟上,我一时间走了神,不知道过了多久,被旁边的人一把推醒。时至今日,每当触景生情,时有唐诗朗朗上口,把一个个眼前的物景怀想成诗歌的意象。唐诗的魅力无穷,给予我繁重飘零的生活以沉稳,让我在淡薄的世间多了一个桃花源。俗话说,美人在骨不在皮。唐朝如果是美人,那大抵是美在诗上。从唐朝拉出来的女子,哪怕素颜,有了诗歌的加持,就是香草美人了。我一直相信唐诗有一口整洁的牙齿,吞吐着时光,嚼烂历史的苦涩,溢出果实的芬芳,才孕育出了宋词里的豪放和婉约。这就是唐诗的美,大唐的美。

仰望这棵从唐朝走来的树,我想把自己埋进根脉里,无论是一张纸,或者是谁家铆在缸上的两脚钉,都可以。可我只是千百年来的一个过客,我说话的样子,在树看来,和驴嘶马嗲没什么区别。

唐,在历史上却不是一棵小树。树就在马跑泉村通村水泥路一处爬坡拐弯处的坎上。树干粗大笔挺,青苍巍峨。石板铺路,石块垒墙,不只有豪放。唐朝,必然是一个诗意的起点。唐诗三百首,三百个星辰在黑夜里,那些唐诗都是来自石头的歌声,隋朝、唐朝,春夏秋冬,多少个日夜交替中,翻开新的一页。古寺名刹,不属于这里。古老到钟声不闻,这里只是静静的。一个个守山人就是这里的信,就站在树下静心。许多名山大川,不仅有着悠久的历史传承,里面的一砖一瓦、一树一木都是有着历史韵味的。

唐朝是一个时间的矢量,也是烟火人间的一个坐标。树上挂了很多祈福的红色形如燕尾的字条,窄窄的,累累硕果,绾成云霞,有的写着"有情人终成眷属""金榜题名""恭喜发财"。本以为古村落鲜有人迹,看看这些一部分人留下为亲人祈福、为姻缘祈愿的字条,在具体嘈杂的生活中,把日子过在了唐朝的树上,和一棵树相连,生活于流俗之上,最早的诗歌不就是为了记载生活吗?生活在唐朝的这棵树,一段段历史的区间里,结的是安民纳福的朝拜,承载着黎民对生活的希冀和信仰。时间在这个村庄,和这里变化多端的天气一样,任性,多样。度过几个盛世,度过几个劫难,哦,我明白了,它不是人间的小树苗,它只是与天地同呼吸。繁华与错愕,都与它无关。

无论如何,历史还是以文字的形式盘根错节于天地,在山路十八弯里奔跑着的女书记,上山下山,奔前跑后,她把自然村联结起来。树拴马、拴牛、拴骆驼都无妨,拴一粒谷,拴一颗麦,拴一个人的村庄,拴什么都是好的,只要有用。树悄无声息地走在一代代人的前世今生,十年树木,百年树人,有没有一个人在树下或牵着驴,或托着果子,在来去间触景生情,怀想这棵树的命运,那会是什么样子呢?人生短短几十年,这点年岁在树龄面前显得捉襟见肘,可人总要活着,活着走在树前头,自诩为天地间的灵长,最高级的动物——人,还活不过一棵树。人在树前,不过是脱了壳的麦子、倒下的青稞、满地打滚的雨点子、四处撒泼的驴,和院子里的鸡狗鹅鸭一起,嫁一辈,娶一辈,等一辈儿女当家,再变成一粒米、一颗豆,种植在村庄的大地,这棵树的脚下。匍匐于天地之间,村庄还是村庄的模样,麦换了一茬又一茬,人换了一代又一代。好在,这里的人,挽留了村庄出走的脚印。女支书的丈夫去世了,这已经是很多年前的事。她把密密麻麻的日子缝进山里,缝进这个村庄,把每一个心愿种进大地,守着树,就是守着生活。就像每块石头消失在墙里,就像麦子种了消失在大地,村子在一代代人手中书写,又一代代消失。同行的老师说,年轻人都出去了,你也可以出去。她说从小在这里生活,每个沟沟岔岔都熟悉,总要有人留下来陪着。我想,她一生用脚走过的地方,就是诗和远方,用眼睛丈量过的山峰云朵就是诗和远方了。她守着古村落的一行诗——马跑泉村,这种坚守,何尝不是我们的诗和远方呢?这棵树代替她站在俗世瞭望,伤疤里重新长出来枝条,我突然明白了这九曲回环的山路,这腾云挪闪的虬枝。这个女人活成了村庄的注解、树的注解。她注解着村庄,村庄注解着她,顺带注解了时光。五十多岁,看起来像三十来岁,山上的女人都是不显山露水的。岁月只是安安静静地伏在山里,伏在古村落里,当然,还伏在动辄千年的树旁。我沉浸在女支书的遭遇里,阳光下,一束绿芽的手从石缝间蹿过来像只壁虎趴在石墙上,一瞬间发现大家往上走了,两边石块垒起的墙比我还要高,石板道立起来,我背着包穿梭其中,像一个在碉堡里疾行的士兵,一节一节的啃边的方石像历史的甬道。因为窄,在这里我只能向前看,不敢转头,可我不确定身后的安全,后脑勺恨不得长出眼睛。在枝干上繁衍,拴了红布条,像一座阿房宫的丫鬟,唐朝的女人是丰腴的,有女人的村落就有了韵致。每个朝代都离不开女人。想到这里,我心里终于有了温暖。

在这里没有遗憾,青砖灰瓦,古色古香,没有擦肩而过。马跑泉村依山而建,房屋呈阶梯式分布,聚落间层,时而闲云,时而小雨。一棵树从广泛的光中,提取出诗词的意象。诗词已经是唐朝的一个器官,就挂在这棵树上。妇人拉着孩子幼小的手指,边给小孩剪指甲,边在一堆历史的竹简里翻出马跑泉的故事。隋末,李世民兵败逃至此地,退路难寻,人困马乏,饥渴难耐,这时他的坐骑一声嘶鸣,昂首跃起,用前面双蹄朝地上猛劲一刨,瞬间一股清泉喷涌而出。李世民见此大喜,便命名此泉为马跑泉,也叫作马趵泉。现有石碑做考证。历史在树下走,走了一个又一个朝代,子民一代代,它肥腴的枝条从久远的时空里伸展而来簇拥着悠长的岁月。

穿行古村,会时不时看到,石碾石磙、犁耧耙耱、扇车推板等传统农具,石砌的房屋窑洞几乎遍布,原始的农耕方式还在这里进行。为了古道,过驴车,我们在"歪门邪道"边休息,我不自觉地靠在拱起来的石头上,夕阳晒得暖暖的,熨帖着后背。村支书说,这墙角的石头都是圆的,让羊蹭圆的。一千六百年磨下来,石头盘得发亮了,如果推它一把,一定会滚下山去。我往她说的深山看去,没找到她说的羊,但我在目光的巡视中看到了山林间,自己和村支书、古村落与石板路,都是这么渺小。

如果说唐朝是古村落的根,那么打花鼓风俗就是古村落的繁花了。进了门,是个二层四合院。缘梯而上,二楼隔了很多间,有股小时农村土炕的潮味儿,放着一个扫帚疙瘩、枕头和布艺坐垫,看得出来都是自己做的,还有一个房间放着笔墨纸砚,悬挂了不是很成熟的字画作品,乐器房里单放一张古筝,所有的房间墙壁上都有秸秆编成的席子扎在墙上,别有一番生活的滋味。我猜想主人平时住着,我们来了,故意躲了腾出房子让我们参观，也不知道会从哪个屋子里出来一个人吆喝，吃面了或者吃饺子了。一个房间有没有主人，是一下能感觉出来的，麦秸墙壁大红灯笼都吸收了人的气息，然后再由房子散发出来，这是一种长期的浸润。

我大概是着迷了，阳春长腿，杯子离了手，猜想该是在树下，只好沿着蜿蜒而来的想象一路小跑回去。可我找不到那棵树了。我发现古村落更像由石头围成的，石头就是村子的皮。我四处突击也没找到那棵树，好在途中找到了杯子。队伍已经抵达类似农家乐的地方，从很古朴的院子慢慢飘出炖鸡、烤羊肉串的味道，我终于看到村子包裹下的肉体了。虽然每个村庄都定义过姓氏，在这见过一匹马如何？没见过又该当如何？马腿是腿，羊腿也是腿，毛毛草自然也是村里的腿。我们坐在长廊里吃西瓜，凳子边上来一只鸡，活鸡飞上来了，两只爪子抓不牢，像踩了高高的盆底鞋，不敢落脚。氛围很好，让我想起"丰年留客足鸡豚""拄杖无时夜叩门"的诗句。民以食为天，鸡也不例外。而这只鸡从杜甫的唐诗里伸脖来鸽了口瓜吃。然后，我们吃了它，吐出来的骨头埋在树下，就是屹立在时光里的树。

树是不会轻易离开村庄的。我想，下一个春天，该有一树槐香，把那些巍峨的山温暖，让那些飘零的时代依靠，让那些孤零零的人儿立于天地之间。有人的坚守，这里，会越来越好的。唐朝的树，替在世俗的人看山林炊烟，满怀人的寄托，福佑一方可能是人的想法，人把自己的想法看成树的功德，而我看到的只是一棵树，来自唐朝还活着的树，活过人的树。这世上还有许多树，长得歪瓜裂枣，东倒西歪，像喝醉了，但都活着。活着就是人间惆怅客，岂有岁月可回头？一千六百年蓦然回首，什么样的终点才能配得上颠沛流离的日子呢？一株植物，一种文化，生生不息就是最大的雍容华贵，年年活着，就是最盛大的样子。

（高晋旭，山西省作协会员，多篇作品入选年选本和高中"文学类阅读理解"试题。）

两行集

金蔷薇

赵 昂

1

羊之替罪
必是虎狼所迫

2

人把脸面看得最重
猴子转过了屁股

3

凡能产生快感的
都会一朝致命

4

当羊披着狼皮招摇过市
狼会咋想

5

一撇一捺一个"人"字
如何区分大写小写

6

靠得最近
往往隔得最远

7

跟随庸常思想
就会陪着世俗跳舞

8

可有可无
必是冗余

9

缺少底气的呐喊
连风都懒得听

10

无能与无能为力
最好不要混为一谈

11

鱼儿的挣扎
不叫欢腾

12

两个人的孤独
最是无可言状的落寞

13

所谓宠物
有几个不是蠢物

14

我是我的见证者
又是我的旁观者

15

同走一条道
各怀各心思

16

谣言
总是比真相抢先一步

17

鱼儿的自由
休止于诱饵前

18

每当心口不一
嘴巴总会占据上风

19

唯至暗
才能孕育高光

20

爱与不爱
绝非一字之差

21

被什么主宰
就会成为什么鬼

22

妙在说不清
难在说不清

23

很难与牛人打成一片
很容易与俗人推杯换盏

24

远光
不等于远见

25

放火拱火
为的都是火中取栗

26

手机越来越好
通话越来越少

27

理想的现实生活不过是
七分烟火气,三分书卷气

28

朋友一旦翻脸
可能比对手更狰狞

29

前景黯淡时
应该回头找路

30

有时候,无厘头恰恰能折射出真相
在看似漫不经心、吊儿郎当、玩世不恭的背后,呈现的是现实的倒影和人生的无奈

31

你是一粒界外球,是待在场外冷眼旁观,还是等待被重新捡起,扔回场内
——一个有趣的意象和无趣的话题。

32

假道学就是假正经
冠冕堂皇不过是那只捂住嘴巴的口罩

33

你看我可笑,我看你可笑
可笑不可笑,谁哭谁知道

34

人的定力常常集中在四个点上
经得住诱惑,坐得住板凳,赶得走无聊,耐得住寂寞

35

读书有时很像挣钱,你读得越多,越觉得自己读得太少——
其间饥渴与清醒,来自眼界的开阔和胸襟的拓展,与纯粹的金钱性贪婪有本质不同

36

如果守法的成本大于违法的成本
法理何在?法有何用

37

善,是一种关联
恶,是一种排斥

38

寂寞,说出来就不寂寞
沉寂,写出来即不沉寂

39

一棵树,长多少片叶子,雨不知道,树根知道
一棵树,落多少片叶子,风不知道,树枝知道

40

婚姻只有实用性,没有观赏性
隐私则恰恰相反

41

谁都可能出卖你
包括你自己

42

在坚持真理的问题上
有的人缺少能力,有的人缺乏勇气

43

爬是一种姿势,一种动作,一种高度
它既是生理的、物理的,也是心理的、伦理的

44

自己是自己的倚靠,叫自立;自己是自己的敌人,叫自省
自己是自己的手段,叫自强;自己是自己的目的,叫自胜

45

不尊重历史的人,也不会正视现实
更不敢面对自我

46

看到了自身的缺陷和不足
就依稀看到了自己完美的影子

47

遇到有觉悟的人,你的善良、忍耐、谦让、宽容等等美好德行
才能产生显效,才有价值

48

芝麻,未必节节好
但一定节节高

49

你比梯子高,是梯子的
期望所在,价值所在,意义所在

50

书生气往往是
文气、正气和迂腐气的混合物

51

现实之上的是仙境,现实之下的是魔境
现实之前的是梦境,现实之外的是幻境

52

体谅或者原谅,均基于将心比心
人类的优胜之处常体现在人性的层面,终究是"丛林法则"之上的闪光点

53

网络上似乎不存在(在乎)错别字
你正经八百循规蹈矩,反倒显得落伍了

54

金鱼儿的自由度
取决于鱼缸的大小

55

高尚
就是为了别人的存在而存在

56

人生如茶饮
先出滋味,再出境界

57

对外人不乞求,对家人不强求,对自己不苛求,对人生不奢求
一生何求

58

毛驴的叫声虽然不悦耳动听
却是劳动号子,高亢、自然、舒畅,不做作

59

活好自己
就是对你爱的人和爱你的人最大的爱

60

人生悖论之一
往往阅人无数,傻傻看不清自己

61

若隐若现构成基本的诱惑
可望而不可即则是更大的诱惑

(赵昂,男,作家、教授,著有《正确的废话》《二指禅》等杂著20余部。现居合肥。)

麦香遍野（组章）

王光中

五月的麦地

五月。乡下。后坡地。

对视一株拔节的小麦，静默而专注。虔诚于一块熟稔的土地，我是掏心掏肺的。

回归。在场。敬畏童年的口粮，有一种仪式感。

麦子生长的过程，即为一种生命的轮回。

拔节，让我想到疼痛的生殖；扬花，让我想到灵动的锡箔；灌浆，让我想到甘甜的奶水；抽穗，让我想到青春的火把……

围拢着五月的麦地，潺潺的溪流，郁郁的林木，缓缓的岭风，以及殷殷的目光。

饱满的麦粒，岭坡独有的信物；宽敞的麦场，乡村富有的舞台；厚实的麦垛，村庄特有的标牌。

与一株小麦，有着零距离，侧耳倾听。小麦的唇语，是母亲朴素的方言的叮咛，柔和且温暖。

阳光如炬，永远明亮着。麦芒，闪光的语言，汇集汗水的因子，咸淡相宜。

五月的麦地，鸟鸣也是金色的。扇动的翅膀，激起一浪一浪的金波，汹涌着村庄的海岸，充盈着心湖的堤坝。

五月，在乡下。

我的胞衣，连着小麦的根系。给予麦子营养的泥土，我命脉延续的胎盘。

五月，带上我的诗集——《小麦一箩筐》，坐在向阳的后坡。一页一页地，念给我留守于麦地的老父亲听。

泪水盈眶,唇齿生津,麦香遍野……

雪后的麦地

雪落岭头,青青的麦地被一块一块地素描,简约的散板,散淡的景致。

田畴的轮廓在凛冽的寒风中变得有些模糊。埂头的衰草一波接一波扩大着乡村的空寂。鸟雀失声,溪流喑哑……

雪后的麦地,是我搬不走的家园。我童年的口粮,就产自这一亩三分地里。麦子如娃,娘亲呵护有加。

雪后的麦地,以方田为稿格,以麦苗为诗句,书写出一行行或一列列。而作为小麦们拉练的沙场,有着梯度的埂坡,又怎能挡住"绿军"前行的步伐?和着岭风的号令,麦子们步调一致,日夜做着"冬练三九"的体操……

天国的雪仙子,明眸皓齿,飘至岭上,则熠熠生辉。麦地抑或是条汉子,敞胸裸怀,于小雪花似乎略显粗鲁,但是,雪落麦地,岭野却受宠若惊。

向晚,一只不知名的活物兴奋地打麦沟里蹿出,将一条田埂踩得晃晃悠悠。麦地的尽头,依旧是麦地。

雪临行前,麦地已暖过了几回身子,但寄生的小虫又令麦苗的手脚痒痒的。又闻,雪花已上路,岭上的风赶早清扫了麦地一遍,净身迎之。

雪后的麦地,长势良好,亦长满了分水岭上的农谚。

洁白的雪,青色的苗,坚韧的根,黄质的土。我掏出了后坡地的笔记本,蹲在一株小麦前,开始记录:麦根、麦苗、麦秸、麦粒、麦芒……以及拾穗的故事。

五月,去郊外看会儿麦子

今生,小麦于我,是最亲近的庄稼。母亲曾说,小麦是咱们的口粮,一生都不能背叛呀!

五月,郊外的小麦已经谷粒饱满了。虽然麦秸还是泛着少许青光,但麦穗日渐成熟。而一个人踩在细长的田埂上,一垄垄小麦齐刷刷行注目礼。这是五月的田野献上的最好礼物。

俯下身来,挨个儿顺摸一株麦穗上的麦芒。继而,我触及麦子的末梢,与阳光仅有一芒的距离了。

五月的信使——布谷鸟刚刚飞离麦地的上空,我便蹲下来碎碎念。面对着一片统一着装的小麦,我掏出在后坡地里出品的《小麦一箩筐》翻阅。文字是青涩的,小麦却是熟稔的。

向晚,读上一段母亲和小麦的故事,郊外的小麦如同乡下疯玩的孩子,立刻就静默了。如此的乖巧和温顺,叫人心疼。

五月的麦子,是逃不出我的乡愁视野的。一株早熟的小麦立在我的面前,我指头痒痒,剥开了一穗,沉甸甸的。拈一粒放入口中,慢慢地咀嚼,一股土腥的麦香,浸润着整个味蕾。

一颗金灿灿的果实,就是一粒乡愁的解药。当金银花开败后,小小的麦粒是慰藉我心灵的最好土特产。

五月,去郊外看会儿麦子。我有感于麦子们热烈欢迎的场面,心潮澎湃。自此,我五月的精神家园不再空荡与荒芜了。

麦秸垛

早餐,白净的面包还在胃里消化着,我却遇见了一片亲切的麦子,她们正在灌浆。眼前阳光大好。

继续生长。麦子拔节的声音,一种季节性生殖的疼,充斥着整个后坡地。

晨读诗歌《麦秸垛》(冷吟):"麦秸垛:大地干瘪的乳房,在哺育了故乡单薄的冬天之后,又将我缺钙的思念奶得蓬蓬勃勃。"

麦子怀抱着绿色的梦想,满野奔跑。撞见谁,就把青春许诺给谁。

四月的日历标注,后坡地的麦子有一场拉练。一田一坡的,挺进高地,口号响亮,步调一致,沐浴清明的雨水,齐刷刷的。撺掇起经年沉寂的麦秸垛,踮起了脚跟,检阅着后辈们行军的仪仗。

童年的麦哨再次吹响。一根麦秸,清香的胴体衔在唇齿,谁都不敢使用暴力,激情的麦粒在哨声里跳着华尔兹。

成熟的麦粒跟着母亲回家。我也是一粒麦子,与之相拥而眠,梦多是香甜的。

产后的后坡地,十分虚脱,慵懒得叫人心疼。需要营养的补给,星月及时朗照。脐带还缠绕着,睡在近旁的孩子——麦秸垛,更加安稳、踏实。

守卫着后坡地,麦秸垛和父亲的坟茔近在咫尺。一样都是大地的骨头,横竖坚挺的脊梁。

午夜,我逃出钢筋混凝土的小城。麦子在后坡地呼唤我的小名。

摸到了麦秸垛,我便记住了麦秸垛经典的模样。麦秸垛,是后坡地和我永恒的胎记,打娘胎出,我们引以为荣。

麦秸垛的旧时光

麦秸垛是村庄的另一种现场符号。立在老槐树下,如长者守护一片可敬的土地。喜鹊窝搭在高高的枝头,与麦秸垛为邻,一生平安。

一溜排的麦秸垛,躺在村庄的怀抱中,又极像一个个长不高的孩子。

有风经过麦秸垛的时候,几声虫鸣低低地传来,私语秋日。

麦秸垛的近处有几棵柿子树,秋风中的红零散地系在枝头,是村庄的灯笼,喜庆有余。

麦秸垛的肚子是温暖的,一枚柿子塞在腹中,等待也是幸福的。在麦秸垛的周围转悠几圈,一只小手塞在麦秸垛里,摸摸柿子是否变软了。一点一滴的挂念,让心痒痒的、暖暖的。

一只老母鸡在麦秸垛旁徘徊了好几天,终于找到了一个安乐窝,躲躲藏藏地下了几枚蛋,却被一个小大人发现了"秘密"。后来,母亲就让我负责每天收蛋,一周奖赏我两个煮蛋。我乐此不疲。

冬日的午后,麦秸垛向阳的一面,又成了老人们闲谈拉呱的地方。孩子们在土场上追逐嬉闹,热闹非凡。

麦秸垛在岁月的空当,也慢慢地消瘦下来了。一部分爬上了土墙屋顶,一部分走进了土灶锅肚。

乡村的素描画,朴素而又庄重。一棵老槐树,一排麦秸垛,一块空阔的土场。

(王光中,安徽省作协会员。作品散见于《清明》《安徽文学》《诗歌月刊》《星星·散文诗》《散文诗》等。著有诗集、散文诗集、散文集多部,作品入选《中国诗歌》《中国当代散文诗》《安徽散文诗年选》《作家文荟》等选本。)

春雨·春语（外一篇）

汪维伦

你知道一棵树或者一株草在这个叫春天的时节,最喜欢做的事是什么吗？我想那一定就是支起叶片的耳朵,听听这春天在向它们说些什么。

一

春雨绵绵密密,淅淅沥沥,落出了声音,落成了言语。

一粒种子正在松软的泥土的被窝里伸着懒腰,它根本不把春雨洒落在外面成串的唠叨当回事,此时的它还沉浸在似睡非睡、欲醒未醒的状态中,像一个懵懂的孩子,由着自己,无论外面的动静有多大,它照使它的小性子,就是半天不给外面回应。哪怕外面的春雨由唠叨变成数落,又由数落变成喊叫,再由喊叫变成谩骂……它就是倔强着小性子,迟迟不探出头来。

几丝细小的根芽,白白的,细细的,从开口处梦呓般流出,弯弯曲曲的,呈蛇形向泥土深处钻着——这就是最初的扎根。而这时泥土的梦境才刚刚响起敲门声。

记不清这是开春的第几场雨,大清早的,一路响着声音来到这个叫岩上的小村庄。伴着哈欠声、呓语声、开门声、灶上锅碗瓢盆碰撞声、牛哞声、公鸡的打鸣声……就仿佛点燃了一挂鞭炮似的,一路响声接二连三。这时小村的梦也还没有全醒,屋顶上升起的炊烟屈指可数。另有几户人家门扉半掩半开,缭绕的雾将小村头顶上的一小方天空,装点得耷拉着眼皮似的,而雨声一路又唤醒着另外的一些声音。有小村的,也有小村以外的。

雨,落落停停。话语,欲说还休。

一棵站立在村口的椿树，像一只机灵的狗警觉到什么，耸起几片耳朵似的嫩芽。

怎么看那盛开的桃花都像是身边依着情侣似的，她肌肤细嫩，两腮泛红。笑是甜甜的，姿态雅雅静静，一副刚过门的新媳妇样子。一棵桃树就是一处喜堂。

此时的春雨又会是谁的耳鬓厮磨？谁的喁喁私语？

二

檐下的鸟窝中，一只麻雀正在为将要成为母亲而兴奋着。它的腹下是几只刚生下几天的小小的麻壳蛋，它此时正专心地履行着做母亲的责任，将要孵出的是一片稚嫩的雨声，一片能滋润它心田的雨声。此时在窝中安静伏着的它，就是一团有着体温的云，一团能生出雨声的云。

檐口上正滴答着由春雨的积水形成的檐滴，这是屋檐在诉说，也是春雨在诉说。至于它们都在说着些什么，我是不清楚的。伏在窝中的那只麻雀也不会清楚。只有春天自己清楚，正在诉说着的春雨清楚。还有接纳它们的诸多事物清楚。

从雨声和檐滴中我听到了鸟鸣，起初是稚嫩的，继而是清脆而又响亮的。一声接着一声，一声比一声动听。它们从天空上湿湿润润地滴落下来，像种子一样播进泥土中，播进许多植物的心里，也让我的心湿润着，有一种要发芽的冲动。

檐下的鸟窝很安静，一点也没有雨前的征兆。母麻雀静静地伏在它的蛋上，心里充满当母亲的喜悦。雨天不适宜外出，但适合孵卵。对于这个正在完成着孵化的窝来说，此时的静便是一种大美。因为这静是在酝酿着一种雨声，孵蛋的麻雀也正在静静地期待着一种声音的出现，无疑那蛋的第一声破壳声不亚于一声惊天动地的春雷。这"雷声"响过之后，接下来发生的事就不言而喻了。

也许此时，我和那只正在孵蛋的麻雀的心思是一样的：对这雨声有着另一种美好的期待。那情景便是：晴朗的天空中欢快地飞过一群麻雀，或者一群其他什么鸟儿。响亮的鸟鸣自青天白云中纷纷洒落下来——多么动听的雨声！

三

村庄中的水田这时醒了，正睁着水亮亮的眼睛看着时光给它翻开的崭新一页——又一个新到来的春天。春水随着雨水的不停落下而不断上涨，像一种激情，一种思想，一种潜滋暗长扯不断理还乱的思绪。

一群墨点似的蝌蚪的出现,让我重新品读这水田。一群拖着小尾巴的黑蝌蚪,一串写在五线谱上的活音符。水田在将一曲动听的春歌酝酿。歌词源自初春的雨声,这声音已被田间的泥土收藏,被雨变成的水收藏。

农业正紧追慢赶地跟着节气的步子,立春、雨水、惊蛰、春分……到了谷雨这田间就开始热闹了。不用说那去年秋后撒下的花草种子,如今已是成片的茂草,就凭那一片片开得如云似霞的紫红色花朵就够热闹的了。隔冬的油菜也不怠慢,你追我赶地托举起一畦畦阳光似的鲜艳的黄。大水牛迈着沉稳的步子,背驮着链犁,开始了一春的耕耘。觅食的白鹭也三五成群地落下来,迈开了它们细长的舞步……

春日的雨在田间是带着挑逗性的,哪儿积满了雨水,哪儿就荡漾着春情。

春日的田园是个大摇篮,它怀抱着庄稼的孩子,还有许多生活在这里的小动物的幼婴。春歌的唱响,在这里是从最初的摇篮曲唱起的。当小满的青秧栽满每个田块时,一群音符似的蝌蚪也都长大成了青蛙——音符长大就成了乐器。当遍野的蛙声闹嚷嚷地响起时,你又会听到那雨声被换了方式在播放。

哦,春雨!春语!

对一棵树的四种叙述。

跟一只鸟学习飞翔。

一粒树种发芽了。

微微打开的两片嫩芽瓣,就像微微张开的两片眼皮。发芽是一种醒——最初的芽瓣是种子睁开的眼睛。那两片欲张的嫩芽好奇地看向它们的周围,像是在读着这眼前早到的春天,也可能是在打量它们所置身的这片天地。有些惊奇,但更多的是欣喜。于是,那从芽瓣中间抽出的第一片细长的嫩叶,便是这芽的眼中放射出的第一道目光,它是那么的嫩。

一只鸟在天空上,用飞翔展开翅膀的芽瓣。

那高高的飞翔,恰巧被种子的第一道目光瞄见。于是,便记下了那粒硕大的种子——鸟,同时也记下了那对飞得高高的巨大的芽一样的翅膀。这粒有灵性的种子,从此便怀揣一种对飞翔的向往。于是,它便一片叶子接一片叶子地张开"翅膀"。也因这片很像翅膀的叶子吐露了一粒种子的渴望,于是,接下来生出的每一片叶子,就都是一只翅膀。一片接一片的叶子,一只又一只飞翔的翅膀。

那些叶子不断地长向高处,哦,不,是一只又一只绿色的翅膀,在不断地向高处飞。

那些托举起叶子的枝丫,就仿佛是被那些不停向上飞着的绿色翅膀不断向上拉长了的树的筋骨。到底是枝丫向上托举起叶子,还是叶子用飞翔拖拽起那些枝丫不停地向上、向上,再向上?

我相信树是有一颗飞翔的心的。要不然它为什么会选择一种向上的生长?我相信树也会做梦,它会在每个夜晚的睡梦中梦见自己变成一只飞翔的鸟儿。于是,高空便又向它让出一些空间来,一棵树于一夜间又长高了许多。我甚至相信所有鸟儿的飞翔都是受树的指使的,当一只还不会飞翔的鸟儿,停在一棵树的枝头时,它站得有些累了,于是,便希望它脚下的这棵树能将那根枝丫的手臂低垂下去,最好是低垂到地面上,好让它到地上去歇一歇,或者干脆躺下身子睡一会儿。可是,树不但没有这样做,反而让那根托举的枝丫越举越高,就在鸟儿实在支持不住即将掉下去时,求生的本能让它使劲地拍打翅膀。于是,借着风的助力它便飞了起来。

每一只从枝头飞起的鸟儿,都是树向天空放飞的对飞翔的向往。现在我终于理解了树为什么会选择向高处生长。

也许土地本身就有一种飞翔的欲望,于是,便选择了树这种植物来完成它飞翔的意愿。不是吗?当一棵树挺拔向高高的空中时,一阵风吹过它的梢头,那一片片不停地拍动着的叶子,你能说它们不是一只只扇动的翅膀吗?这时,你是否看到一棵树在飞?因而,我一直愿意这么执拗地认为:一棵树向上的生长亦是一种飞翔。

活得树模树样

一棵树的扎根就是安家。

但扎根的地方不一定就是树的出生地,这棵树的出生地在另一个地方。它的这次扎根是一次移栽,不管被栽下的这天是不是植树节,总之这一次的栽下是给它找到了一处安身立命的地方。就像从孩子长大成人,突然想到要离开生他养他的地方——家,只身到外面去闯一闯。于是,一路颠簸,一路追寻,一路跌跌撞撞,终于寻到了一处可安身立命、能养家糊口的地方。于是,就在此安顿下来,扎下根来。

人到一个地方,首要考虑的问题便是如何能活出个人模狗样。树在一个地方安下根来后,首先要考虑的问题也自然就是怎样活出个树模树样。这就要靠自己的奋进了,既要使劲地把根扎得深些再深些,还要顾及枝叶如何伸展,如何向上拔节。如果一不小心长歪了,那就将让自己畸形一生,且会在其他前树后树面前永远抬不起头来。因而对于一棵树来说,在一方土地上站成个树模树样来,也是一件不容易的事情。根扎得不稳吧,经不住一阵大风的吹;身长得不直、形造得不好吧,会很快被刀斧给砍了,理由不用问,便是因为太煞风景。除此以外,一生还不知要和风较多少劲,与雨斗多少狠。然后,才能苍劲挺拔,才能真正地顶一方天、立一方地。

树开花时便是女人。此时的千娇百媚是自然天成的,想不妖不娆都不行。婀娜多姿也是它的天性。经春风一梳理,叫春雨一滋润,每一棵开花的树都是天地间的一位美娇娘,新郎就是春天,它要在这个叫春天的季节里做一回母亲——开花结果。

结了果的树便又变回到男人。一身的肩负,让其腰杆更加硬挺起来,那些枝丫的筋骨也变得更加强劲。有了果实,一棵树也就拥有了一个男人的担当;有了果实,一棵树便就肩负起养育的使命。从此,它的每一片叶子的羽翼下都有可能有一个小的生命需要呵护,需要哺育,需要去关心去爱,需要去用心血浇灌,用身躯为其遮风挡雨。直到那些新生命长大。

这就是一棵树的活。和一个人的活又有什么不同?

一棵树顶起一冠绿叶时树模树样,落光叶子后挺直着一副光秃秃的身子骨时依然树模树样。

体内流淌着一片海

不可否认,一棵树认识海是从成为一艘船开始的。但这并不是说一棵树最初的生长就是在为认识海而准备的。只不过是这棵能成为一艘船的树很幸运,就因为成为一艘船,才可以去认识大海,并且可以在那里乘风破浪,扬帆远航。

"我转过身来,向那木桩看去,一下子使我惊异不已了:啊,真是一口泉呢!那白白的木质,分明是月光下的水影,一圈儿一圈儿的年轮,不正是泉水绽出的涟漪吗……原来一棵树就是一条竖起的河……它日日夜夜流动,永不枯竭……"这是作家贾平凹先生的散文《泉》里面的句子。作者观察被锯倒的大槐树的树桩,看到树桩的周围重新生出一些细小的嫩苗时突发的这种奇想,让我觉得如果把大海竖起来,大海就是一棵树——其实不必将大海站立起来,它也是一棵树,一棵巨大的横向生长在大地上的树。那些自它的主干上分出的支流便是这棵大树的枝丫,这棵大树的树冠不就是被它日夜滋润着的整个大陆吗?

由此可以推断,生长在大地上的每一棵树的体内都深藏着一片洋流——这棵树所独有的一片内心的海。这片内心之海,只要这棵树活着,它就会日日夜夜不停地流淌着,永不停息。由此联想开去,春天的开花便是一次浪花的飞溅,只不过这种飞溅是平静的,并没有翻涌出振聋发聩、巨浪滔天的海啸声。而盛夏后那一冠茂密的绿叶,则是一汪平静的绿水。只有当风雨交加的时刻到来时,你才会看到那种类似如波涛翻涌、洋流呼啸的情景出现。从许多树被锯成木板刨平后出现的那些如波浪般的自然天成的纹路中,也不难发现一种流淌的轨迹,一些流淌平静低缓,一些流淌跌宕奔放,一些流淌汹涌疯狂……

我曾见过一位民间艺人借用木板上的自然纹路拼装成一幅千帆竞海的木拼画,那大海中的水流、波浪就是完全靠木板独有的纹路加以剪裁拼装而成的。

每当我走近一棵苍劲高大、古朴参天的古树,都会情不自禁地停下脚步,要对它欣赏一番,甚至还会将耳朵贴近树身去听一听,然后抬起头来望向那巨大如一道大海波涛般的树冠,做片刻沉思。这时,我不敢肯定我读懂了这棵树,但我好像多少揣测出驱使一棵树向上奋进的力量来自哪里,那力量就来自它深藏于体内的那片海流的冲击。

一棵树的内心流淌着一片海,于是,一棵树的心胸便具有了海的辽阔。

一棵树的内心流淌着一片海,也就拥有着一种无穷无尽向上奋进的力量。

一片海在一棵树的内心汹涌,而我们听到的却只是宁静。

每一件器具都是树的一种想法

白纸自然地铺开一片辽阔,一片土地的辽阔,或者一片田园的辽阔。面对这片辽阔,笔是一柄耕作的器具。它在这里播种下墨香,让无边的想象在这里生成幅员辽阔的长卷,叫闪光的思想于此处丰富出崭新的时代画图。而那一方蓄满浓墨的石砚,则如一方蓄满滋润之源的池渠,浇灌出艺术的花朵,延伸着文化的气脉。这便是一方书桌的贡献,亦是一棵钦慕文化和艺术之树的愿望。

一棵树选择做一方书桌,成就自己献身文化与艺术的梦想,期盼长期与文房四宝为伴,四季沉浸于书香和墨馨之中,去接受文化的熏陶,去沐浴艺术的雨露。闲情里不失艺趣,益智中多是书香。哪怕是去陪伴一介书生的挑灯夜读,也不觉得辛苦,反而为能染上几分书生意气和学子风范而感到欣慰。即使只是成为小学生的课桌,一棵树也愿意委曲求全,因为能目睹天真无知的少儿从此寻到进入书山的路径,并能推波助澜相助那初会持桨的青青学子,于无涯的学海里搏击风浪,扬帆起航。

选择成为一方书桌或课桌,是一棵树能最好地去亲近文化、服务艺术的一种方式,也是一种明智而又高雅的选择。以至于让我都想成为一本搁置在这方书桌上的一本书,去与之交谈,顺便再打探一下这棵成为书桌的树,除此之外还在思考些什么?

怎样让"累"舒适地歇下来,并且尽快地从劳作者身上释散开去?

一只凳子做到了这些。

制作凳子的原料最先便是木头,这些木头都来自树。凳子的样式很多,有长凳、短凳、高凳、矮凳、圆凳、方凳,还有椅子、沙发,等等。这些都是用来让人坐着歇息的。当然也有坐着工作的,之所以选择坐着工作,其目的也只有一个,那就是让工作的人工作起来轻松舒适一些。

树桩和树段是最原始的凳子。

说到凳子,仿佛听到一棵树正在耳边对我轻声细语:"累了吧?这儿有凳子呢,坐下来歇歇。"

而倾诉心声的最好方式,要么是歌唱,让最真挚的情感通过歌声唱出来,要么是音乐,把心中的所思所念所想通过乐器的弹奏,变成动听的乐曲。

这是人间最美妙的情感表达方式。

于是,许多乐器被制作出来。吉他、琵琶、古琴、古筝、二胡、京胡、小提琴……这些乐器的主要材质少不了树。尽管每样乐器演奏出的音质有所不同,给人的乐感也不尽相同,但那被弹奏出的乐曲代表的都是一种心声——弹奏者的心声,一棵成为乐器的树的心声。

只要是动听的,都能打动人,甚者能让人涕泪湿襟。

由此让我相信一棵树也是有心声的。不一样的乐器就是它的不一样的倾诉。

树的胸怀是阔大的、慈悲的——看见一位老人行走不便,一棵树便伸过一只手臂,想过去搀扶他一把。于是,这只伸给老人的手臂,便成了一根杵在老人手中的拐杖。

只有那只沉入佛海中沉沉睡去的木鱼,每天被修行者一遍又一遍不停地敲打着,不知道什么时候才会被唤醒。

(汪维伦,曾用笔名微阑、龙于水、安岳来等,安徽省作家协会会员,中国散文家协会会员。作品有诗歌、散文和文学评论,近些年开始写小说。作品散见于《星星》《绿风》《诗潮》《散文诗》《散文百家》《青海湖》《北方作家》等刊物,出版散文集《闲锄窗月》。)

盱眙雪中（外六章）

张晨越

天空飘起的雪，和我一起在陌生的城市游走。街道上雪更大，打在我脸颊上的雪更凉。

风吹着雪，我心里的思念也被风吹动。

不知不觉走到淮河边，看雪花融化进它爱的河水，开始流向远方的大海。

雪继续在下，我的思绪还在徘徊。

我 想 变

我想变！

变成长江里的鱼，从江的源头游向无边的大海，看途经的风景和险峻的路途。

我想变！

变成雄鹰，飞向高空，去看看祖国的山川河流。

我想变！

变成海边的礁石，任海浪拍打我，海水浸泡我，感受大海拥抱的力量。

我想变！

可是，现实是把无情的锁，让我无法自由地奔向梦想！我在岁月里不停寻找那把失踪的钥匙，要打开那把无情的锁。但时间让我停下寻找钥匙的脚步，我慢慢明白，光阴在一点一点流走，我不能盲目地寻找，我要造一把我自己的钥匙，珍惜我的每一分钟，每一个春天！

我的诗歌

诗歌让我静心感悟身边的事,诗歌治愈心里的痛和思念的伤——

这世界不太完美,但是我已经来了,摇摇摆摆、跌跌撞撞地来了,我用心体会生命之光的闪耀,光照亮你我内心深处的忧伤,让你我心灵净化;诗歌里有春暖花开的美,也有寒风刺骨的痛,更有把诗者写哭的伤感……

这就是诗歌!记载我们的花开花落,照亮残缺的我们,歌唱属于我们的快乐和蓝天。

春天你好

这一个春天我要好好拥抱你们!在春天花园里遇见最美的你们,让这个春天带给我们更多笑容,少一点忧愁和对远方的牵挂。

粉红的春梅正在纷纷开放,它在寒冬中等待着春天的风,是春风的呼唤使它盛开。

火红的木棉花在立春那天早上悄悄地开了!它用它的火红述说它内在的坚强。

久违的春的气息在我身边围绕,走到树林深处我深吸一口,啊!这就是春天的味道!我的肺里满满都是春的氧气。

我继续走,鸟的叫声让我抬头寻找,我好想跟这些报春鸟一起合唱春天进行曲。

暖阳照着小草让它们慢慢从睡眠中苏醒,我走在春天里去感受春天带给我的小小的幸福。要不了多久,我就可以坐在春天的草坪上,用手感受小草在春天里合唱。

春天是多彩的,春天是多姿的。春天你好,我用我的肌肤触碰你的风,放下过去的伤感,忘记疲惫,带着希望和自己的梦奔向你,我要用心记录每一个春天。

远方远方

远方远方,我不知道你我有多远,我不知道你在哪里。你的四季还有我的浪漫的季节吗?

但我知道,我的四季如你最美的春季,万物复苏,百花齐放。

远方远方,又是一个春天,浪漫的春梅和纯洁的樱花开了,美丽的春季依然寻找不到你的身影,我依然在老地方邂逅春天里粉红色的梅花。

远方远方,你在北方飘着雪,我在南方下着雨,雨不停歇地下,好像是女孩在哭泣——不知道为什么我的诗总有种伤感！

雨还在下，我的脑海还在滚动残缺的记忆，许多年以后，我的四季还有你的季节依然会重叠，我仍然会寻找更好的自己。

春 天 里

我听着你的歌，我唱着你的歌，一路走来我多想我就是那只小鸟！在蓝天上高飞，看可爱的大地，飞去看看我向往的蓝色大海。

我去过很多城市，看过人来人往的街头，每当无助的时候我总会打开音乐静静地听你的歌谣。

我在街头流浪，更想在你的歌声里找到我的远方或者我小小的愿望。

你的歌是温暖的阳光，照亮我小小曲折的路，让我勇敢走进人群唱追寻梦想的歌。

又是一个春天，花又来了。我踏在春天的草地上拿着我的单反四处寻找我的镜中人，记录每个季节，也期盼我的记录里有你的身影。

流 浪

人生就是孤独的，但为了生命延续就要有爱情的养育。

人生是一次不知道终点的旅程，每个人每个生命都是在光阴里流浪。

深蓝色夜空下，我在唱走天涯的歌，简陋的舞台只有两个四十瓦的灯泡照亮小小的我们！

有的朋友为了生活选择流浪，而我为了远方的梦跟着他们流浪。

灯光下的我没有一丝的疲惫，人群中的掌声让我忘记她带给我的痛。

（张晨越，网名雷池一偏舟，望江县人，脑瘫患者。安庆市作家协会会员、诗歌学会会员、摄影家协会会员，在报刊上发表过多篇散文和散文诗。）

八斗岭

外婆与卜镇

张 霞

我知道,她一直在静静地看着我,守护着我,正如小时候待我那般温暖和慈祥,只是在世界的那头。

生命中许多东西,会随着时间推移而终究被淡忘。慢慢地,便让我们不曾记起,他们曾来过。

可总会有些事情深深地埋藏在我们内心最隐秘最脆弱的角落,每每触碰,内心总会掀起一阵阵波澜。

比如我的外婆,虽然她已离开,但在我内心深处她一直都在,从未走远。

站在窗前,望着窗外一排排整齐的杨树,微风中轻轻摇曳,树影斑驳,拨动着我的思绪。那些随风飞舞的杨絮,不知不觉地将我的思绪拉回童年,拉回那朵小白花上。

儿时记忆中,外公去世得早,外婆都是一个人住。母亲心疼外婆,常去接她来我家住,但外婆就是不愿意,最终母亲还是拗不过外婆。

小时候家里农事太多,父母没有时间照顾我们兄妹,外婆家便成了我们欢乐的港湾,每年寒暑假都是在外婆家度过的。那是一段弥足珍贵的美好回忆。

因为我年龄小,性格倔强,不听哥哥的话,他总像小大人般教训我,兄妹俩就成了死对头,父母不在家时我总受他欺负。外婆听母亲说起这事,心疼我,就让我放寒暑假去她家。

外婆家位于大别山区,群山环绕。那里的人们以山为生,靠种植茶叶和板栗来谋生活。外婆在自家后山脚下开了一大片菜园,每天鸡鸣她就起床,迎着晨曦去菜园里摘新鲜的蔬菜,拿到集市上去卖,然后用卖回来的零钱给我买西瓜、香瓜,还有那香喷喷的玉米棒子。

那时候最幸福的事情,就是站在村口池塘边,等着外婆挎着她的菜篮子回来。吃着外婆带回来的东西,我总会说,外婆,外婆,等我长大了,我一定要好好孝敬您。

后来我慢慢大了,也常去集市寻外婆。外婆家门口有一口修长的池塘,路是靠池塘边而修的,很窄,如果两个人一起并排走,一不小心就会掉进池塘里。沿着池塘边上的小路往前走,经过一条崎岖的山路才到集市。山路上都是石子,很难走,走得过快很容易滑倒,被那些石子磕着手臂或膝盖真的很痛。

通往集市的山路,两边都是很高的山峰。我常问外婆,您天没有亮就去卖菜,走那段山路不害怕吗?外婆总说,有啥害怕的?以前帮解放军做饭,见过很多可怕的事情。我总是似懂非懂地听着外婆讲述她年轻时的种种遭遇。

外婆卖菜起得早,为了我的安全考虑,会把我锁在家里。天一亮,我就缩起自己瘦小的身子,从门缝里面硬挤出来,或是从木门下的空隙爬出来,去找小伙伴们玩。

那时,村子里每家都是木门。木门下面留门洞,农忙或者人不在家的时候,就把木板拿下来,让养的家禽自己回家吃食。

外婆每次看到我从门洞爬出来后留在衣服上的污渍时,都会微笑地看着我,却从来不责备。她总会轻轻抚着我的头说,以后不要起这么早,不然碰到哪里可怎么办呢?

那时外婆不过六十岁,却已满头银发。每每回忆起外婆那双布满褶皱的双手和满头银发,内心温暖而又心酸。

外婆那里的小镇叫卜店,虽不是古镇,却有古镇的味道,小镇隔天就有集市。卜店集市很热闹,吃、穿、用、玩,啥都有。沿着集市边上是一条大河,一条废弃的铁轨,横跨大河的两岸,听外婆说年代久远。依稀记得小时候上去攀爬过,恐高,每次都是半路返回。

每次外婆从集市回来,趁着歇息时间,总喜欢坐在院里给我扎头发。那些打毛衣剩下的各色杂毛线,外婆把它们绑在橡皮筋上,就成了色彩斑斓的皮筋。外婆每天乐此不疲地给我扎各种发型。我最喜欢的还是外婆给我扎的双马尾,一蹦一跳,马尾也跟着一上一下。外婆常说,你看你,就像那些小麻雀一样整天叽叽喳喳,蹦来蹦去。

外婆有一双巧手,那时我们兄妹的衣服、鞋子都是外婆做的。听母亲说不光是我们兄妹,还有两个姨妈家的几个孩子小时候的衣服、鞋子也是外婆做的。一年四季,外婆都会腌制不同的咸菜,那些咸菜俘获着我的味蕾,以至于如今我依然喜欢吃咸菜。

闲暇之余外婆会做一些美食,像包子、饺子、油条、韭菜合子等,她每次都会给左邻右舍送很多。我常说,外婆你看你,我们都快没有了,你还送给人家。外婆总是温和地说,谁谁家孩子可怜,谁谁家曾经帮助过她,等等。

村里的孩子没事就喜欢往外婆家跑,外婆每次像变魔术般,总会变出些好吃的给孩子们。那时村里的大人们时常开玩笑问孩子们,村里谁对你们最好?那些孩子总会不假思索地说,冯奶奶对我们最好。自那时起,我明白一个道理,对待周围的人,一定要有一颗善良感恩的心。

到了夏天,村里人晚饭都会吃得很早。太阳刚落山,男女老少都端着各家的小板凳,拿着小扇子,在池塘边的大树下乘凉。

大伙聊天的内容,从国家大事到家长里短。大人们乘凉,我们小孩子在一起戏耍,你追我赶,好生热闹。村口的池塘边成了村里的休闲之地,也成了信息传递的地方。

这样的日子持续着,直到我去了外地上学,然后工作。回到外婆家依偎在外婆身旁,便成了我最盼望的温暖时刻。外婆总喜欢用手轻轻抚摸着我的头,微笑着说,长成大姑娘了。还会问起我在外生活、学习和工作现状。

大家总说年轻人和长辈在一起有代沟,我和外婆的沟通却像朋友。随着外婆渐渐年迈,听力不太好了,我每次说话总要很大声。外婆总说,不要那么大声,我能听见。我笑,她也笑。

2014年,我来到陌生的合肥,工作、生活一切从头开始,为了尽快地融入这座城市中,我拼命地奔跑,不知何时与家里联系变得少了。偶然听母亲说起把外婆接回了我家,许是不能习惯,外婆没待多久就回去了,放心不下家里菜园的菜,养的那些鸡鸭。

就在那年冬天,我接到母亲的电话,电话那头母亲泣不成声。外婆病危的消息,如同晴天霹雳,那一刻我的世界塌了!我在第一时间向公司请了假,坐在出租车上想起童年和外婆在一起生活的点点滴滴,眼泪便汹涌夺眶,哭得像个孩子——不,在外婆的眼里我永远只是个孩子。

回到家外婆已经走了,母亲说外婆走得很突然,自己好像知道些什么,非要回自己家,是在睡梦中走的。

外婆生前是村里的大善人,村里很多人都受过她的帮助。葬礼的那天,天上下着小雨,村里的人和我们一起送外婆最后一程。

外婆生前说,等她离世了,一定要把她葬在自家的后山上。母亲和姨妈按照外婆的遗愿,在后山上找了一块山清水秀、松树环绕的地方。

参加完外婆的葬礼,我在她的墓前跪了很久。心中除了不舍和无法接受,更多的是没能见到外婆最后一面的愧疚。呼呼的山风带来一丝丝寒意,那一刻世界仿佛静止了。许许多多没来得及说出口的话,也终究隐藏在内心那块最脆弱最隐秘的角落里。

临走时,我将胸前的小白花挂在了外婆墓前的松树上,看着那朵随风舞动的小白花,我虽不能接受外婆离开我们的事实,但我知道外婆在这个地方沉睡了,永远也不会醒来了,她离开了我们,永远地离开了我们。

追忆过去,很多事情好像就发生在昨天。梦中时常见到外婆,仿佛外婆一直都在,保护着我,庇佑着我,从未走远。我曾经那句"我一定要好好孝敬您",却没有做到。

外婆去世后,按照家乡的习俗,女孩子是不可以去扫墓的,父母和姨妈他们由于一些原因不可以按照家里的仪式来祭奠已故的人。留给我的,只有无尽的遗憾和内疚。

外婆去世的时候,卜店小镇已成为旅游景点,很多外地退休的人员,也回到那里过起了田园生活。以前那条盘旋在大山中间的小路全部加宽,找不到儿时一点点儿影子了。

我对卜店小镇的记忆和感情,永远停留在儿时与外婆的欢笑嬉闹中,也停留在松树上那朵随风舞动的小白花上。而外婆的勤劳善良,以及面对生活积极乐观的态度,影响了我的一生。

(张霞,笔名浮生,安徽省作协会员,入选合肥市优秀文艺工作者"双百"培养计划。作品散见于《安徽文学》《诗歌月刊》等文学刊物。)

庭院笔记

赵成媚

一

又一次搬进巷子里居住,有一大一小两座庭院。见到院里那几株果树,我的欣喜就快要捂不住了。几株果树都不再年轻,是那种饱经沧桑、看上去极具感染力的树。

人们大多是骑车从巷子里穿行,步行的人并不多。青灰色的柏油路如一条弯弯的小河。出口处有株三层楼高的古杉,径围要成人才能抱过来,这是巷子留下来的古老印迹。有人询问拥军巷怎么走,多数人摇头,但要问杉树巷怎么走,立即有人指点。

见到杉树后继续往前走,路边能看到从院墙里探出来的樱桃、枇杷、柿子。巷子尽头那棵超大的广玉兰,就在我家的后院里。它比杉树的径围还要大,树冠似一朵巨大的蘑菇。小雨小雪落下时,叶子从空中把它们完全兜住,雨雪纵是千里迢迢来到这座庭院,也没有办法落地。当然,浓荫下纳凉,院内的宁静,也是我租下来的理由之一。小城的空间本来就紧张,庭院里能留下树,肯定是有特长的。只要能留下来,年代久了,园林部门在树上挂上古树标签,再丑再枯的树,都是古董级别,会像动物一样,受到法律保护。

落叶类树木分为乔木和灌木,邻家后院那棵树,从体形上看属于乔木类。现在叶尽枝露,主枝和粗壮一些的枝干,像是被雷劈过,本该粗长的枝,突兀地缺少半截,残损处黝黑,看上去更邋遢。树身难看,但不是那种失去生机的枯竭。在它皲裂的老枝上,长出几根细瘦的小枝,这种怪异的保留,形成对立冲突,在诗人看来,藏有绝好的诗元素。

我随手拍下它,是夕阳下的逆光照,满天酡色的霞光里,天空放大了树影,更显暗黑。

二

  立春前两天,温度骤然降低,这是继大年初三后的又一波降温。原本喜欢晒太阳的几盆绿萝,我不敢把它们搬到院里。

  因为不在这边过春节,没有及时把庭院里的三盆吊兰往家搬。到了年初八回来时,就见绿天使们原本抖擞的叶子,一条条睡熟了,没有筋骨地瘫下来,匍匐在盆沿,绿色变成了墨黑。看了心疼又惋惜,却无力使它们起死回生。

  傍晚,检查其他植物是否有冻伤痕迹。院角的桃树枝上,竟怯生生吐出几粒小芽苞。枯寂的桃树,看上去已如死去的柴棍,之前差点被我扔了。植物界的生命传奇,又有谁能说得清呢?

  这棵桃树是我的"移动财产",买来刚好三年。前年惊蛰那天,在超市门口,一个卖桃树苗的老人双手笼在袖子里躲冷,他用焦急的目光一会儿看看脚边的桃树苗,一会儿又看看从超市里进出的人流。当我付过钱接过树苗时,老人道谢,说站了一天,就卖掉这一棵。

  仅过了一年,桃树就用粉色小花回报我。微风到达,枝头摇曳起来,这就应了"花枝招展"这个词。蜜蜂真是有担当的劳动者,就那四五条枝子,也不愿放弃采蜜,它们翻过一道道院墙,热热闹闹地忙着,像在桃园里采蜜一样。

  一场小雨过后,花瓣上的水珠晃动着。趁早晨梳头刷牙的时间,我喜欢站在花前,就着那缕芳香,陶醉一阵子。去年搬家时,这株桃树也一道随花缸来到这个庭院。

  今年是桃树三周年的树龄,按照三年挂枝的说法,如果不出意外的话,今年应能结出桃子。可是,它吐芽这么早,是不是它的心里也有数,记着主人的渴盼,自己也等不及了?

三

  已经是 2 月,气温与冬天还是混淆的,我们厚袍加身,冷风肆意穿行。倘若想要找到春天的界线,需要细心和耐心。等到哪天土地踩上去松软,或者抬头看到树梢有芽苞出来,那便是春回大地、万物复苏的时节了。

  我对春天的分类有错觉,以为初春漫长,仲春、暮春短捷,其实它们的日期是等同的。只不过仲春较初春的内敛、暮春的沉稳而显得活泼、开朗一些。仲春有争强好胜的一面,它要把初春偏移冬天的时日要回来。一树昨天还在孕育的花苞,一夜之间,竟然抢着争着,把一树开得满满当当。

梨花是急性子,十天前的枝头上,仅有刚刚拱嘴的苞蕾。隔了两天再看时,棉花似的花朵,开白了院角的天空,像是连夜簇拥成团,结成数不清的花球。蜜蜂钻在花间,见不到身影,嗡嗡的声音颇有阵势,像一家小型加工厂的机器在低鸣。声音自三米高的空中垂直下来,砸向站在树下的我,听得有些微微震耳。芳香回旋在庭院,同样回旋在巷子里,远远地就如闻到一味安神药。

那日得闲,一直仰头赏花,只顾看那如雪一样的洁白,闻那沁人心脾的香气,忘记了被蜜蜂闹下来的花粉对皮肤的刺激。在面部搽药期间,戴了硕大的口罩出行,但还是不敢在树下停留。一个星期之后,脸上的花粉过敏症基本消退,再到树下看梨花,哪知"满树洁白已不在,唯见地上片片白"。梨花在一夜的春雨中,结束了自己绚烂的风采。

果树的花期都是短暂的吧。结成一枚正果,需要低调修炼,数日兼程。兼程的路上要经风、经雨、经霜。

四

后院葡萄扯藤时,我正在埋头于乡镇志书文字后期的紧张校对工作,等任务结束时才发现到处找支点攀附的藤蔓,有的藤稍用须角抱住窗棂向卧室窥探,竟然还有的翻过院墙,毫不顾忌地延伸到人家院子里。我当然要把它们请回来。还有的顺着走廊上的雨棚架,一路勇敢地朝屋顶上昂首攀登。看着这些没有章法翘着卷辫子四处攀附的葡萄藤,我丝毫也不能怠慢了,赶紧到五金店买了铁丝,就着晚间的灯光扯网格把它们兜住。为方便伸手摘到葡萄,铁丝网格扯得不能太高。

去年搬来时,葡萄树上的藤子搅乱在一起,一些老枝皴裂得像枯柴,在乱蓬蓬的藤叶间只找到两串如同楝树果一样铁板的青葡萄。我以为葡萄树老了,失去了结果的能力。入冬时,把一些枯得难看的粗枝锯掉,疯长过长的枝条也剪去一截,在根部施上饼肥,看看能否重新唤起它们青春的朝气。我的做法仅仅是试一试而已。春天长叶时,才知道葡萄树太好侍弄了,大约在我扯上铁丝一周后,数不清的葡萄梗从茂密的叶间醒目地伸下来,自成一串,串上长着密密麻麻油菜籽一样的小葡萄,这是在向我报喜哩。

等到葡萄成熟,这是多高的产量啊!我庆幸自己用铁丝扯牢了网格,要不然真有可能被压塌。

每天看葡萄成了必不可少的乐事,每看一次,油菜籽样的果子似乎长大了一丁点。

昨天看到前院柿子树和石榴树的花落了一地,对于果树的这些症状我是没有经验的,当然不知道是什么原因导致的。发了一帖求助信在微信朋友圈,热心的圈友很快发来中肯的提醒,说凡是果树,在结果初期都要打药,不然就会落果。这个信息算是及时雨,立即提醒了我。

今天给葡萄树打了药,这下可以放心了。等到葡萄能吃时,手一伸就能摘到,有的葡萄串垂得很低,不用摘下来,只需用水冲洗,然后张开嘴,直接品尝。

五

五月,柿树开花。柿树在乡村又叫如意树,在这座庭院里,柿树开花最迟,比石榴迟开了将近十天。

那天清晨,一只比麻雀小许多不知名字的小鸟,牙签一样的小腿灵动地在地上跳来跳去,尖着细细的嗓音叫唤着伙伴。伙伴只是回应了几声,并没有飞来与它做伴。它急得又是转圈,又是点头哈腰,其样子像是在叩头恳求伙伴。我循着声音找向树上,那只站在柿子树上的小鸟,根本不看它,像是想着心事,头昂得高高的,望向天空。小鸟站着的枝子周围见到撮成团的叶子,小伞一样收拢着,走近树下细瞧,原来是柿树悄悄打苞子了。再瞧整个树,一颗一颗重叠起来的叶苞子,小蜂窝一样小心翼翼地藏在叶腋下,它们如此低调,是害羞呢,还是不想让主人发现呢?

去夏租下房子时,柿子已长到乒乓球大小。除了广玉兰外,几株果树的叶子全都耷拉着。我立即买了一根胶水管,给所有树浇水。在灯光下,树根部喝水吱吱的声音听得真切,第二天果树叶子恢复到意气风发的样子。到了秋天,外围的树枝弯下来,沉甸甸的柿子由青变黄,包袱一样坠着,在树下走动时,一不小心就会被柿子拍到头。

今年的花苞不多,自从落苞第二天打过药后,还是有些许落下来。网上说柿树落果是大自然正常的优胜劣汰。也有说第一波花果,是试着结果,时间不长就要自然掉落。第二波结的果,才是真正的果子。

再过一个星期,树上到底能结多少真柿子,应该就能见分晓。

(赵成媚,安徽肥东人,中国散文学会会员、安徽省作家协会会员。部分作品散见于《青海湖》《诗歌月刊》《安徽文学》《南方周末》等报刊。)

灶间记忆

袁曙霞

那时候,我们把有锅灶的地方称作灶间。

我们家的灶间在堂屋东南的拐角。两口锅,里面小锅,外面大锅,两口锅靠近,多出一个近似三角形的台面,正好安上一个铁罐。只要烧锅,铁罐里的水就热了,用来洗脸洗脚。我家常常从粮站买稻壳回来烧锅,开始是五角钱一百斤,后来涨到一元钱一百斤。大锅的边上对着灶洞的地方有一张狗皮,狗皮的一头用一块青石压着,烧火时,一只手往灶洞里喂柴火,另一只手搭着狗皮扇风,吧嗒、吧嗒,相当于风箱的作用。大锅是烧饭做主食的。

有一段时间,我和妹妹最喜欢在灶间,趴在锅台边,眼巴巴盯着锅,盼望着有好吃的出锅。

一天下午,奶奶坐在灶下烧火,火光从灶门冲出,照在奶奶脸上,红红的。奶奶一只手搭着狗皮,吧嗒、吧嗒……一只手往灶里投撒稻壳,锅盖的裂缝处冒着热气。我俩目不转睛,盼望着锅盖一揭,冒出扑鼻香味,然后大快朵颐。

"柱子,你揭开锅,用锅铲翻炒几下。"我答应着。妹妹说真香啊,有点急不可待。奶奶赶紧说还没烧熟,烧熟了更香。她担心妹妹用手去锅里抓。

这一次是炒蚂蚱。中午,母亲从野外回来,手上拎着好几串蚂蚱,用狗尾巴草穿起来。这种草有一根硬硬的长茎,头上是一个毛穗子。穗子朝下,捉来的蚂蚱一个个穿在茎上。我妈捉的多是"抬稻秆"和"老虎头"。"抬稻秆",顾名思义,身子长,浑身碧绿,喜欢待在稻田或稻田周边。"老虎头"肥大壮实,有碧绿的,也有褐黄色的,一肚子黄籽,多在向日葵叶上、山芋垄上、黄豆地里。

"东街后人都在田冲捉蚂蚱,都说好吃。"我妈进门对奶奶说。

"照理说是能吃。虾子吃草,蚂蚱也吃草。只是一个在水里,一个在旱地。"奶奶说。

"对啊,蚂蚱不就是旱地上的虾子嘛!"

她俩就动手收拾。我妈说蚂蚱的头要去掉,奶奶说不用去掉,炒酥了也是可以吃的。他们只揪掉蚂蚱的翅膀和脑袋上的触须。奶奶反复洗后,倒在锅里。奶奶在锅里放了一点水,又挖了一勺盐。盐是用一点油炒过的,那时没有油,炒盐吃省油,家家这样。奶奶把蚂蚱放在盐水里煮,水差不多干了,再炒。炒得焦黄焦黄,真是虾子的香味!

出锅了,奶奶说:"吃大虾啰!"妹妹抓了一个,太烫,左手换右手,噘着嘴巴吹气。奶奶盛一碗让我俩坐在门槛上吃,阳光晒着我们的背,我们你一个、我一个,吃得满嘴满脸都是,特别是"老虎头"肚子里的黄籽最好吃,鸡蛋黄一样,粉、面。蚂蚱头上的壳果然能吃,嚼起来跟在灶洞里烧的小螃蟹背上的壳差不多,脆、酥。

当时,我认为那是人间美味,吃了一次盼着下一次。但是蚂蚱不是每个季节都有的,凉风渐起,田野枯黄,就找不到它们的踪影了。

一天,我和妹妹照旧趴在灶台上等着开锅。已是春天了,后园的黄蒿非常茂盛,已经蔓延到后门,有进屋的企图。奶奶在灶下搭着狗皮烧火。我们闻到浓烈的香味,那香味不是来自锅里。锅里煮的是土花苗和刺叶菜,这两种野菜都有很重的土腥气。土花苗叶子平滑好看;刺叶菜叶子上长刺,得在水里使劲揉。这两种野菜都有长长的白色的根。我妈发现,摘掉白色的根可减轻土腥气。

我们闻到的香味,应属于肉类。四舅奶在她家都闻到了。

"老姐,你们烧了什么好吃的,怎么这么香?"四舅奶用她的拐棍把黄蒿往外推了推,来到我家灶间。

"煨了鸡汤,待会儿你也喝口汤。"奶奶继续搭着狗皮。

"你有鸡煨汤?别骗我了。"四舅奶嘴里一颗牙也没有,她张开瘪瘪的嘴巴笑了。

中午照旧吃土花苗、刺叶菜。那香味一直在家里弥漫。

半下午时,我和妹妹嚷着肚子饿。奶奶从灶洞里掏出一个黑色的瓦罐,吹去上面的草木灰,揭开瓦罐盖,放一勺盐,用筷子搅一搅。奶奶把碗一个一个排在灶台上,倒一点汤让我送给隔壁的四舅奶,没有肉。然后一个碗一个碗倒,平分均匀,再用筷子夹出瓦罐里的肉,均分在碗里。汤里漂着美丽的油珠子,喝一口汤,鲜得掉牙,肉也鲜嫩,我和

176

妹妹慢慢咀嚼,舍不得咽下去。

后来,我才知道那是蟾蜍的肉。我们那里叫它癞蛤蟆、癞癞猴,或者癞得蚯。它满身癞癞,形象难看。之前,我们见到它都是绕道走。奶奶告诉过我们,不要打它,打破了它身上的癞子,癞子里就有毒浆水冒出来,沾到身上会生毒疮的。但是,它的肉怎么这么鲜嫩呢!

原来,蟾蜍是我妈从南头山的生菜地里捉的。

我们家南头山有一块地,这块地的边上有大粪窖子,周围栽了许多树。

春天,南头山种了很多生菜。大雨下了许多天,我妈戴斗笠、穿蓑衣去铲菜交食堂,发现这里有肥肥的癞蛤蟆,捉了几只,剥了皮,在水塘里收拾干净拿回来。奶奶直接放在瓦罐里煨。后来我们还吃过几次,奶奶都说是鸡。

多年以后,回想那鲜味,不免想到母亲——她在捉蟾蜍的时候,在剥下它们皮的时候,到底有没有沾到癞包里的毒液?她有没有害怕?她大概更害怕听见我们喊饿的声音吧,更害怕见到她空手而归,我们失望的眼神吧。

好吃的东西在街上传得很快,大家都知道癞癞猴好吃,都去捉来家煨了吃,很快就捉不到了。母亲常常空手而归。

直到一天,我们又尝到了一次美味,才停止对癞蛤蟆的念想。傍晚时分,我和妹妹趴在灶台边,奶奶坐在灶下,但灶门口没有可爱的红色火光射在奶奶脸上,没有可爱的搭狗皮的吧嗒声,锅里没有热气冒出来,冰锅冷灶的。奶奶垂着脑袋,我们看她,她却不看我们。妹妹用胳膊肘子碰碰我,说"饿",我没说话。这时母亲推门进来了。我们马上把目光集中到她手上端着的一个"和平鸽"大碗上。

"别急,分一分。"记得奶奶那时总这样说,只要有吃的东西,都会分的。

母亲把碗端到灶台上,一共六个元宵,还有一些汤。我和妹妹一人两个,奶奶和母亲一人一个。那是何等的美味啊,黏黏的,滑溜溜的。

放下碗,母亲把剩下的两角钱还给奶奶,说:"元宵三角钱一个,多了两角钱,让她添一个,她不肯。"那时两元钱算是大钱。街北头唐源妈早先是做小生意的,已经好长时间不做了,最近她家把后园的一棵榆树皮全剥下来了,磨成粉,搓成了元宵卖,三角钱一个。三角钱一个显然很贵,之前麻大大家卖炒葵花籽,二分钱就可以买一酒盅,三分钱可以买一个烧饼。不过,那是从前,现在街上已经没有人做小生意了。榆树皮元宵不是用糯米面做的真元宵,还卖得这么贵。这种元宵颜色不是白色的,是褐红色的,有点

177

像今天咖啡的颜色,比今天血糯元宵的颜色深一点。

那年冬天特别冷,也许是棉衣不够厚,也许是肚子里没有什么东西。我们就老是靠着墙根晒太阳。

那一天上午,有太阳,风比较大。我妈扛一把大锹,带着一个竹篮,让我拿一个小铲子。野外一片土黄,没有一点绿色,能找到什么吃的呢?我跟在她后面,到红山。红山是一片坟场,我们街上先人都埋在这个地方,老坟、新坟一座座,静止在黄土上。然后到了上大塘。

上大塘的下面有一层层水田。这时,田里都是烂泥。稻子割后,根部烂在烂泥上,和烂泥一起结成冰,偶然看到有尖尖的绿草芽,我妈说那是野荸荠。因为有浅浅的阳光,烂泥的冰不坚。

我妈用大锹挖,我用小铲子在我妈挖出来的泥巴里翻,挑出野荸荠。野荸荠比荸荠小,五六个大概也抵不上一个中等的荸荠。皮黑,不像荸荠那样的黑红色。我妈挖了一会儿脱下棉袄,我们的鞋子湿了。到天黑,差不多挖了小半竹篮,原路返回。晚上我妈告诉宗大姐,告诉二姐子,第二天一起去挖。到了第三天,街上能爬起来的人都去了,然后赵福村的人也去挖了。

那些天,奶奶把野荸荠放在碓窝里,用棒槌捣碎,煮成糊糊,甜、滑。那年的年夜饭就是用这个野荸荠做的圆子,奶奶说:"上元宝啦!"从锅里端出一碗黑黑的圆子,是用早先捣碎晒半干的野荸荠做的。

野荸荠圆子比野荸荠糊糊更好吃,大概是晒了以后捏得更瓷实。

有一段时间,我们价值判断的标准,就是这个东西是否能吃,能吃的东西就是好东西。不仅孩子,大人也这样。当我们正全力以赴地干着什么时,大人们会站在门口大声叫:"弄那干什么! 那东西能吃吗?"我们还把能吃的东西提升到审美的高度,能吃的就是美丽可爱的。

六十多年过去了,仍记忆犹新。

六十年后的一天,我回到老家,那个处在江淮分水岭上的小集镇。有后生请我吃饭,看着满桌鸡、鸭、鱼、肉、虾,我问他们什么是陆地的"虾",他们说陆地不可能有虾。我告诉他们,蚂蚱可以当虾吃的。他们都说不可能,蚂蚱是捉来喂鸡喂鸭的,人怎么可能吃。

我告诉他们,回家问问你们家老人吧。

(袁曙霞,退休教师,安徽省作协会员。有多篇散文在报刊上发表,散文集《街上》即将出版。)

父亲的腰杆

逸 瑾

为了避开交通拥堵,今年清明节,我提前一天回家上坟。一到家中,在堂屋里没有见到父亲,母亲赶忙把我叫到跟前,低声而急切地对我说:"你爸腿疼又严重了!"

我跑去父亲的房间,只见父亲侧卧在床沿,上身穿着夹克,但腿上只穿着秋裤。"爸,怎么了?腿疼怎么又严重了?"我问道。"本来已经好多了,昨天起床时不晓得动到哪根筋了,突然就严重了,现在想套个裤子都不能!"父亲无奈地说道。

父亲的腰椎间盘突出是去年冬天重犯的。腊月还没到——往年这个时候还在工地上干活——父亲早早回了家。自从患了腰椎间盘突出后,父亲总是留意打听哪里能治好,谁患了同样的毛病治好了。"秋胡岗村的鲁为民跟我一样的情况,现在在工地上干活好得很!听说是在省中医院看的。"爸爸很有把握地说。"那你问清楚是挂什么科,找哪个专家,我来挂号。"我在电话中对父亲说。

顺利地挂了省中医院的专家号,望、闻、问、切,老中医再次确认父亲是常年的体力劳动导致腰椎变形,压迫神经,引起腿疼。"要服中药,要多休息。"老中医叮嘱道。"多久能治好?"父亲急切地询问。"既是日积月累下来的毛病,起步三个月一个疗程。"老中医说道,"不能喝酒!不能干体力活!要吃清淡!好吧?"

老中医只有每个周日上午才问诊半天。于是每个周末我便一早从县城驱车回到八斗岭上的家,载着父亲去一趟省城。排队问诊、排队取药、排队煎药……春节以后,随着天气渐渐暖和起来,父亲的腰腿慢慢有了好转……过了正月十五,眼见村里的壮年人一个个外出打工了,父亲开始着急什么时候腰腿能痊愈,再去工地干活。

父亲今年正好六十岁了。三十岁之前,父亲是地地道道的农民,在江淮分水岭上的黄板泥地里刨食;三十岁后,20世纪90年代,父亲开始跟着亲戚去上海、无锡一带的建筑工地,从小工学起,慢慢成为一名瓦匠大工。父亲说,农民也好,瓦匠也好,都不存在退休的年龄,七十岁的瓦匠染黑了白发也要去上工,八十岁的农民还要在田里使牛呢。

父亲刚出去打工的时候,家里还种着八九亩地,每到农忙季节父亲就回来耕种或是收割。新世纪以后,建筑业逐渐兴起,一名瓦匠大工的收入逐渐可观起来,而种地既收入低,又劳作苦,父亲再在农忙时节放下工地的活已经不划算,母亲一人种地难以为继,家里的田地撂荒了。

父亲打工的收入支撑着我和妹妹读书。父亲总是说,只要你们成绩好,能读得上,就供你们读。2002年以后,我和相差两岁的妹妹,不是一个读高中、一个读初中,就是一个读大学、一个读高中,而且都需要住校,兄妹两人的学费、生活费成了家里一笔稳定增长的硬性支出。正是靠着父亲那份建筑工地上的收入,我和妹妹都顺利地读完了大学,成了周边一带少有的兄妹大学生。

父亲引以为傲的不仅是我和妹妹的学业,还有他是靠自己的汗水和辛劳把一对儿女养育长大——父亲不曾向任何人开口借钱。在家里经济最为拮据的时候,父亲的叔伯兄弟都曾询问能不能扛得住,手头要不要周转,都被父亲谢绝了。"你穷,有的亲戚就要躲着你,怕你借钱。你欠人钱,说话就不那么有底气了,腰杆就不那么直了。"父亲曾说,"欠了人家钱,家里的男人还好,女人可就要给你脸色看了,我不愿受这滋味。"

父亲多年都是在外漂泊,一床薄被、一个装衣服的大背包、一个装着工具的白色乳胶漆桶,是他走南闯北的行头。这么多年,父亲去过黑龙江、陕西等很远的省份,也去过上海、嘉兴等经济发达的地区,甚至还办过一张港澳通行证,准备去澳门,后来因为没和建筑工地联系好而作罢。

作为瓦匠,父亲有两个"缺点"。一个是怕热,在天气最为闷热的时候干活头就发晕,所以父亲曾经一度远赴东北,因为那里的夏天气温不高。而多年后,在建筑业不景气的一段时期,父亲竟又去了夏季酷热的江浙地区。再一个就是怕管,父亲认为自己卖的是力气,靠的是技艺,赚的是辛苦钱,哪能让包工头指手画脚教训呢。所以父亲这么多年总是和彼此脾气相熟的工友搭档,到了工地总是选择"包活",总价既定,一天干多少全由自己来定,结束交工验收,绝不听别人的教训。

父亲的秉性,说到底是不愿低头求人。对此我曾有过怨言。我读中学时,父亲很少来参加学校家长会,更不认识我的历个班主任,不说和班主任私下联系联系了,就连偶尔参加家长会时也没当面寒暄几句。父亲总是认为，成绩好不用和老师联系，成绩差和老师联系也没用，关键在我自己用不用功。六七年的中学生涯，我的成绩不是很稳定，一度很差。虽然班主任对我很是关心，但得知有的同学父母和班主任特别熟络，或是眼见家长会后，同学的父母紧紧围着班主任问这问那，那时的我总觉得父亲对我学习的关心少了点。

三年前的冬天，父亲第一次腰疼，以为不过是扭了腰，在家躺了半个月硬板床，贴了各种舒筋活血的膏药，仍不见好。这样总不是办法，我找来轮椅，送父亲去县医院。拍了磁共振，片子清晰地显示腰椎已经变形，哪里是什么扭了腰！医生只说，要么回家休养，要么开刀，开刀也没有百分百把握治好。

于是辗转到县城一家私立的中医骨科诊所，据说医师很有一手，远近闻名。那不大的诊所，四面墙上悬挂着的锦旗就是证明。住院治疗，外敷内服、针灸推拿，一个月后父亲基本康复了。出院的时候，我也循例送了诊所一副锦旗："妙手祛除老父忧，仁术成全孝子心。"

父亲康复后，我劝他，再也不要去工地干活了，我在县城帮他找一份保安的工作，工资虽然不高，但不再是重体力劳动了，节假日也可以和家人常聚了。

这个提议显然得不到父亲的认可。"工资那么低，还管得紧，还不如我当瓦匠干一天歇一天赚的多呢。"父亲根本听不进去我的话。半年以后，父亲再次拿起瓦刀，直到去年底腰伤复发。这一两年里，父亲去过了上海、芜湖、嘉兴……

父亲告诉我，村里有一对兄弟都是瓦匠，腰椎间盘突出都在县城一家私立医院用针灸治好了，十多天就能见效。还有一家在无锡的医院，动手术可以治好，不行就再去无锡。这大概是父亲过年前回到老家后多方打听的结果。而作为儿子，我没有主动为父亲的治疗去询医问药。

上完坟后，下午我开车载着父亲再次来到县城，前往那家私立医院治疗。好在十多天后，父亲基本康复，回家休养了。

2013年我刚参加工作时工资很低，买房对我来说是遥遥无期的事情。到了谈婚论嫁的年龄，陆续有人介绍相亲。可是每每得知我在县城没有房子后，介绍人只说：工作很好嘛，就是没房子……2016年，父亲突然跟我提起了买房的事情，好在那时县城的房价还没疯涨，父亲用他这么多年在工地上挣来的血汗钱为我在县城买了一套房子。父亲后来自豪地说："这么多年供你和你妹读书，还一分钱没借就付了房子首付款，村里人都没想到！"

  为儿子买了房，儿女都已经成家，从农村传统的角度来看，父亲已经完成了他的职责，用村里人的话是"交了差事"，到享福的年岁了。再加上这次腰疾复发，我以为父亲总得接受现实了，该歇歇了。当我再次劝父亲不再干瓦匠活时，父亲终于吐露了心声：好了再干两年，挣点钱争取把家里的老房子翻新一下。

  父亲的腰杆挺得那么直，又被压得那么弯……

  （逸瑾，安徽肥东人，90后，文学爱好者，近年来开始散文创作，有作品在《新安晚报》《合肥晚报》等报刊发表。现供职于省直机关。）

监考记

李彩云

又是一年一度的高考。高考,已不仅仅是一场考试,也不是一个人在考试,而是一群人在考试。

一

今年的高考监考与往年一样,我与其他学校的两位老师组成一个三人团队。一位是从乡村交流到县城的快要退休的男教师,背微驼,脸苍白,一身疲惫。另一位是县城某小学刚刚入职一年的年轻女教师,将近1米7的大个头,一问,体重还不足90斤,我真担心她出门会被风刮跑。难怪,现在是个以瘦为美的时代,我的老眼光已经赶不上新事物了。考前培训会,她带着大口罩,说话低声细语,底气明显不足。

学校按甲、乙、丙的顺序,明确我们三人的责任与分工。监考过程的所有操作,一律要按考前培训要求来做。培训要求,所有的行动须听小喇叭的号令,不得随意自作主张,不能有一丝一毫的疏忽大意,更不能出现任何差错失误。这是一场硬仗,只能胜不能败。考前,监考组组长培训,全体监考教师培训,局领导训话,校领导训话,一个不能少。培训过程中,50个考场150名老师济济一堂,监考教师们比任何时候都专注,眼睛紧紧盯着显示屏,把每一个细胞都调动起来听,生怕错过培训老师的一句话。尽管每一年都要培训,可谁也不敢掉以轻心。常听人说,教师是一群斤斤计较的人,难缠。一点不假,经过长期的培训,教师何止斤斤计较,简直是分分计较,秒秒计较!好教师多少有点强迫症。

二

　　夏天是长大了的春天,是到了青春叛逆期的春天,今年的夏天尤其叛逆。6月7日一早,天气闷热难耐。校园里的树,一棵棵,像是被点了穴似的一动不动,也许是天将降大任于考生,必先苦其心智。不一会儿,雷声隆隆,暴雨不容商量,说来就来,发疯似的往下倒。早早等在校门外的考生和家长措手不及,找不到躲雨的地方。学校立即打开大礼堂大门,让学生进去。

　　第一场考语文,上午9点开考,7点50分监考教师准时签到,不得迟到。抽签、领卷……从领到试卷的那一刻起,我们仿佛瞬间变成一名勇敢的战士,正端着枪守护着祖国的领土。试卷密封袋左上角带有星号的"国家机密"四个黑字,赫然映入眼帘,那一刻,心里顿时涌起十分的庄严和神圣,紧守试卷,卷在人在!

　　8点半,监考员乙(瘦高女教师)组织学生进考场。我与丙领试卷从安全通道进入教室。学生除了考试用的笔、橡皮、准考证、身份证、考试诚信承诺书,其他一律不准带进考场。乙用探测仪给每个学生做U形探测。每个考场30人,乙快速弯腰、起身30次,我看到她的额头有细汗渗出。从上到下,从左到右,一点不敢马虎,好像连每个毛孔都要探测到。仔细检查、探测每个考生所带进教室的工具,我们不放过任何一个"敌人"(手机、手表、手环,甚至助听仪器)。监考员丙查验考生证件,同时让每个考生签到。我站在讲台守护试卷,密切监视。我们忙碌而有序。

　　看着眼前如此严肃的入场仪式,仿佛这不是一场考试,而是在"缉拿"嫌疑分子。每张或可爱或木讷的脸,都是我们潜在的"敌人",都有可能携带违禁物品,探测仪不断发出尖锐的嘀嘀声,刺激着每个人的神经,气氛不免紧张起来。为了缓和气氛,避免孩子们紧张,我不断提醒:没事,可能是衣服或鞋子上的金属在作怪。时代飞速发展,科学不断进步,没想到今天,我们的诚信要用这冰冷的仪器来探测。

　　记得30多年前,我参加中考,那也是一场决定命运的重要考试。我们跟着送考老师来到县城,住在一家私人旅馆,几个人挤一张床,感觉像平常一样,只是换一个地方考试。马路上没有戒备森严,没有禁止鸣笛,教室里没有令人紧张的探测仪,甚至家里人都不知道哪天考试,更不要说家长们如临大敌,穿着名曰"旗开得胜"的旗袍送考了。

三

　　小广播不断提示:"8点40分发草稿纸,8点50分拆封答题卡、检查答题卡、贴条形码,8点55分拆封试卷、分发试卷。"教室里,我们的一举一动、一言一行,都在监控之下,监控里有无数双眼睛在盯着我们,此时我们是透明人,我们也是被监考的"考生"。

8点50分至9点00分是我们最紧张忙碌的时刻,8点50分小喇叭开始提示"请监考员甲当面拆封答题卡并核对,乙、丙分发答题卡并粘贴条形码"。当乙、丙发完答题卡后,我把条形码一分为二,分别递到他们手里,监考员丙瞅了我一眼,顿了一下,又递回给我,嘴里小声地嘀咕:"条形码,你贴。"我诧异地看了他一眼,很是不解。考前时间紧迫,容不得我思考、说话,我快速拿起条形码按顺序贴起来,但心头掠过一丝疑惑:难道他没有认真听培训?难道他不知道这是自己分内的事?难道他不愿意听我这个主考官的安排?抑或是……一时间,我的脑子里闪过无数种想法。还没贴完,小喇叭紧接着响起:"请监考员甲启封试卷袋。"我连忙把还没有贴完的条形码递给近旁的监考员乙。紧接着,小广播又提示:"请监考员乙、丙分发试卷。"我又把试卷一分为二分别递给了他俩。监考员丙接过了试卷,背对着我,一张一张发得很慢。五分钟过后喇叭又响:"请考生开始答题。"此刻,考前一系列紧张有序的操作终于完成,我的心总算放进肚子里。

我们按要求呈三点式站立,前二后一,乙在我的旁边,丙在我的对面。监考员必须恪尽职守,不准带手机进教室,不准相互闲聊,不准看卷读报,不准打瞌睡,不准长时间看向窗外,不准长时间站在某个考生身边,不准……每个人都戴着大口罩,只露出两只眼睛,看不清对方的容颜。一切都安静了下来,整个校园仿佛没有人,时空在这里仿佛定格凝固。

当我的目光与丙相遇时,又忍不住想到那个问题:为什么不愿贴条形码呢?那可是你的职责啊,怎么能想不贴就不贴?发试卷为何那样漫不经心?这可是高考啊,若有差池,我这个组长就成了"背锅侠"!我的目光又一次扫过丙的脸,努力想从他脸上寻找答案,他安静端正地坐在那里,慈眉善目,像一尊雕像。我又一想,唉,他们都是第一次监考,疏忽大意也难免。我暗暗提醒自己,接下来还有几场考试,我得仔细点,千万不能出什么幺蛾子,要认真做好每一个细节,保证万无一失。

我一直在讲台上站着,教室里虽然有监控探头,但监考教师要成为"移动的监考探头",我的眼睛像探照灯似的扫视着教室里的每一位考生。乙、丙一直坐在我的旁侧和对面。半个小时后,我的腿感觉有点发直,想活动一下筋骨,可是想到考前培训老师说,某校教师高考监考时在教室里抬腿幅度过大,影响考生考试被通报,我赶紧坐了下来。

不多时,见教室外走廊上,校领导匆匆向我们考场这边走来,我心里立刻紧张起来。他径直向我们考场走来,进来后附在我的耳边厉声说:"省教育厅巡视组从录像上看,你们三个人已经坐了21分零9秒!考前培训要求,提倡站立监考,三人中至少保证一人站立。你们不知道吗?!"我脑子里一阵蒙,像突然被谁击了一掌,嗡嗡作响。往年监考,不是不准在教室里随意走动,以免影响考生发挥吗?并没有对"站立"和"坐"的时间做要求呀。一年没监考,难道监考规则又有新变化了?我及时提醒乙、丙两位老师,我们仨轮流站着。

四

年轻女教师向我示意要上厕所,从厕所回来后,她站立,示意我坐下来休息。我与年轻女教师轮流站着,尽量让老教师多休息。突然,年轻女教师捂着肚子,勾着腰,碎步走向我,哭丧着脸说,肚子疼,头发晕。刚说完,她眼睛发直,额头冒汗,晕了过去。我扶住她,屏声敛气走出教室,不敢发出任何声音。老教师也紧张地站起来,关切地注视着我们。少顷,年轻女教师睁开眼,我赶紧站起来,一只手扶着她,腾出另一只手倒了一杯热水递到她嘴边,又紧急向站在远处的楼层巡考员招手。楼道巡考员快速跑过来,问她是不是低血糖,同时紧急与医务室取得联系。我环顾四周,发现考场外的学生手机袋上有一盒酸奶,眼疾手快,迅速拿过来,拧开瓶盖,给她喝了一口,她稍微好了一些。巡考员示意我带她去卫生间,他替我们监考。我们到达卫生间,稍作休息,医护人员也到了。我把她交给医护人员,回教室继续监考。

医护人员简单治疗后,年轻女教师又回到教室。为了照顾她多休息,我和丙轮流站着。原来,年轻女教师是因为早晨来监考的路上,遇到那场突如其来的大雨,全身衣服淋透,整个上午,她干瘦的身体硬是把湿透的衣服捂干,她说:"我走到半路上的时候,突然下起了大雨,如果回去时间就来不及了。"

高考第一门考试,两个半小时,紧张而漫长。考生们考得很辛苦,从开考铃声响,一直到结束,他们都在埋头写或思考,仿佛忘了周围的世界,没有一个学生提前交卷。当小广播播报"离考试结束还有15分钟"时,大多数学生的作文没有写完。我站在讲台上,扫一眼考生的试卷,只有少部分考生作文写完了,但也只是匆匆写够字数。从他们急促的写字声和凝重的表情,就能感受到他们内心的紧张和不安。这就是高考,所有人仿佛都屏住了呼吸,蓄积着最后的力量。

五

11点30分,上午的考试终于结束。虽然在收卷的过程中,监考员丙收乱了序号,经及时调整后,总算圆满完成了任务。

下午开考前,校领导照例对上午监考情况以及巡视反馈的信息作了通报:某学校某考场某女教师伸腿动作过高、过大,影响考生考试;某考场监考教师使用探测仪不规范,没有探测鞋子;某考场三名教师坐的时间超过20分钟;某女教师监考穿高跟鞋;某考场监考教师上厕所太频繁……

下午的考试3点开考,2点监考老师签到。家远的教师不敢回家,只在周围草草吃点,中午在学校的休息室短暂休息。一切听从小喇叭的号令,发草稿纸、拆封答题卡、检查答题卡、贴条形码、拆封试卷、分发试卷……当我又一次把条形码一分为二,分别递到两位老师手里的时候,监考员丙没有拒绝,他小心地接过条形码,走到学生座位前,头埋得很低,轻轻地撕开条形码,小心谨慎地贴着。当我在讲台上拆封试卷的时候,瘦高女教师已经贴完第一组,监考员丙还在第三个同学的桌前磨蹭,他身边的考生紧张地看着我。我大步走上前,仔细一看,天哪!他手里的条形码已经粘作一团,怎么也分不开!我的心猛然一缩,坏了,出大事了!考前培训一再强调,考生的条形码是一人一码,贴的时候要倍加小心,错了、坏了无法弥补。不贴条形码就识别不出考生信息,就意味着考生没有成绩!这是天大的考试事故,我不敢再往下想,我分明看见那位老年男教师的手在不停地抖,额头也渗出细汗。再细看,我吓一跳,他的左手竟然没有大拇指,食指也比常人短一截!我立刻明白了先前的一切。我从他的手中小心地接过那个粘在一起的条形码,慢慢地、一点点地用大拇指和食指捻开,可他却做不到。终于,费了九牛二虎之力,把那个缩成一团的条形码平整地贴在那份考卷上,我长嘘了一口气,如释重负!

一天的监考总算过去了,我合上手掌,谢天谢地,没出大问题,基本完成监考任务。

(李彩云,合肥通用技术学校高级教师。中国散文学会会员,安徽省作协会员。曾出版散文随笔集《我是一朵云》。)

车轮滚过的岁月

王　俊

时光荏苒,流年似水,远去的尘封往事值得品味,逝去的沧桑岁月值得回忆。车轮滚过的路,留下深深浅浅的车辙,嘹亮着时代前行的锵锵号角。

1

20世纪七八十年代,大板车是农村一种重要的生产和生活运输工具,但也只是条件相对好点的少数人家能够拥有。大板车构造比较简单,由车架和车轮组成。车架一般由木头建造,车辕用两根结实的长条方木做成,中间用数根一米多长的木条镶嵌在打榫卯的车辕上,上面铺上几块木板,有时两侧还会加个边框。车辕前还会配上一根宽皮带,上坡时套在肩头,手肩并用拉车。中后段下部装有用来固定车轴的半圆形凹槽,尾部下侧还装有旧车胎皮,停车时减少车身与地面的碰擦。大板车有两个车轮,直径约0.7米,中间用一根钢管车轴贯通。

父亲四十岁时,突患心脏病中最严重的心肌梗死,乡卫生院无法医治,建议父亲即刻去合肥省立医院,方有挽回生命的希望。当时,父亲就是躺在从别人家借来的大板车上,由三叔和姐姐拉着送去看病的。

三叔拉着大板车,姐姐背着车辕一侧的一根宽皮带,在我的眼前渐行渐远。车轮碾过门前土路水洼地,留下的车辙印像蠕动的蚯蚓,弯弯曲曲向前延伸。同时,大板车辁辘也轧在我幼小的心里,留下一行悲伤的印痕,让我茫然若失。

父亲病情危重,母亲东挪西借凑了些钱,但父亲在省立医院仅维持了十来天治疗,医院就开始催交欠费。幸得同一病房的一位老红军出手相助,让父亲从鬼门关捡回一条命。临近出院,还欠医院一百多元钱,实在无能力支付的父亲私自偷跑出院。后来,每当父亲和我们谈及此事,他总觉得有愧于省立医院。迫于生计,刚上小学五年级的姐姐不得不辍学到生产队上工,争工分帮助养家糊口。

2

好在天无绝人之路,农村实行分田到户承包制,父母凭着勤劳苦干很快解决了全家的吃饭问题。接着,父母亲便搞起蔬菜种植,种出的蔬菜,母亲每天凌晨步行挑往附近集市去卖。鞋底磨出了洞,脚、肩膀磨出了泡,母亲也不叫一声苦,硬是用一脚一脚丈量着大地,度过艰难的岁月。随着生活条件的逐渐好转,父亲用从牙齿缝里省下的钱购买了一辆飞鸽牌自行车,改为骑车去卖菜,省力省时,大大减轻了劳动强度。凌晨三四点,父亲推着自行车,母亲抓着自行车后座,帮忙推上门前土路,并唠叨几句,问父亲速效救心丸是否带上了。黑幕中,父亲摇摇晃晃骑着自行车远去。

随着政策进一步放宽,我家逐渐扩大种蔬菜的规模,又把一块近一亩的水稻田改为大棚种植蔬菜。蔬菜产量倍增,父亲又买了辆凤凰牌自行车,让姐姐骑着帮卖菜。随着时令更替,我家菜园就像变魔术似的生长着不同种类的蔬菜。春有白菜、苋菜,夏出辣椒、茄子,秋产葱秧、芫荽,冬有萝卜、大蒜。

寒来暑往,风雨无阻,父亲和姐姐骑着自行车,脚踩两个轮子,驮着新鲜的蔬菜赶往不同的集镇去叫卖。有时为了卖上高价钱,甚至把早上市的辣椒、茄子、苋菜等运到离家六七十里外的合肥市坝上街、七桂塘等菜市场卖,换回一沓沓沾着汗水的人民币。碰到雨天,门前土路泥泞不堪,骑自行车无法通行。这时,母亲就会挑着菜,一手提着三眼灯走在前,父亲扛着自行车,深一脚浅一脚跟在后。来到长乐街东边的沙石路上,母亲再把菜放在自行车后座上的箩筐里,由父亲骑着去卖。父亲在理菜当儿,母亲手提三眼灯,匆匆赶回家,挑起姐姐那担菜,姐姐扛上自行车……听父亲和姐姐说,有时候扛不动了,把自行车从肩膀上放下来,试图推一段路,可是推了一两米,轮胎与挡板之间就被烂泥塞住,动弹不得,只好找一根树枝掏泥,此后便再也不敢在烂泥中推行了。骑车中途若遇到轮胎被扎破了,也要连推带扛,然后就近找个街镇去卖菜,所受的苦简直无法说出来。在多次经历中,父亲学会了修车、补胎,自购了一套修车工具。卖菜时,把一套简易的补胎用具带上,一旦遇到车轮轧破,就地补胎,解决燃眉之急。

岁月不居,时光如流,在父亲、姐姐的车轮滚动中,我家的生活如芝麻开花——节节高。1989年夏季，在我家发展史上永远值得铭记。这一年，凭着母亲在菜地里辛勤侍弄，父亲、姐姐长年骑着自行车卖菜的积攒，我家把破旧、低矮、漏雨的老房翻成宽敞、明亮、高大的平顶房，家里添置了电风扇、电视机等家用电器。

更值得高兴的是，这一年，我凭着自身的努力跳出农门，考上了肥东师范，实现了父亲又一个多年的心愿——端上铁饭碗。我上肥东师范那天，父亲骑着那辆劳苦功高、饱受岁月洗礼的飞鸽牌自行车送我上学。我坐在自行车后座上，格外荣光。坑坑洼洼的店忠路两旁，大叶柳枝繁叶茂，喜鹊在枝头喳喳叫。父亲用力蹬着自行车，背已有些驼了，夹着些白发的头上渐渐落上了灰尘，欣喜若狂的我不免产生丝丝愧疚。

3

在肥东师范读书期间，我乘坐私人三轮车往返于肥东县城与家之间。所谓三轮车，它的动力来自于烧油的发动机。只要驾驶员拿起摇把，插入发动机侧一个圆形空洞，一顿猛摇，随着突突突声响起，几阵黑烟冒出后，驾驶员落座，档一挂，三轮车便跑起来。这种车重心不稳，遇到路不平，坐在上面的人会被颠得东倒西歪，仿佛五脏六腑都要颠出来。没过多久，这些三轮车车主把车换成红色昌河面包车。车主为了赚更多钱，超载严重，本来只能乘七个人的车，他们硬要挤进十二三个人方开车走路。记得有一次，我从家回学校，上了一辆面包车。一看车内人挤得黑压压的，随即下了车，想换乘另一辆。没想到，车主竟立刻翻脸，揪住我的衣领说："你已上车了，不坐，行！把钱付了！"在满脸横肉的车主的威逼下，我只好重新挤进车内。一路上，我们个个被挤得动弹不得，简直成了肉饼。

父亲知道这件事后，就把他的那辆将近"退休"的飞鸽自行车简单修理后转给我骑，他购置了一辆新自行车卖菜。在骑自行车往返于肥东县城与家途中，我遇到过自行车轮胎被扎破，只得推着自行车走的情况。如果碰不到修车的，就得连推带扛往前赶。等到了家，累得瘫坐在地，半天缓不过气来。到了普二，为了减轻家庭负担，我晚上在外面带上了家教。每天晚上，骑着这辆除了铃铛不响其他都响的自行车，往返于学校与学生家之间，多多少少为家庭撑起了一份责任。风雨飘摇中，我出感知到生活的不易。

4

父母亲的年纪也大了，父亲不适合起早摸黑去卖菜了。这时候专门有人在村前以低于市场价收购菜农种出的蔬菜,再由他们开着小货车去卖菜,从中赚差价。父母亲就把种出的蔬菜,在家门口直接卖给二道贩子,钱少赚了些,但人轻松了许多。父亲的自行车自然也就失去了为家庭谋生的功能,转化为代步工具了。

2008年,我通过选调考试进入实小工作,店忠路上通上了公交车,我往返于肥东与长乐之间坐上了公交车。从撮镇到肥东变成双向四车道水泥路,从撮镇到湖滨则变成双向车道柏油路。2009年,我为了来回更方便,花了几千元买了辆电瓶车,充满一次电,可以跑三四十公里。骑着电瓶车行驶在店忠路上,不需用力,快速又环保。一辆辆公交车从身边驶过,也不再有灰尘扬起。

5

2015年正月十三,我开着自己买的小轿车带着全家人回老家长乐吃父亲做的米粑粑。阳光明媚,空气清新,轿车快速奔驰在风景如画的店忠路上。经过几次修建改造的店忠路,现已升格为合肥市政大道,双向八车道,中间绿化带,四季都是姹紫嫣红、花团锦簇。路两边建设成为风景带,千米一亭台,百米一廊桥,各种名贵的花草树木在微风中摇曳,树丛中掩映着各种白色农耕雕塑,耕牛、农人、农具被塑造得栩栩如生,让你在欣赏风景的同时,穿越到人与自然和谐共融的农耕时代。路两边高耸的太阳能路灯,宛如长龙随着路势延展,把店忠路点缀得高端大气。连接店忠路的有环巢湖大道、繁华大道、合裕路、瑶岗路、龙泉路、振东大道,条条大路直通合肥,多路公交车来往穿梭,居住在店忠路两边的农村人,出行便捷,夜晚都可以去逛逛合肥城。

水泥马路修到了老家门前,父亲看着门前停着的小轿车,一个劲地感慨:"没想到,真没想到,我们家也有小轿车!改革开放好啊!"吃完饭,我带上父亲去店忠路兜风。父亲坐在车中,看着美如画的家门口风景,不禁重提当年他躺在大板车上去省立医院看病的事来,说着说着热泪盈眶,大赞社会变化之大,现在的生活太幸福了!

自从我开上了小轿车,带着家人逛省城、玩农家乐、游爱情隧道、赏八斗岭万亩桃园、看四顶朝霞。在车轮滚滚中,日子越来越红火。肥东及省内外的景点,都留下了我开车带着家人游玩的"轮"迹。逢年过节回乡,开车更是方便快捷。临回家,装上满满一后备厢无公害农村蔬菜、粮油,伴着路边树上鸟儿欢快的鸣叫,驾着车,情不自禁仿照《骏马奔驰保边疆》曲调哼起了歌:"轿车奔驰在宽阔的马路,鲜花绽放,树木绿油油……"

191

6

  再看看肥东交通的变化,县城已建成两座高铁站,地铁 2 号线东延至撮镇大郭即将完工,包公大道高架如彩虹飞架东西,动车、地铁在包公故里奔驰变为现实。白龙通用机场即将建成,飞机在肥东大地起降即将梦想成真。时代向前,车轮滚滚,一起奔腾在中华民族伟大复兴的新征程上。

  车开了三四年,国家提倡绿色出行,讲究环保出行。身边的人骑共享单车的人多了,步行的人多了。是呀!我们现在更要讲究生活质量,为"绿色发展"尽自己的一份力。我决定从今往后,能不动车尽量不动车,不超过十里远的路,要么骑共享单车,要么步行。既可以锻炼身体,增强体质,防止"三高",又为环保做贡献,真是一举数得。

  车轮滚动,岁月悠悠。从人拉大板车到遍布城乡的各种式样的私家车,从尘土飞扬的泥巴路到纵横交错的乡村路网和四通八达的高速公路,更有那风驰电掣的高铁和腾云驾雾的飞机,神话般地将千里之遥变成咫尺之距。

  从过去的"苦难步走"到新时代"步行健康"。生于这个伟大的时代,我们有幸见证了国家日新月异的飞速发展和突飞猛进。闭上眼睛,车轮飞驰,仿佛一切就发生在昨夜的梦境之中。

  (王俊,中国散文协会会员、安徽省散文随笔学会会员、合肥市作协会员、肥东县作协理事,所创作多篇文章发表、获奖。)

三湖琐忆

李 琼

总有湖水,存在于语言无法抵达之处。

一

两年前的一个夏日,我去巢湖北岸的四顶山。从肥东到巢湖,自古以来应该有过很多条道路,其中一些属于历代修成的官道。然而,这些官道都已陆续消失。沿途布设的歇脚驿站,如今也只余下极少量面孔模糊的地名,如西山驿。

无数的古人在繁忙琐屑的日常中,在聚散无常的奔波里,曾在西山驿做过短暂的驻留。有人持公文,喝酒喂马,在清凉的簟席上小睡。也有人负箧曳屣,倚靠在驿站外的老槐树下休憩,饮下囊中白水吞咽干粮。而最终,他们都一样迈入我们无从获知的虚无。

在广袤的中国,这些古老的地名往往包含着真实而丰富的荣辱史。西山驿坐落土山之西,民国期间,置西山驿区署和乡公所,地处要塞,扼守合浦公路线和淮南铁路线。抗战时,却被日军长期侵占。

四顶烟霞变古今。从许由洗耳涧水,成汤放桀南巢,直至所有的官道都被彻底抹除,那些看似会延亘永存的旧物,终究要被新物所取代。就像我们都凝望过湖水,而最终,都会成为苍茫湖水的一部分。从副驾驶的位置远眺,斜阳喋血,青山如黛。那些笔直黑亮的柏油马路纵横交错,成为希望的田野上一道道簇新的阡陌。

唐人罗隐曾为四顶山留作,诗云:胜景天然别,精神入画图。一山分四顶,三面瞰平湖。过夏僧无热,凌冬草不枯。游人来至此,愿剃发和须。

确如罗隐曲笔描述的那样,这里杂树生花,山气日夕皆佳,景致出众,是古修道者洗心炼丹求索羽化飞升的好去处。客观地说,罗隐这首诗还是稍显空泛了一些,放在好诗如林的大唐,算不得十分出色。但罗隐为生活在这里的后来人做了一件善事——悄然给巢湖北岸增加了一个文化地标和旅游品牌。此处旧有"四顶朝霞"的盛景,名闻淝水两岸,自明代就被列为"庐阳八景"之一,与诗人一时兴起的览物之情无以分割。

德国诗人赫曼·黑塞说过一句话:傍晚是前往湖边的好时候。我深以为然。穿越东西走向的水泥村道,老乡们熟视无睹,却有鸡犬傍行,让人联想到东晋陶渊明笔下的那方桃源胜地。路到尽头,其实仍然有路,一片深茂掩蔽下的曲折小径直通湖边。如果沿着布满砾石和残损贝壳的步道,一直走下去,你很快便能看见烟波浩渺、雪浪翻卷中偶尔帆影点缀的巢湖。

路,是人走出来,或挖出来的。说起来,真正存世久远的还要数水路。萦绕巢湖的水系繁复异常,过去在带来水患的同时,也滋养了一方人杰。远的不说,近百年间就有一些名字在现代史的星空璀璨闪烁:李克农、冯玉祥、孙立人、张治中、戴安澜、卫立煌……

胎儿形状的巢湖,其西北一隅,一条河流如脐带向北延伸,它就是南淝河。南淝河北上途经一处岔口,水道一分为二,一条向西北流注,成为合肥市区的风景线,而另一条则细微柔弱些,它盘曲北上,更名店埠河。

小时候,我常在店埠河边玩耍,望着河面上如织的渔船和铁壳驳船,像我小心翼翼放入水中的折纸,随细浪轻轻摇摆。我会想,它们究竟来自哪里又将漂向何处,而方寸之间的河水里隐匿了多少条银光闪闪的鱼,以及多少水草一样纠缠不清的古老秘密。有小伙伴赤着脚,站在河边淤泥里,钓着龙虾。如今,旧日伙伴早已天各一方,只有那些顶着褐黄色花絮的芦苇,青了又黄,黄了又青,一直摇曳在河道的弯折处。

店埠河蜿蜒流向县城,流到更多人的记忆深处。它虽然容色如许平静,但内心是丰盈而激荡的,因为其中怀藏着无数来自母体巢湖的急速漩涡。有时,槐花香溢,皓光流泻,将大地变成湖面,我们会短暂地忘却烦恼。只要心能静下来,你就会听见不远处的巢湖岸边水浪拍击礁石发出的声响,犹如这个被不断加速推进的大时代。

二

大学毕业那年,我去考编。由于准备得比较充分,运气也不错,我第一年就顺利进编。可分配的地方让父亲感到沮丧,那里是古城。在父亲的口中,所有县城以北的地方统称北首。过去,北首一直很穷,原因是干旱。

如果你从电子地图里用等高线来观察肥东地势,你会发现它是倾斜的——北方是岗区,南部是圩区。上溯到民国期间,县域也一直没有什么水利建设。北部地处高岗,因而常年干旱。遭遇大旱之年，百里焦枯，籽草不收。贫穷，逼迫这里的众多乡民背井离家，远走他乡异土打短工或乞讨。这一生存状况，也直接波及南部傍水而居的圩区人家，成为我的祖辈父辈印痕深刻的集体记忆。虽然，圩区的问题也很严重——逢雨即涝，遇上大水之年，田庐半毁，人畜漂浮，但相比北部，日子要好过得多。

其实，古城历史悠久。据嘉庆年间编撰的《合肥县志》记载，建安十年（205年），魏人于此筑城，名曰滁阳，以御东吴之寇边。后滁阳多次遭遇兵祸，最终化为瓦砾白地。当地人又据旧址，建房开集，名之为"古城集"。

古城的生活也并不像想象中那么贫瘠，毕竟十年九旱颗粒无收的状况，早已随淠史杭工程在肥东北部推进而得到彻底扭转。就如血管，在胎儿的体内已然成形。

当然，这里最能抚慰一个异乡人的，还是不远处一汪青碧的岱山湖。

和千岛湖、太平湖一样，岱山湖本质上也是水库，是20世纪50年代初到70年代后期，中部和南方各省在中央号召下大兴水利的时代纪念碑之一。岱山湖水库一经建成，就灌溉了肥东北部和定远南部的大量农田，化万顷赤地为沃土良畴，可谓是功在当代、利在千秋。在我调离古城，回到老家工作后不久，美丽的岱山湖好像一夜之间苏醒过来，经地方上大力开发，成为合肥市重点扶持的AAAA级旅游度假风景区。

双休日，我偶尔不回家，便骑车去岱山湖转转。那里蕴水含烟，丘峦如画，风蜷在树叶之间轻轻晃动，鸟宿在云影之中微微展翅。可以想象一下，当你抱膝坐在湖岸，水里印着你少女时的影子，而氤氲湖风里弥漫着草木的清香，一呼一吸，吐纳的都是足以浸润肺叶的清新。你抬头的时候，会有几只飞鸟扑入你的瞳孔深处。其中最大的一只，就停落在湖心岛上。叫它天鹅岛吧，你看它，伸长纤细优雅的脖颈，饮于清澈见底的湖水，仿佛是自己的另一个化身。附近，还有不少时空叠加之下的古老遗迹，譬如吴大墩的新石器遗址、欢团堡的商周旧墟、元人的演法禅寺以及稽考而不知建造年代的普照寺遗存。有时想，我们为什么要走那么远的路去旅行呢，最丰富的历史和最美丽的风景其实就在身边啊。

三

工作多年，孩子渐渐大了。为孩子上学考虑，就在新一中附近买了一套商品房。价格还算合理，最主要的是离公交站和地铁站比较近，交通便利。当然，还有一个让我满意的理由，就是离和睦湖很近。

和睦湖公园开园不久，此前只是一片荒芜的滩涂以及两座缺少源头活水的池塘。

在被精心设计打造后,如今的和睦湖公园总占地面积很大,作为中心景观带的水域面积就超过六百亩,已成为可与滨湖湿地公园媲美的大型综合性湿地公园。

和睦湖汇集千溪百流,映照万户灯火。而对孩子们来说,最大的吸引力来自音乐喷泉。这喷泉总长一百二十多米,宽十八米。水柱会随音乐喷涌而出,音乐每升到高音,水柱便会冲天而起,如透明的岩浆从花岗岩地底迸发,直达百米之上的夜空。这,就是传说里的声遏行云吧。有时,它还会喷出耀眼的火焰,让人瞠目结舌——简直是哈利波特系列里魔法场景的现实翻版。壮丽的喷泉拥有一个美丽的名字——水舞倾城。人来人往,水起水落,毫无间断,形成一幅变幻的巨型光幕,仿佛映照出我们和这个伟大国度所历经的所有苦难与甜蜜。

在和睦湖,有些小径是不易发觉的。早晨在湖边散步,某条小径从宽阔的马路上旁逸斜出,如一株需要合抱的大树,偏偏从根部长出纤细嫩绿的枝条。而花草如此繁密,足以将它淹没在藤蔓和各类锯齿形的植被中。我必须格外小心,防备蚊虫的袭扰。穿过罗汉草和苜蓿交错的一段缓坡,穿过浓淡不一、疏密相间的树林,停下来再去观看平日里忽略的松杉和平静的湖水,会别具一番韵味。

这些树的树龄应该不长,但它们处在一个幸福年代,活在湖水清凉的浸润中,更不会遭遇斧刃砍伐。就像现在的孩子,营养充足,个子普遍很高。一到夏季,那些嫩叶都会疯长,巨大的绿色伞盖亭亭向天穹撑开,并像落在伞面的雨水一样朝四围滑落伸展。整片树林构成一块青丝绿线织就的苏绣或蜀锦,在参差中保持严谨一致的布局。而那些逐渐粗壮的树干,还在不断涌现出无尽青嫩的生机。我确信,不久的将来,这里会变成一座小型森林,一如记忆里的岱山湖。

不知从何时起,越来越多的人忙里偷闲,利用节假日驱车前来,贴近自然,欣赏山色湖光。

我有时在想,这些湖水,从最初的蓄水灌溉功用,到如今早已发生巨大的改变,成为我们现代人生活中的重要点缀。那我们呢,又何尝不是它们的点缀呢?这大概就是三方湖水向我传递出的深层次隐喻吧。

即便再微小的湖面,穷我们一生,也不足以写出它的万一。

(李琼,安徽肥东人,85后诗人。曾获中国曹植诗歌奖、桃花潭国际诗歌奖、全国龙栖地杯诗歌奖、古井贡酒·年份原浆"桃花春曲"主题诗歌征集大赛等多个奖项。作品刊载于《诗刊》《诗歌月刊》《中国铁路文艺》《时代文学》《安徽作家》《中国汉诗》等多家报刊。)